李劼人说巴黎

一部百年前的巴黎游学志

李劼人 著

四川文艺出版社

图书在版编目（CIP）数据

李劼人说巴黎 / 李劼人著. 一成都：四川文艺出版社，
2018.10（2021.1 重印）
ISBN 978-7-5411-5128-6

Ⅰ. ①李… Ⅱ. ①李… Ⅲ. ①散文集－中国－当代
Ⅳ. ①I267

中国版本图书馆 CIP 数据核字（2018）第 221709 号

LIJIEREN SHUO BALI

李劼人说巴黎

李劼人　著

责任编辑　卢亚兵
内文设计　史小燕
封面设计　叶　茂
责任校对　蓝　海
责任印制　崔　娜

出版发行　四川文艺出版社（成都市槐树街 2 号）
网　　址　www.scwys.com
电　　话　028-86259287（发行部）　028-86259303（编辑部）
传　　真　028-86259306

邮购地址　成都市槐树街 2 号四川文艺出版社邮购部　610031
排　　版　四川胜翔数码印务设计有限公司
印　　刷　阳谷毕升印务有限公司
成品尺寸　148mm×210mm　1/32
印　　张　7.75　　　　　　　　字　　数　190 千
版　　次　2018 年 10 月第一版　　印　　次　2021 年 1 月第二次印刷
书　　号　ISBN 978-7-5411-5128-6
定　　价　32.00 元

李劼人说巴黎

本书辑录篇目均选自 2011 年 9 月四川文艺出版社出版的《李劼人全集》，故编辑凡例一如其旧。《全集》收录文章见诸多种版本，原版编者所加注释此版一并收录，特此致谢。

读李劼人译法国小说

Sebastian Veg（魏简）①

　　在我长大的法国，李劼人很早就被看作中国五四时代的代表作家之一。大约因为他在法国留过学，他的《死水微澜》的法文译本1981年由法国驰名的伽利玛出版社出版了。当时，除了被"革命化"的鲁迅之外，五四文学的法文译本并不多，李劼人之外基本上只有茅盾的《子夜》，巴金的《家》，郭沫若自传和老舍的《骆驼祥子》等，这些作品就成了第一批法国读者有机会欣赏的中国现代小说。遗憾的是，那一本由温晋仪（Wan Chunyee）翻译的《死水微澜》之后，就没有更多李劼人作品的法文版问世。无论如何，读书时，我很快就碰到了那本《死水微澜》，在我的印象中，它理所当然地属于五四以来的重要作品。所以，不少年后开始研究四川的新文化运动时，在成都认识了几位专门从事李劼人研究和编辑工作的学者，李劼人对我来说已经并不是一个陌生的名字。因此，我很荣幸答应了负责校对《李劼人全集》的法文词句工作。从2010年末到2011年的夏天，我陆续校对了十多篇译成中文的法国长篇小说和几篇介绍性或议论性散文的法文词句。

---

① 作者为汉学家，法国当代中国研究中心研究员，《李劼人全集》特约编委。

　　李劼人在法国期间，对法国当时的文学、新闻、艺术和政治的讨论都很感兴趣。他认真地将法国文学概要性的著作翻译或概括成中文介绍给中国读者。譬如《法兰西自然主义以后的小说及其作家》（1922 年）和《鲁渥的画》（1920 年）既完整又详细地讨论文化界的新趋向，也显示李劼人为了深刻认识法国文化所作出的努力。在1920 年代的法国，文化和政治议论又多又复杂，李劼人很兴奋地投入其中，专门写了几篇评论，无论是跟法国第三共和国密切相连的国立教育制度、"性教育"的必要（也是五四时代的大议题），还是俄国十月革命的成败。他选择翻译的法国文学作品也值得留意：不仅反映对政治或思想内涵的关注，作为蒙彼利埃大学文学系旁听生的李劼人也很关心作品的文学价值。李劼人虽然在法国的大部分时间都不在巴黎，他还是很用心地读到了最新的作品，注意到了文学奖项并追踪了新的发展和取向。

　　李劼人在法国的兴趣很广泛，可以概括为四个主要方向。第一个跟他的勤工俭学身份有关：很自然地对左翼政治、法国的工会传统、俄国的十月革命都感兴趣，即便他没有翻译过最有代表性的自然主义或无产阶级小说。与左翼政治有关的另一个方向是对殖民主义的批判。第三个方向是关注四川本土的李劼人对一系列与本土关联的话题感兴趣，即本土文学与神话、方言、正在经过工业革命的法国农业和农村的未来。最后也许可算最重要的方向是脱离传统社会的伦理规则，解放妇女，解放社会思想的意图，同样也是五四文学的大话题。

　　从《李宁在巴黎时》（1924 年）一文可以得知，李劼人对国际革命的关注，他文中也引用法国经济学家季特（Charles Gide）从莫斯科发给法国《每日报》关于十月革命六周年的纪念仪式的报道。季特就像当时法国左派知识分子一样对苏联的评价一般都比较高，但季特本人的政治理论虽然也源于左翼，跟共产主义却保持一定的距离：季特属于法国的自由主义左派（也属于少数的新教资产阶级），批评第三共和国政府对宗教限制太严，自己主张"相互扶持"（solidarité）和"协作主义"（coopératisme），尤其是农业合作社（coopératives agricoles）。

这一点也可以说明当年无政府主义式或乌托邦式社会主义的重要。这种复杂的意识形态与第二点也有关联之处：在《法人最近的归田运动》一文（1924 年），李劼人讨论1920 年代发展的主张安排工人回到农田，怀疑工业化的乌托邦社会主义或基督教社会主义运动（代表人物有神父兼政治家 abbé Lemire）。李劼人对归田运动的兴趣也反映出他与现代化话语保持了一定的距离。他选择翻译若干都德（Alphonse Daudet）的小说，大概跟他对本土的兴趣同样有关。李劼人住了几年的蒙彼利埃离都德的尼姆并不远，语言也相似，尤其在《达哈士孔的狒狒》（*Tartarin de Tarascon*）中李劼人也找到了一个可以处理白话与文言、国语与方言之间的张力的文学方法。

我个人最感兴趣的翻译是赫勒·马郎（René Maran）的《霸都亚纳》（*Batouala*）。这部小说虽然当时很有名，获得了 1921 年的龚古尔文学奖，但后来渐渐被遗忘，马朗也被更有名的反殖民主义、主张黑人文化认同（négritude）的作家（像 Césaire 或 Senghor）替代而被人们忘掉。翻了几页李劼人的译本之后，我就去找了法文原文，读了这本从来没有读过的最早的反殖民主义小说之一。马朗原来是马提尼克人，在法国寄宿学校长大，成为法国殖民地部门的行政官员，以殖民执政者阶级身份发现了法国在非洲的殖民地（今天的中非）的现实而写了《霸都亚纳》。尤其在自序里，马朗深刻又尖锐地解剖了殖民主义的盲目暴力与对原住民的传统生活方式、与大自然的和谐关系的破坏。李劼人 1930 年代初在成都翻译的克老特·发赫尔（Claude Farrère）1905 年同样获得龚古尔奖的《文明人》（*Les Civilisés*）却是一个对殖民主义颇有暧昧立场的小说。以法国殖民化的越南西贡为背景，它对一群年轻法国海军的可疑行为没有显明的判断，也大量地重复东方主义的陈词滥调——李劼人对这种风格的兴趣或欣赏之缘由也可以跟他选择翻译福楼拜（Gustave Flaubert）的《萨朗波》（*Salammbô*）联系。但有趣的是李劼人在译者序中将《文明人》理解为对殖民主义的讽刺，表示对小说的叙事角度的肯定："本书以西贡为背景，而讽刺所谓文明人者不过如是；议论或不免有过火处，然而文人'艺增'固是小疵。吾人亦大可借以稍减信念，不必视在殖民地上之欧人个个伟大，即其居留国内之公民，几何不以此等人为'社会之酵母'哉！"发赫尔的背景和个人历史也很复杂，他于 1930 年代站在左派知识分子的一边呼吁辩护犹太人，他同时给法国极右报纸写过评论而支持日本的军国政治，甚至赞同伪"满洲国"的成立。

最后，李劼人翻译了不少反对传统伦理，呼吁解放妇女、解放个人的小说。他的名为《马丹波娃利》的翻译对 1925 年的中国读者一定作了很大的贡献，同时从李劼人自己的小说《死水微澜》对同样题材的处理也可以看到他并没有简单地将福楼拜的小说视为一本易卜生式的攻击传统的工具。他翻译 19 世纪末的卜勒浮斯特（Marcel Prévost）的小说《妇人书简》（*Lettres de femmes*）也可以显示出他对私人写作的兴趣。同样有趣的，当时引起很大议论但现在几乎完全被遗忘的一部小说是马格利特（Victor Margueritte）的《单身姑娘》（*La Garçonne*），原文书名更接近于"假小子"。它涉及第一次世界大战之后在欧洲性别角色的大变迁，跟福楼拜的《包法利夫人》一样被起诉上法庭，李劼人在译者序也强调他"仅仅打算把法国政府在文学史上最蠢笨最无聊的举动，介绍给我国"。

　　李劼人在法国的四年对他的思想发展无疑有重大贡献，但好像也没有很直接影响到他的政治上或哲学上的立场。他读到的法国小说、新闻、理论著作主要给他提供了一个多元的文化环境和更多的思想的可能性，但他常常也保持了一个批判距离。"一战"刚结束的法国也不是启蒙者的理想国，而是一个复杂的、政治议论活跃又尖锐的正在变迁中的社会——对我而言，读李劼人当时写的与翻译的作品后最深刻的印象，也许是他在那种环境里找到的好奇精神与开放的思维方式。

目录

散文随笔

1922 年，李劼人与友人在法国蒙彼利埃。

法国 Groupement 工厂写真

Groupement 工厂，在法国 Le Creusot 地方，是法国各大工厂之一。其内容包括铁工机械电气三种工业，有工人一万余。现有华工三千余人，工读学生二十一人，亦在此厂工作。关于华工一方之调查，固为国人极注意的事情，但着手颇不容易。姑且俟诸将来。关于工读学生的情形，却有罗益增、罗学瓒两君的信，述之甚详。并且罗学瓒君的信中，将法国工人的情形，也详细述及，使我们得了解他国工人之真象，这更是难得而可贵的了。不过两君的观察点各有不同，所以对于观察对象的情绪，也各有不同。原本世间的事情，都是多方面的。看你感的是哪一方面，当然就起哪一方面的反应。所以我们对于两位罗君的说话，不能拿一种概念去判断，不能指定哪位说的是，哪位说的不是。我们只着眼在他们共同的那一点上就好了。下面就是两君原函，仅字句之间，稍稍加以润色，意思并没丝毫更变。

罗益增君的信

（上略）我最近一礼拜的工作，比前稍劳苦。天天都在执钉锤凿石洞，有时还要爬山，拖大如拇指的铜电线，弄得两手皮破血流，逐处都是大泡。至于身上的汗，更不消说，仿佛终日都在日本澡堂的水池里面一般。

此地的法国人，（无论工厂或商店里）对于中国人的感情，近来很坏。对待华工，固不消说；就是对于我们学生，也是一样。我们初来的时候，并不呼我们的姓名，都喊做 Chinois，简直同日本鬼喊支那人一样的不敬，我们已经是很不耐烦了，哪知近更加坏，竟把我们叫做 cochon chinois（中国猪），或是 chien camarade（狗朋友）。此外还有种种的口语，像 salaud（此系俗语，据华工翻译王君说，是"肮脏东西"的意思。）等，数之不尽。像这种无端受辱，不要说我是个向来不受侮辱的人，——记得我在日本中央大学的时候，有个日本同学关口藏雄叫我一句支那人，我赏他一个嘴巴。我对于这些事情，是一点不能受的。——就是不讲国家主义的罗学瓒先生，也被他们骂得个七窍生烟。我们正在打算提出抗议，如果无效，只好丢了这碗怄气饭罢。

今天我和范祥在街上走路，忽然一家楼上一个法国妇人，向我们大喊 cochon chinois。这样的侮辱，就在日本也没受过的。……（下略）　二月九号。

罗学瓒君的信

入工厂以来，总觉没时候写信，这因为不曾严立生活规则的原故。兹将我们工作情形、生活状况及法国工人的工作情形、生活状况，略言如下：

我们来 Groupement 工厂勤工的，共二十一人，分为三起工作，就是：学铁工，电工，范砂工。学铁工的，在学徒部同法国小孩一处，终日凿铁陶铁。起初不作器物，只给以铁块，一任凿圆凿方，纯粹为练习性质，于工厂并无丝毫益处。现在学这种工作的几位，技能上已大有进境，不致动辄伤手，器具周转，已觉自如，足当在学校学习一年以上。工厂已给有零星小铁件陶铸，不致完全无益于工厂，大约三四月之后，即可出学徒部而入工作厂了。现在每人日给工资五方，（方字即法郎之省语）但不久即可望增加。此在工厂尚算优待，因为法国小孩，还是由学校出来的：起初不过日给一方或二方三方而已，而且学限还要三年。

范砂工作即磨砂，用水倒铁水，制作模型诸事。若不明数学的，颇为困难。而且这件工作须体力强健，不怕灰尘的方行。现在此项工作的工资，尚不能确定，听说每日约有十方之谱，二十一人中任此项工作者，现仅两人。

我与罗季则君、康清桂君、刘范祥君等共八人。做的是电工。起初亦惟有站在旁边观望，并不能动手。现在却能动手了，做的是配置电灯，装设电线，藏窖电机，使用电机等事。不甚费力。不过没有一定的地点，有时在屋上，有时在楼上，有时在野外，有时又在坑中，总之跟随同伴，听其指挥罢了。我等对于电学，可惜毫无研究，并且语言不通，就问也不能十分明了，只能多存疑问，以为日后研究的资料。（按罗君等到这个工厂，仅二月余，所以有此段及下段的言论。）

此等工作，是否可以学得真正的技能，尚属疑问。何以言之？因为同伴的法国工人，已作了好几年的工，亦只能听人指挥，操作各项杂工，对于电学，并无丝毫受益。但是事在人为，我等终不敢自行放弃，将来或许可以受益。现在工资，亦不能确定。（按此处所言工资，系专指电工一项的，）据以前所发的计算，有说是每天十方的，有说是八方或十二方的，以我估计，多半只有八方。因为这等工作，狠有点散工性质的原故①。不过工作尚轻，我们都还能够胜任。——以上是说我们工作的情形。

每天早间六点半钟上工，所以我们五点二三十分的时候，就将预备起床。穿衣吃早点约费三四十分。六点一刻动身往工厂。路上需十分。还有几分，便用来脱换衣服。无论若何支配，到工总须按时。上午十一点钟散工，即回寓预备中餐。初来时中晚两餐，都到工人饭馆去吃，每顿需一方七十五生丁（按一方值百生丁），每日约需费四方之谱，未免太贵。所以此刻都改为自己炊爨，有二人一组的，有三人或四人一组的，各备有酒精灯洋铁瓢，不过三四分钟的时间，即能到口。并且现在工厂已备有厨室，设有瓦斯灯，更形便利了。

每日生活费用，多不过二方半，少至一方半便够了。吃的也不甚坏，如牛奶面包白菜红萝卜鱼肉之类，都可做出中西合璧的饮食来，自己炊爨，自己买办，丝毫不需人助，亦可说是独立经营的生活了。

午后一点钟上工，四点半散工，到五点钟，就可开始读书，若是九点钟睡，可以读四小时。假如十点钟睡，更可多读一小时。再如饭食便利，早起还有半点钟，可画②为读书的时间，大约此地同伴，读书时间，多者四小时，少者二三小时。但此亦在各人的计算与恒心，不可一概而论，其间也有忙忙碌碌用功在琐屑事情上，没有读书时间的。至礼拜休息，多半因为洗澡，写

① "狠"同"很"。　——编者注
② "画"同"划"。　——编者注

信，接洽华工，游览风景诸事转没有工夫来读书了。

现在何以还没有人来教授法文呢？这却是因住所的关系。目下所住的房子，系由工厂备的。里面设置，都还完备，如电灯书橱书桌火炉，皆不下于蒙达尔尼学校，每月仅取资五方，也还便宜。不过住的人太多，各有各的嗜好，不能够同心做事。所以我们打算另租房屋，每人一月所费不过二三十方，而请人教法文，定阅书报，轮流炊爨，交互研究等事，却可以一一着手。故从大处计算，此钱倒不可省。——以上是说我们生活状况。

我们入厂不久，不能深知法国工人的情状，但是呈于我们眼前的，却也不少。现在就所见到的，略述一二。述法国的工人，即所以述法国一部分的社会也。兹分两段述之：

（一）工作情形　Groupement 工厂，现已实行每日八小时的新制。凡工人一入厂门，即从容脱换衣服，换衣之后，又从容清检器具。诸事既了，方才徐徐到工作地点，于是遂相与聚谈，或调笑打骂，不然就躲到没人地方去抽烟休息，若碰见 chef（工头）就做得手忙脚乱的样子，一似他真在尽心竭力。但 chef 一转背，他们便没事了，仍旧谈笑打骂，藉故迟延。当我们初入工厂时，曾见同伴的电工，三四个人共安一电灯，安了一天，还没有安置完好。我们非常奇怪，以为在我们国内，不过一个人一早晨的工程，就完了，他们外国工人何竟愚蠢至此。随后凡在各处所见的法国工人，都是这样。及问到华工，才晓得他们并不是蠢，乃是懒，他们懒惰的程度，在我们东方习于勤作的人看来，真正可惊。同伴在学徒部的，也说法国学徒，除聚谈打降笑骂嬉戏外，很少见他作工的时间。他们哪里是作工，简直是赚钱混时日耳。

新近与一法国同伴相偕，他常教我们懒惰的方法：走路要如何缓，做事要如何混，见 chef 或 contremaître（管理员）要如何用心。有时我们请他指示工作，他便笑我们是 fou，（愚人，疯子。）有时还反转讥诮中国人是不近人情的，就因为他们不好工作，而中国却勤于工作的原故。

（二）工人性情习惯　法国人素著轻佻活泼之名，在工厂中，更可证明。他们自家交谈，或同我们谈的，无一而非狎亵的事情，不特口里说，并还做出种种狎亵的样子。不管你听不听，看不看，他总要尽情的做，尽情的说。如其见有 Madame，相识的，就停着工作去说笑，或相与抱持，做出种种不堪的样子。不相识的，便口里做出种种怪声，或向之自吻其手。有时一个女工旁边，常有无数男子，相持狎笑，这也是工人混日子的一个妙法。

他们又喜欢互相打骂，一语不合，就打将起来。但打输了的，也不能怨恨，并且喊着 merci, bon camarade（谢谢，好朋友），又相与握手言笑。其于我们，也是这样。但他们最欺软怕硬，他打你，若你不回手，他便以为可欺，就要百端侮辱了。如你回手交打，他反转有点怕你。不过没有气力的，却也要吃亏。我们当初原取无抵抗主义，继以不胜其扰，也不能不同流合污了。

他们骂人，也无异于中国的工人，种种不好的名词，如 fou（痴子、疯子），sot（愚人），mulet（骡），salaud（不洁），cochon（猪），chien（狗），araignée（痴性），cocotte（贱妇）等，皆工厂里常常听见的。

法国工人最不好的所在，便是自己不作工，又妒忌别人作

工，以及专说华工坏话之类，又好随处小便，有与我们偕同做工
的人，常在室中小便，遇 chef 来问，他就答为 Chinois。又凡工
作不中程时①，也往往诿口于中国人的懒惰。因此华工常与
冲突。

我又听见华工说，法工人最好偷东西，如肥皂靴子衣服之
类，若不善为收拾，即被窃去。有时当面，也持强抢夺。华工大
院（华工聚居地方）常发现窃案，此真法兰西社会最糟的一点。

他们又最嗜烟酒，纸烟一物，几乎人人口中都有。酒则除饮
于工厂外，还有带进去当茶喝的。一到午后散工，更纷纷拥向咖
啡馆而去。我们有一个法国同伴，常邀我们去喝酒，拒之不可，
受之难堪，费时费财，诚无益也。惟好洁之处，则过于中国工
人，工作时一身衣服，散工后又一身衣服。午后凡街中衣冠齐楚
的游客，多半即厂中龌龊的工人。更有数事，皆强于中国工人：
（一）朝夕相会，必握手呼 bonjour, bonsoir。（二）无一人不识
字。且常有能识数国之字操数国之语者。（三）散工时，必买报
一份，且行且看，世界大势，了了于胸中。（四）工作坚美，宁
多改造费工夫，不做容易损坏的东西。

以上对于法国工人的现状，所见的已尽于此。但还有关于女
工的，也稍为述一点。因 Groupement 工厂，亦多女工，他们②
的工作，多半轻于男工。他们工作的地方，多半不和男工同。问
他们为何作工？多谓为家境逼迫。而且常说女子是守家的人，不

---

① 中程：合乎要求、规格。《明史·曾同亨传》："军器自外输，率不中程，奏请
半收其直。"　——编者注
② 原文如此，今作"她们"。　——编者注

是作工的人。意思很不愿再作工。可见法国女人作工，非真正觉
悟的。……（下略）　二月八号。

原载《少年世界》1920年第一卷第五期

鲁渥的画

鲁渥博物馆①（Musée du Louvre）是巴黎博物馆中一个霸王。屋宇非常宏大，收藏非常丰富。若要详细记述，简直非专书不可，我这里所说的，只是它所藏图画的一部分，而且是个大略。

据书籍所载，鲁渥中的名画，约有三千多幅。大概法国画占三分之一，次则意大利画最多，在这一部分里面，也最占重要。再次便要数荷兰画、比利时画，再次才是德意志画、西班牙画，中以英国画为最少，仅仅一百多幅，并且在各画派里头，也很平常，不过略备一格而已。

鲁渥这地方，本来是法国古王宫殿，气象很为轩昂。与拿破仑第一的凯旋门，正遥遥相对。屋子之外有几片草地，两处花园，都收拾得美丽异常。当中还有一座与凯旋门相仿佛的纪功坊，坊上面的雕刻，同花园草地里森列的石像，我们且不忙进去瞻仰它的内容，单是赏玩这外表的风物，已足令人神往。此宫扩建自一千五百年初叶佛郎梭瓦第一之世，草创之初，规模尚不很巨。及经一千五百年中叶亨利

---

① 鲁渥：即今译卢浮宫，巴黎古宫殿建筑，法国的国宝。1791年开放为博物馆后即著名世界。据说，现在藏画一万五千件，平时展出的仅两三千件。
　　——原编者注

第二、亨利第四两朝，便布置得渐有可观。到路易第十三、路易第十四两朝，更加以盛代的经营，后又经拿破仑第一的补葺，拿破仑第三的润饰，才成就了现在这个庄严华丽的所在。但是若不亏这五十年的保重，却也未必有这般好罢！

佛郎梭瓦第一，不能是鲁渥宫殿的始创者，且亦是鲁渥图画部的发起人。何以呢？因为佛郎梭瓦第一，本是一位很讲风雅的大文学家，平生极喜悦美术，和他同时的一般美术家，无论是本国人外国人，都一例受他的尊重。那时意大利的图画，正在发皇时代，恰好碰着这位风雅大王，遂乘势收罗。凡为著名作品如万西①（Leonardo da Vinci）的杰作《纳若恭德》（*La Joconde*）——此节后面详谈——或当时不甚推重的东西，都用重价大宗购来，藏诸宫中。自从佛郎梭瓦这么一来，法国的美术，方才有了根底。其后亨利第二、第四两朝，亦皆留心搜集。虽然搜集的数目不甚大，但论起真价值来，恐防偌大的博物馆中，除开山祖师佛郎梭瓦第一所收罗为最有价值而外，其次便算这两朝的为超等了。及至路易十四，更为考究这些，并且以他全盛时代的大势力，所以在搜集上也大占便宜。其后拿破仑第一，路易第十八及拿破仑第三几朝，也广为收罗的不少。直到现在，还年年在增加哩。

鲁渥藏画所在，共分三十九个画室。兹将大略形势，写在下面，并一室一室的大概谈论一下。

入门经过一个长步廊，便从几叠很宽的石梯登楼，上楼第一处，

---

① 万西：今译达·芬奇，意大利著名于世的大画家，他的杰作之一《纳若恭德》，本名《蒙娜里莎》，今又译为《永远的微笑》。　　——原编者注

便是第五画室。就先从这里说起罢！此室专名为 Salle Duchâtel，在路易第十八时代，曾经加以润饰过的，天花板及各窗棂上的雕刻，皆是当时的名作。其中所悬画片大小一十三幅，皆一千七百年末叶法国名画。各有好处，不能细谈，这里只能略说一幅，以为代表。这幅画的名字，叫做《泉源》（La Source），画中是一片阴森笔立的石壁，壁下一泓清泉。靠着石壁斜立了一个裸体少女，左肩上倒放着一个长颈瓶，右手从头上弯去执着瓶底，左手执着瓶口，瓶中一注清水，正倾入泉中。少女画得绝好，又秀逸，又娇憨，又洁白；浑身颜色，调得异常活泼。中国人评画，向有一句成语叫"呼之欲出"。我对于这画，也很想评它这一语。这画是法国有名的老画师安格尔（Ingres，1780—1867）的名著。这一间画室，光线既不甚好，四壁色彩也很陈黯，但既悬有这幅可爱的画，所以人人过往时，总要留连片刻。

其次为第四画室，专名叫做方厅（Salon Carré），建筑于亨利第四时代。拿破仑第一曾于一八一〇年四月二日，与马利鲁意司开结婚庆祝会于此。现在一般游人，走到这里总还要指点指点，何处是设坛的地方，何处是拿破仑站立的地方。好像大家都曾参与过这种盛会来的，其实都是瞎说。这室中悬画四十幅，意大利、比利时各派皆有，这里也只能略谈一二幅。第一是吕尼（Luini，1480—1532）的一幅，名为《眠于母腕中之童年耶稣》（L'enfant Jésus dormant dans les bras de sa mère），将一熟眠之童子及慈母关怀之情，活跃纸上。吕尼①本是米纳勒画派（Ecole milanaise）中的名手，但是以我看来，与其说是宗教画，不若说是写实画。因为除去题目，全然不带一丝神秘气味，这真算宗教画中无上上品。其次一幅古事画，也很好。其名

---

① 吕尼：意大利名画家，达·芬奇的学生。　　——原编者注

为 *Alphonse de Ferrare et Laura de Dianti*，是画的一个袒胸少妇，科头①斜立，头向左面睨视，身后左端，隐约有一须发蓬蓬的男子，手持一镜伺之。少妇态度，既庄严而妖媚，颜色亦调和鲜明。惟黑影中之男子，不甚显豁。可惜就是不知这古事的原委，所以不甚了解他所寓的意思。这画是威里底伦画派（Ecole vénitienne）中意大利名手勒底底安（Le Titien，1490－1576）的手笔。其余如万西的《圣若望巴底士举右臂向天》（*Saint Jean-Baptiste le bras droit levé montrant le Ciel*），及勒底底安的《戴手套的人》（*L'Homme au gant*）皆最足令人留连的。

其次为第七画室，专藏十四、十五两世纪意大利的古画，所以又名意大利早期艺术画室（Salle des primitifs italiens），共悬大小画片一百零四幅，大概二十分之十九，皆为宗教画，述神为重，写人生太少。这虽是早期画所应有的，但在我们现刻眼中看来，却生不出什么兴味。画十字架上的耶稣，倒还写得出牺牲奋斗的真精神，余如神话画，就老实的不知其所以然了。其中写人生的也有，但是很少很少，惟有一幅《一个老人与一个小孩的肖像》（*Portrait d'un vieillard et d'un enfant*），画得最佳。小孩扑于老人怀中，正仰面与老人相语。这是意大利弗洛朗底伦派（Ecole florentine）中名手几朗达汝（Il Ghirlandaio）的名作。

其次便是一道绝大的长廊，据书籍所载，约长四百迈当②。最初建自一五九六年（还在亨利第四之前），到一六〇八年才完成。直至

---

① 科头：光着头。　　——原编者注
② 迈当：又译米突（meter 或 mètre）简称"米"，系法国的长度单位，亦即公制的公尺。　　——原编者注

路易第十三、第十四两朝，始将内部彩画完毕，前后两个画师，都很有名。在前本是一个通道，拿破仑第三时又才将它分划出若干段落。拿破仑第三倒后，始用来藏画。现在仍分若干段落，不过通名第六画室，现在分段说罢。

A段：共悬画片大小七十九幅，都系意大利画，并且各派皆备。约略分之，有弗洛朗底伦（florentine）、龙巴德（lombarde）、米那莱士（milanaise）、柏蒙歹尔（piémontaise）、波洛莱士（bolonaise）、罗马（romaine）、菲那乃士（ferraraise）、阿门不乃伦（ombrienne）八派。也是宗教画最多，其中又以圣母玛利亚像尤多。以我个人看来，最好还是吕尼的《莎罗门接圣若望巴底士之头》（*Salomé recevant la tête de Saint Jean-Baptiste*）一幅，为最动人。这个故事，不甚清楚，但知莎罗门是犹太古王菲里蒲之女，画上系一个少女，手捧铜盘，正向一人手中，承接一颗鲜血淋淋的人头。莎罗门美而刚劲，而人头颈上之鲜血，点滴铜盘之中，极其惨淡。

B段：共悬画片大小六十八幅。尽属意大利威里底伦一派之画。也是宗教画占十之八九。在我意中，以《最后之圣餐》（*La Cène*）一幅为顶好。画中为耶稣与其十二门徒据案而食，耶稣忽说，中有一人，明将卖我，其门徒等皆大惊。十三人神情各异，耶稣中坐，仰面向天。卖徒之犹大，即在左端，既惊且骇。彼得在极左一端，奋衣欲起。此画为歹波洛（Tiepolo，1696－1779）的手笔。也有两幅风景画，一为加纳来（Canaletto）的《撒吕特教堂与威尼司运河入口的远景》（*Vue de l'église de la Salute depuis l'entrée du Grand Canal de Venise*）；一为格底（Guardi）的《在威尼司的撒吕特教堂》（*L'Eglise de la Salute à Venise*）。两幅皆画河岸山上巍然高峙的教堂，及河岸下杂然来去的船舶，设景极烦，画笔极细腻，在此画室最为生色，然而两个人，都不是当时有名的画师。

B 第二段：共悬大小画片四十五幅。为意大利之罗马、波洛莱士、弗洛郎底伦三派的画。除几张肖像画外，大概也是宗教画。其中以《圣色西莱坐弄提琴》（*Sainte Cécile assise jouant du violoncelle*）一幅为最佳了。圣色西莱一面弄琴，一面睨天而歌，一个背生两翅的小爱神，头顶乐谱一册，端立桌上。虽然神秘，但画笔极妙，圣色西莱的琴声歌韵，几乎可以从纸上听见。这是意大利有名画家多米里干（Le Dominiquin, 1581－1641）的手笔。

C 段：此段又名哈发额室（Cabinet de Raphaël），因为一共才悬了二十三幅画片，而哈发额就占去十一幅。还有四幅，是他一派的，哈发额同行斯帕喀（Lo Spagna）占去两幅，他们两位的老师柏吕千（Le Pérugin）占去三幅。算来这一段画室，完全就是他三位分据了。

说到哈发额，又不能不提笔把他的历史，略说一说。但凡治美术的，讲到意大利文艺复兴时代，大约这三个人，总应该知道的：一个是我前面业已提过名的万西，一个名叫米开郎基罗（Michelangelo），一个就是这哈发额桑若（Raphaël Sanzio）。此三公者，皆文艺复兴时代最有盛名的美术家。前位待后面详说，至于哈发额，不但是画家，并且雕刻建筑，件件皆行。自文艺复兴以后，欧洲美术多宗于此三人。三人中，哈发额死得最年轻，生于一四八三年，死于一五二〇年，仅仅活了三十七岁。许多批评家，对于他的画，评得很好，说是用意光明，下笔凝重。鲁渥中所藏的十一幅，在他平生名著中，仅占两幅：一为《圣家》（*Sainte Famille*），一为《少年之像》（*Portrait de jeune homme*），都是最有价值的创作。

D 段：意大利画就尽于此段了。计共悬画二十九幅，意大利画只有十二幅，尽悬于左壁。西班牙画与意大利画最大不同之点，就是西班牙写实为多，如《豪杰之结合》（*Réunion de personnages*）及《年轻乞儿》（*Le Jeune Mendiant*）这一类的画，意大利画中是绝对没有的。《年轻乞儿》一幅尤好，阳光自陋室窗间射入，年轻之乞儿，衣其褴褛之衣，坐于阳光中低头捉虱。这是西班牙有名画师米李罗（Murillo，1617—1682）的作品。

D 第二段：共悬画片大小九十二幅。为西班牙、英吉利、德意志三国的分野。至此，宗教画与神话画完全扫尽。英、德两国以写生画、肖像画为最多，其中以德人贺尔班（Holbein，1497—1543）所画《英王亨利第八第四位王后安伦的像》一幅为最美。安伦王后中正而立，交握其手，颜色修饰绝佳，衣服亦描写工细。

E 段；共悬大小画片六十六幅。尽系弗那莽德（Flamande，比利时地区）一派之画。有《比利时乡村节日》（*La Kermesse*）一幅，写狂饮之中，男女皆乐极，健壮之男，各拥一肥硕村妇，跳舞言情。上则张席为幕，下则借草为褥。以极粗之笔，写极烦之事，神气无丝毫之失，真非妙手不可。这是有名画家吕版（Rubens，1577—1640）的名著。

F 段：这是长廊的尽头。其中悬画四十五幅，均为荷兰画。荷兰画较德意志画尤为细致，并极重光线。如《患水肿病之妇人》（*La Femme hydropique*）一幅，写一患病妇人坐于一华美室中，医生方取药饮之，旁立一少女手执玻璃药瓶，映光视之。所画太阳光线，色彩佳绝，此为荷兰画师都（Dou，1613—1675）的手笔。其余如菲客多（Fictoor）的《少女之像》，伦卜郎（Rembrandt van Rijn）的两幅《隐者阅书》等，皆致大力于光线。

长廊既尽，便是第十七画室，专名叫 Salle Van Dyck。因为其中所藏的画，以万底客为最多。万底客为比利时十七世纪时代最有名的画家，是吕版之后有最高艺术成就之一人。他的画用笔生动而布置简单，批评家很恭维他的作品，说是合于实用。他生于一五九九年，死于一六四一年。此室中共藏画三十二幅，万底客之画，占去十九幅。吕版的画，也有九幅。吕版的画，有专室藏之，待到后面再说。万底客以肖像画为最多，既已略略评介，便不举例了。

由万底客画室过去，连着一间房子，但比此室稍低，有三四级木梯下去，这里总名叫做"弗那莽德同荷兰的小画室"。中间一个小室，便是吕版画室。周围又有十八个小画室。这里先说周围的画室。

下木梯进去，向左一转，便是一个小走廊，名为第十九画室。这里只悬了两幅画，并都悬得很高，光线又不甚好，所以纵走过好几次，都不曾仔细浏览过，暂时放下不谈。

经过走廊，第一间房子，便是第二十画室，专名叫 Salle Frans Hals。共悬画十九幅，肖像画就占去十二幅，大概都是有名人物的肖像。中间一幅，最刺眼而又最容易认识的，便是笛卡儿（René Descartes）老先生①的肖像。

其次为第二十一画室，专名叫做 Salle Albert Cuyp 共悬画十五幅。据我看来，这一间的画，比前一间似觉高妙些。大概这也是我一个人的说法，未必便是定论。其中有一幅是荷兰少年画师麦许（Metsu, 1629－1667）的名著，叫做《荷兰厨娘》（La cuisinière hollandaise）。画一个中年妇人正在经理食事，苹果一筐，置于身畔，手中正执一鲜红苹果，削去一半果皮。着色及用笔，皆臻上乘。还有一幅，是维米尔（Vermeer de Delft）的《花边女工》（La

---

① 笛卡儿（1596－1650），著名法国哲学家、物理学家、数学家，是"解析几何学"、"坐标式"的首创者。 ——原编者注

Dentellière），一少女埋头织纱，也画得最好。此室共悬画片十五幅。

其次为第二十二画室，专名叫 Salle Jan Steen，共悬画二十五幅。大幅很少，小幅甚多，大概以写家庭生活为主。如麦许的《武士款待少妇》（*Un militaire recevant une jeune dame*）及米叶里（Van Mieris，1635—1681）的《少妇调茶》（*Jeunes femmes prenant le thé*）及莱慈舍（Netscher）的《少妇教歌》（*Jeune femme prenant une leçon de chant*）等都是写家庭中的事务。

其次为第二十三画室，专名叫 Salle Van Goyen，共悬画十一幅。以写风景为主。

其次为第二十四画室，专名叫 Salle Van Ostade，共悬画三十八幅。以写实画为多，荷兰故事画次之。

其次为第二十五画室。专名叫 Salle Ruysdael，共悬画三十幅，以风景画为多。中有一幅名《秤金者》（*Le Peseur d'or*）画一老市侩，坐于案前持一小秤，权衡金子，两眼旁视凝思，最为得神。此系都（Dou）的名著。

其次为第二十六画室，专名叫 Salle Hobbema，共悬画二十九幅。以上各处之画，虽有专画牲畜的，但除画猎狗外，很少其他的牲畜，这里比较便多了些，画马的有三幅，画牛的有一幅。其间以画牛一幅为最好，此系荷兰名手波的（Potter，1625—1654）的作品。画中共有五牛，两牛在极远处，但能望其角影。一牛卧地上，一牛旁树而鸣，一牛巍立路中。各尽其致，诚写生妙笔也。还有一幅，名叫《水磨房》（*Le Moulin à eau*）任风景画中，也是绝妙妙品。画中老树槎枒，一小溪绕流其下，稍远处有磨房一所，更远又有丛树如山，亦有磨房一所。天上的云霞，地下的草石，无一不画理入神。这是阿伯马（Hobbema，1638—1709）画师得意的名作。

其次为二十七画室，悬画十六幅。此室无专名。

其次为二十八画室，专名叫 Salle du Coin，共悬画十七幅。有数幅为战事画，但画片皆不甚大，无雄厚气魄，故皆略之不谈。

其次为第二十九画室，专名叫 Salle Van Eyck，共悬画三十一幅，有极小者。自万底格画室之后，几乎绝无宗教画，至此室中，始又见方从十字架上放下之耶稣，及意大利早期艺术画中，最多之圣家画（Sainte famille）。

其次为第三十画室，专名叫 Salle Quentin Matsys，共悬画二十七幅。宗教画也有几幅，姑略之不谈。

其次为第三十一室，专名叫 Salle Antonis Mor ou Moro，共悬画三十幅。其中一幅，最为神秘有趣。画中一年轻裸体女神，坐于一云雾缭绕之山岩上，右手执一地球仪，左手上指，掌中立一飞鸟，左右上下，百鸟环之，其脚下之鸟尤多。画名甚长，直译之即为"星学之神（九文艺神之一）秉情爱之态，手持地球仪，百鸟在其脚下"，此系比利时有名画家布吕埃尔（Bruegel，1530－1600）的手笔。不过有趣则有趣，用意所在，则不知之，这却由于不深于神话的原故。

其次为第三十二画室，专名叫 Salle David Teniers。在我看来，在各画室中，以这一室为最精美。共悬画三十幅。最好的有三幅，可以略说一说：其一为《荡子与娼妇共饮》（*L'Enfant prodigue àtable avec des courtisanes*），仿佛是一村店，板墙之外，荡子与二娼妇围桌而坐，村中老妇立观于旁，荡子方回头唤酒，一幼女正提壶而来。荡子衣冠宝剑，皆卸置一旁，又似春日出游，偶就村店沽饮之状。其二为《村中佳节》（*La fête de village*），一小村中，人多于鲫，有据桌共饮者，有相携跳舞者，乐趣盎然，直跃纸上。其三《客寓中之吸烟者》（*Le fumeur dans une auberge*），一旅行者，似初卸行装，取烟而吸，以慰疲劳。此三幅皆比利时有名画家德里野（Téniers，1582 —
1649）的手笔。德里野是此公少年时的名字，因为他儿子也是一位名
画家，也名德里野，于是他晚年就改名为大卫（David）。此一室中，
以他的画为最多，所以专名就叫大卫德里野画室。

其次为第三十三画室，专名就叫荷兰画室 Salle hollandaise，共悬
画二十八幅。也是写荷兰风俗为主。

其次为第三十四画室，专名也叫荷兰画室，共悬画三十幅。中以
不鲁威（Brouwer，此公却是比利时人）的《吸烟者》（*Le fumeur*）
一幅为顶有名。德里野一幅，名《木球戏》（*Le Joueur de boules*），
写数老人于村落之外，为木球之戏，亦最佳。

其次为第三十五画室，专名叫弗那莽德画室，所藏以弗那莽德派
之画为多，计共悬二十八幅。其中亦以德里野所画《乐工歌者》（*Le
Duo*，*violoniste et chanteuse*）一幅，为出类之作。

其次又是一道小走廊，恰与第十九画室那个小走廊相衔接，名为
第三十六画室。其中只悬画一幅。算自第十九室至此，恰将中间的吕
版大画室，走了一个周转。虽然通名荷兰画室，但除弗那莽德一专室
外，其余各室中，总有几幅比利时画，也不纯粹是荷兰画。比利时画
中，又以德里野所画的为最多，一共有三十八幅。

这里要谈吕版的画室了。吕版系弗那莽德派的大师，生于一五七
七年，死于一六四〇年。平生作画甚多，评论家说他的画用意雄厚，
用笔浓重，并且有表现意思的大胆。此画室中的画，在早本藏于卢森
堡宫殿（即今上议院），其后移入鲁渥。一九〇〇年，Salle Rubens
落成，方又移入这间特设的画室里。

吕版画室，只藏了他十八幅画片，都非常广大，并且皆系亨利第
四皇后马利的故事。第一幅，为《亨利第四接收马利后的小像》；第

二幅，为《一六〇〇年九月三日马利后到马赛登岸》；第三幅，为《一六〇〇年十月五日亨利第四与马利在弗落朗士之证婚礼》；第四幅，为《一六〇〇年十月十七日亨利第四与马利在里昂之婚礼》；第五幅，为《一六〇一年七月二十七日路易第十三生于枫丹白露》；第六幅，为《亨利第四决意付托国事于皇后》；第七幅，为《亨利第四逝世后马利摄政》；第八幅，为《一六一〇年五月十三日马利后圣多利加冕》；第九幅，为《摄政时之福利》；第十幅，为《成年的路易第十三》；第十一幅，为《马利于围城中至色桥》；第十二幅，为《一六一九年二月二十二日放逐马利后于不落亚宫》；第十三幅，为《真理之凯旋》；第十四幅，为《缔结和约》；第十五幅，为《路易第十三与马利后之调停》；第十六幅，为《路易第十三与马利后调停后誓证于上帝》，第十七幅，为《马利后之命运》；第十八幅，为《法国之依利莎白与奥国之安娜于昂得以河上之交易》。

这十八幅画，未免说得太累赘了。但是鲁渥中名画固多，其实欲求吕版这种成片段的历史画，真正少有。况乎魄力之雄厚，用笔之刚健，诚有画中霸者的气概。不过于人事之中，总不免带些神秘，终不能脱十七世纪弗那莽德的臭味，这却是我不甚以为然的地方。

由吕版画室经一过道进去，便是灼沙画室（Salle Chanchard），此室尽是十九世纪法兰西派之画。灼沙画室尚未编号，所谓灼沙，不过是它的总称，其中又分五室。

第一室系一大步廊，共悬画四十七幅。以风景画为最多，亦以风景画为最美。如哥乐（Corot，1796—1875）的《晨曦中之林中旷地》及地哑（Diaz）的《若望巴黎之高原（枫丹白露森林中一地名）》（*Les Hauteurs du Jean de Paris [Forêt de Fontainebleau]*），皆以草木土石见长者。余若都落亚涌（Troyon，1813—1865）的《白牛砺痒

(*La vache blanche qui se gratte*),画一牛砺其领脊于老树之上。树之苍苍,牛之努力,较波的画牛,似又更进一步矣。

第二画室,即在步廊之内。此处共悬画三十五幅。除风景外,以写劳动之人生为多。略举一二,以概其余。米勒(Millet)的《昂热吕》(*L'Angélus*,① 此为罗马教中早午诵经时的首一句)一幅,写一莽莽田野,中立田家男女二人,男者似方力作,三齿之铲,犹插身畔土中;女子似以馌饷②初至,提篮犹置足畔。朝日初起,正斜照两人身上。男子正立,女子侧立,皆合手低眉,似正诵 L'Angelus。此画用笔虽简,但表示乡人崇信宗教之意,却极显豁,是即为十九世纪象征画的妙处。还有一幅,也是米勒的手笔,名叫《牧羊女》(*La Bergère*),黄昏旷野中,有羊一群,其侧稍远处,有护羊犬一头,对羊群而立;羊群之后,一牧羊之女,身披大衣,手执巨杖,痴立远望,若有所思。皆此画室中最佳之品。

第三画室,较第二画室稍小,仅悬画十一幅,皆为风景画。

第四画室,共悬二十五幅。以麦锁尼埃(Meissonier,1815—1891)一人的画片为最多,计十六幅。麦锁尼埃为十九世纪法兰西新画派中,最负盛名的人物。这里所悬,虽不尽是他的名著,但有名作品,亦复不少。如《拿破仑偕其参谋巡行法兰西乡野》(*Napoléon et son état-major,campagne de France*)一幅,就是法国一般最恭维的画。此画印成明信片,流行最广,或许国内看见的人也不少。画中拿破仑骑一白马先行,参谋数十人皆骑随于后。步兵数大队,则行于远处。拿破仑鹰扬之姿,栩栩如生,白马骄行,亦神骏不凡。

---

① L'Angélus 意为"三钟经"。在我国,这幅画译作《晨祷》。   ——原编者注
② 馌饷:农家送饭到田间。   ——原编者注

第五画室，共悬画二十二幅。小幅为多，大幅中以《嗜书之女》（*La Liseuse*）一幅，为最有名。此系昂勒（Henner 1829－1905）大画家的手笔。画中系一裸体少女，以一手支颐，正俯视一书。少女肢体，画得绝美。其用笔之妙，不下于《泉源》一幅。

灼沙画室中的名画家甚多，可以指名者，如哥罗、多比涅（Daubigny）、地哑（Diaz）、得那果瓦（Delacroix）、都卜乃（Dupré）、弗洛莽丹（Fromentin）、以沙伯（Isabey）、麦若里野、米勒、鲁巴（Rousset）、都洛亚涌（Troyon）等皆为十九世纪法兰西新派画中最负盛名的。因为限于篇幅，所以只能描写二三人的作品，其余只好暂时付诸阙如。

到此，又要请阅者回转眼光，另进几间画室。不过这几间画室，所藏大抵都是法兰西的早期原版画，及意大利的古画。若是专门研究美术的人，对于这等画室，必定非常欢迎，但我系就普通说法，只好就我力能说的，略略说一下罢。

第九画室，专名叫 Salle Bolonaise。所藏尽系意大利各派的古画，共有三十七幅，其中两幅，一为《耶稣戴刺冠之圣像》，一为《马德乃伦》（*La Madeleine*）悔过之像。（马德乃伦为犹大恶行的一个美妇人，耶稣加以劝导，于七月二十二日对天悔过，后人遂于此日为忏悔节，文学家凡谓悔过之女人，皆称之为"马德乃伦"。）两幅中，尤以后一幅最好。马德乃伦，为一绝美之妇人，披发叉手，仰面向天，口微启若有所祷。两幅皆系意大利名画师列底（Redi，1626－1698）的手笔。

第十画室，即法兰西早期绘画画室（Primitifs français）所藏尽系十五世纪的古画，共有三十五幅。

第十一画室，也是法兰西早期绘画画室，所藏尽系十四世纪法国古画，共有五十六幅，肖像画最多，共有三十七幅，大抵以法国古帝王名人的像为多。

第十二画室，专名叫做 Salle Le Sueur。因为这一室中共悬画三十幅，而须阿所画就有二十二幅。须阿生于一六一六年，死于一六五五年，为十七世纪法兰西最善创造的画家，所以一般法国人都称之为"法兰西的哈发额"。至于他这二十二幅画，系一六四五年至一六四八年中，特为巴黎一个礼拜寺名叫"小修道院"（Petits-Chartreux）画的，后来始移入鲁渥。画中系圣不吕罗（Saint Bruno）平生的一段。因为圣不吕罗（1035－1101）为法国衣色尔（Isère）省（在阿尔卑斯山脚）"大修道院"（Grande-Chartreuse）的始创者，所以须阿于"小修道院"中，便描写他历史的一段，也是饮水思源的意思。至于圣不吕罗的史事画，仔细说来，也与吕版的马利画史一样，未免太长，并又没甚趣味，所以略之不谈。

第十四画室，专名叫做 Salle Mollien。其间所藏的，皆十七世纪法国名画。此室很长，一共悬画一百五十六幅，皆为路易第十三、第十四两朝的东西，在鲁渥中已定为永远储藏的珍品了。画片太多，一时也不能尽谈，只把几个有名的画家，略为介绍一下。

在这画室中间，最有名的画家，第一即为尼古拉·布散（Nicolas Poussin，1594－1665），他虽是法国人，但在意大利却住得很久。其人平生无它嗜好，惟喜在画上研究，所以在十七世纪的法国画中，实为一个首出的大师。平生作画甚多，藏于此室的有三十七幅。其初他的画本藏于卢森堡宫殿（还在吕版画以前），在一八五七年，才移入此间。今在此室画幅中，也占着一个领袖的位置。第二为罗尔兰（Claude Lorrain，1600－1682），也是十七世纪法国一个大画家。其名仅亚于尼古拉·布散。罗尔兰平生作画也甚多，藏于此间的，共十六

幅。第三为不兰（Charles Le Brun，1619－1690）；第四为比野尔
（Pierre Mignard，1610－1695），这两人都是路易十三、十四两朝的
王家画师。他两人同时都负大名，并同时都得王家的宠渥，但因同行
相忌的原故，彼此终身仇视。不兰的画件件都精，惟于调色上稍欠，
当时颇受一般人的訾议，但他的特长处，也就在此。现藏此室的，共
有十六幅。比野尔长于历史画及肖像画，现藏于此室的，只有五幅。
此外还有两位号称"法兰西的万底客"（Van Dyck français）的，一
为果娃伯（Noël Coypel，1628－1707）有画六幅，藏于此间。一为最
善肖像画的里哥（Hyacinthe Rigaud，1659－1743），有画五幅藏于此
间。其实此二画家，人人都有来历。而且所陈列的画，精品极多。不
过恐防举例说来，不免有挂一漏万之弊，再则又限于篇幅，所以只能
如此说说，无可奈何，但求有谅！

第十五画室，专名叫做 Salle Denon，它的外号又叫"肖像陈列
馆"（Musée des Portraits）。大概都是当代画师，以及各名人的肖像，
汇存于此，是一八八八年时候。一共七十八幅。这里的画幅，几乎无
一不美，实在不能拿一以概众的例子来谈它，倒是暂付阙如的好。

第八画室，专名叫国家画室（Salle des Etats）。此处所藏，为十
九世纪法兰西的画，据批评家说来，其价值当在五百万法郎以上。中
间有两位最有名的画家，一为科学派的安格（Jean-Auguste-
Dominque Ingres，即前面所说那位《泉源》画的老画师）；一为小说
派的德那果瓦，（前面说灼沙画室时，业已略道其名。）此公生于一七
九九年，死于一八六三年，于画法上，最富于创造性。平生作画，调
色最美，为近世画史开一新纪元，现今的感想派画，即发源于他。

此室共有画八十一幅，上段所说那两位的画，却占少数。此外如
米勒的《拾穗女人》（*Les Glaneuses*）画得最佳，初获后的田亩中，

残穗遍地，三老妇正往收之，写贫苦之人生，直欲入骨。

第十六画室，专名叫 Salle Darn。所藏尽系法兰西十八世纪之画，共计二百三十六幅。上自神话画，下至印象画，各宗皆备。这里亦只能略举数幅谈谈，以括其余。其一为沙丹（Chardin，1699—1779）的《饭前经》（Le Benedicité），一小圆桌上，坐小女孩一，又一小女孩则立于桌畔，一中年妇人，正以饮食一盘，端置桌上，低头向立于桌畔之女孩，若有所语。写家庭细事，直入毫发。其二为格业惹（Greuze，1725—1805）的《死鸟》（L'Oiseau mort）画得尤好。格业惹的画笔，本以敏活清灵著名，而此幅尤为他平生名著。画中一死鸟仰卧桌上，一少女似突见其爱鸟之死，大惊之余，一片伤心之情，直呈面上；她右手正往取鸟，欲即未即，神情态度、布置、调色，无一不精美绝伦。其三为那额乃伦（Lagrenée，1724—1805）的《忧郁》（La Mélancolie），写一般忧之妇，以手支颐，若有万千心事，莫由宣达者然，画笔极为细腻。

这里要谈第三画室了，这室专名叫"七烟囱画室"（Salle des Sept Cheminées），也是专藏十九世纪的法国画，一共有画六十八幅。在各画室中，以此室最足留连一般游者。其故，因这里有一幅为人人通知的历史画。这画是法国最有名的画家大卫（Jacques-Louis David，1748—1825）的手笔，名叫《拿破仑第一在巴黎圣母院行加冕圣礼》，画幅绝大，约长三丈，高二丈四五尺。画中系圣母院（Notre-Dame）圣坛处，拿破仑方站于坛上，双手高举花冠一顶，约瑟芬跪于坛前石阶上，合十低首。拿破仑与约瑟芬皆盛服，约瑟芬跪处，以花绒厚褥垫之，宫嫔二人亦盛服从后牵其长裙。更后，则军服辉煌之大将，及粉白黛绿之贵妇等，无匹其多。坛上正中坐大主教一人，亦盛服，两旁侍立之盛服教士约十数。坛后及左右则中古时卫教武士装束，执械而立者，又数十人。此画华贵尊严，最为动目。且拿破仑事迹，又为人所习知，所以徘徊于是画之下的，随时都有数十人。其实此室中诸画皆美，可以令人留连的，并不止此一幅，以我看来，却以《亚打勒送葬》（*Atala portée au tombeau*）一幅为最好。《亚打勒》为法国十八世纪一部有名的小说，系写美洲土人的原野生活，这画便描写其中的一段：画中系老少二人，共抬一女尸，在一山穴中，业已掘土成穴，将次下葬。少年则坐于穴上，抱女尸之脚，垂头饮泣，备极伤心。其事迹如何，虽不详知，但以画面言，其描绘爱情，直动人心髓。此画为法国名画师基洛得（Girodet，1767－1824）的手笔。却因悬在屋角，遂不甚引起一般游人的注目，也是此画的大不幸。此外如大卫的《沙宾女阻止战争》（*Les Sabines arrêtant le combat entre les Romains et les Sabins*）一幅，也画得绝佳。画中罗马人与沙宾武士正拔剑挺盾，将作流血之战。沙宾少妇无数，皆拥其乳儿，羼身其中，力阻战斗。此画本一古事画，但以大卫之妙笔出之，遂令人看后，发生一种高尚美感，尤觉战争一事，但与人以恐怖而已，诚何益之有！此外还有一幅，也非常之好，名为《爱神与美神》（*Psyché et L'Amour*）。一失意美神，裸坐于山石上，双手捧心，茫然无从的样子，一背生两翅的爱神，则来抚吻之。此为象征画派中最上上品，意言人之失意，惟有爱情可以安慰，愈失意，其近爱也愈近。而且这画中的美神，画得异常生动，颜色亦调得异常美丽，此为热那尔（Gérard，1770－1837）最得意的手笔。在这间画室中，真真生色不少。

第二画室，专名叫亨利第二画室。因为此室天花板上的彩画，犹是亨利第二时代旧物，所以就以亨利第二名之。此处所藏，也尽为十九世纪的法国画。此室很小，所以只藏了二十二幅。最动人的，就止德那罗失（Delaroche）一幅，名为《冤死的少妇》 （*La Jeune martyre*），系画一溺死的女尸，沉浮水面，双手交缚胸前，设景极为惨怖动人。

由此过去，便是第一画室了，共悬画一百七十七幅，这里的画，因都由鲁意那家惹（Louis La Caze）一手收集的，故即名此室为 Salle La Caze。当他收集之初，本为三百幅，其后遂将其间的弗那莽德及荷兰两派的画，分置于小荷兰画室（即版画室外十八个小画室），这里便只留下一百多幅十八世纪的法国画，以经典派画及小说派画两者为主，外国画，也有一些，但是很少很少。这里我也仅能略谈两幅如下：其一为莱泥阿（Régnault, 1754—1829）的《美惠三女神》（*Les Trois Grâces*），系三个裸体妇人，一正一背一侧，互相搂立一处。画中虽是三人，其意只在描写一个人的三面，只在写一妇人的全美，画笔绝佳。其二为那乌（Raoux）的《少女读信》（*Jeune fille lisant une lettre*）。一袒胸少女，依桌而立，执信纸一张，背灯读之。灯光由背后射照，彩色绝佳。

到这里又另是一个总画室，其名叫第二层（Deuxième étage）。中间共分三个画室，其一为三十七画室，专名叫 Salle Française de 1830，共藏画五十八幅，好画多极，且略谈一二：一幅名叫《浴女》（*Les Baigneuses*），是哥罗的手笔。一荒溪之中，有浴女三人，高岸如阜，老树偃其上，溪水静流如睡。这画注意不在浴女，只在描写静趣，浴女不过为静中点缀。一幅名叫《格列委教堂》（*Eglise de Gréville*），是米勒的手笔，描写一荒村教堂，用笔非常草率，却极动人情感，此种风景，仿佛欧北始有。一幅名叫《清晨》（*Le Matin*），是都不列（Dupré, 1811—1881）的手笔，画中也是荒溪一道，丛草乔木，映带左右，晨光初动，云霞皆倒映溪水中，生趣极浓，与《浴女》一幅之荒溪，格局精神皆迥然不同，诚写景妙笔也。

其二为三十八画室，专名叫 Collection Thomy-Thiéry。此室画片皆小幅，长三尺者，只一二幅，计共有一百十七幅。最惹人注目者，如德那果瓦的《夺取莱伯佳》（L'Enlèvement de Rebecca），写中古武士横豪的情状，直透纸背。画中系一古堡，业已起火，浓烟自窗中喷出，一甲胄武士，牵一白马伺于堡外，另一武士才由堡中奔出，肩中拥一白衣少女，女状似已晕去，其后又一拥盾执刃之武士，随之而去，且回头窥觇堡内，以防追者。

其三即最末之第三十八画室，专名叫做 Salle française du Second Empire，共悬画七十四幅，也是小幅居多，大幅寥寥。这里可以略谈数幅，以见一斑。一幅名字叫做《冬末》（La fin de l'hiver）的，系画的一片荒塘，丛树环之，寒消冰解之后，草木皆生气蓬勃，即不看题目，亦知画中节令，真非妙手不能出此。此为佛郎西鲁意（Louis Français，1814—1897）的名著。一幅名叫《栗林中路》（L'Allée de châtaigniers）的，为名画家罗莎（Rousseau，1812—1867）的手笔，茂林深路，景趣佳绝。此画用笔极浓，已渐启感想派之先机矣。

说到此间，算把鲁渥图画部，已略谈了一个大概，所有名画，只可惜为篇幅所限，不能多为介绍，这是我第一抱歉的事情。又因牵于它事，进去观玩的时间不多，有许多画，都仅能浅浅说点画意，不能作精深的评论，这是我第二抱歉的事情。并且鲁渥内的图画，除设专部收藏的三千多幅外，其余零星挂在它处的尚很多很多，本应该仔细观察，旁及一点的，然而也不能够，这是我第三抱歉的事情。图画部中，除十九世纪的外，二十世纪的新画，也有二十余幅，最近有一九一八年的画幅，也因没有时间，不能涉及，这是我第四抱歉的事情。要之，我这篇记事，是很略很略的，或者将来可以做几篇专篇的评论，这里却不能不先望阅者的原谅。

鲁渥中最有名的一幅画，据说不仅在欧洲有名，全世界上也负有盛名的，记得从前国内某杂志上也曾略为介绍过，但语焉不详，这里可以详细说一说，就作为我这篇记事的煞尾罢！

这画前面已经提到，名叫《纳若恭德》（*La Joconde*），是画的一个中古时代的微笑的美人。这画是意大利文艺复兴时三大美术家之一万西老先生的名著。万西是意大利人，生于一四五二年，死于一五一九年，为弗洛郎丹画派的中兴大师。平生不仅以绘画著名，并且长于雕刻、建筑以及文学。这画便是中年时在弗洛郎丹画的，画中美人，本名叫"蒙娜里莎·格那底李"（Mona Lisa Gherardini）。"纳若恭德"系她的外号，为弗洛郎丹名人弗郎哥·德·若恭夺（Francesco del Giocondo）的妇人，是当时意大利绝代的美人。万西作此画时，前后四年方成，据说每当他临笔之际，一见纳若恭德的巧笑，就迷离了。

这画在当时就负有盛名，后来不知如何，落于弗洛郎丹一个画师手中。在十六世纪的初期，法国风雅大王弗郎梭瓦第一，才以四千枚金埃举（écus d'or，当时货币名）从画师手中买来，一六四二年时藏于枫丹白露宫的金屋中。其后又移藏于凡尔赛宫；第一次革命时，移藏于中央艺术博物馆，拿破仑第一方才移入鲁渥宫的 Tuileries 殿，到一八七一年时，始在图画部中占一重要位置。

不幸于一九一一年八月二十三日忽然被人盗去，当时法国举国皆惊。世界上也几乎把这事当成一件有趣的谈助，因此《纳若恭德》的声名，更是大了。其后几经搜寻，直至欧洲大战前一年，即一九一三年十二月十三日，始在意大利弗洛伦萨发现，当时即由法国政府付与相当的赏金，并由意大利政府以盛礼送回法国，仍然安置在鲁渥图画部长廊的 B 段中。

这画至今没有编号，并且特在画幅前面，设下三尺来高的短铁栏，保护得非常严密。凡是到图画部中的游人，至少也要在此留连四五分钟之久，即有不懂画理的，因震惊它前此的故事，也没有不谈论几句的，倒也是这画的大幸特幸。

鲁渥博物馆，不仅是欧洲有名的博物馆，就在全世界上，也是数一数二的地方。照理图画部中，除欧洲名画外，东方的名画，也应该有几幅才是。但是以我看见的，日本画倒有一个专室，姑无论它好歹，毕竟占了一个位置，据说由日本人所赠与的占大多数。至于中国画，说起来真惭愧，在第二层画室的楼梯边，仅仅悬了四幅，一幅美人，一幅荷花，一幅白鹤，一幅燕子，仿佛都是绢底的，也没有作者的年代姓名，画虽不算十分坏，但不顶好。中国也算世界上一个古代有名的美术国家，为何在这美术霸王的陈列所在，偏偏仅表现这一点儿？听说别人搜集的不周，但自家总应留点心，自家长处，理应多多贡献一些出来方妙。并且中国画也有独到之处，不见得就不能与欧洲画相比，虽然现代因不曾经过科学的洗礼，有不如人的地方，但古品中好的正复不少，何以就没人也把它弄些到这种地方陈列陈列？尤令人惭愧的，在藏船型类部分里，尚有几幅中国画，看后真正令人气又不是，笑又不能。你们猜是什么画？一幅叫做赤壁鏖兵，以画门神的画法，画了许多战船，许多穿甲胄的人，妙在每人身后都有一杆大旗，标着姓名，凡在赤壁鏖兵的人物，倒一个不漏，画得很清楚，只是太令人难堪。还有几幅，大概都是木板刻印的，因为我看了赤壁鏖兵时，已是一身大汗，匆匆走过，不曾看得清楚，仿佛是什么"机房教子"之类。总之这种东西，如何能藏在这处，须知这里又不是风俗博物馆，所藏的本都是欧洲高等美术品，其中忽插入这几幅三家村赏识的作品，怎么不叫人惭愧呢！我以为这种耻辱，较之拿破仑坟地上所陈列在中国抢得的各种战胜品尤甚。战胜品本是以强力虏得的东西，以强力胜人的，不见就有如何的光荣，倒是这种代表精神文明的美术品，被人辱没了，那才是奇耻大辱哩！我对于这几幅"佳画"，认定是我们东方美术在西方暴露的耻辱，以为欲雪此耻，第一妙法：惟有把中国有价值的作品，不妨多赠与几幅，在其间占一个位置，叫人看了，也才晓得中国的作品，原来也有这等身份。

原载 1920 年《少年中国》第二卷四期

法国山城中的公学

　　拉米尔 La Mure，虽是法国东南部以色尔 Isère 省属下，深处亚尔伯斯 Alpes 万山中间的一个小城市，但是，若把这城的建设史不惮烦的说来，或者可以供给我们一般谈农村改造的朋友们的参考。因为法国固然是欧洲一个有千年历史的故国，而亚尔伯斯及色维伦 Cévennes 各山中新建城市的事，却不一而足。即以这拉米尔而言，在四十五年前，不过是得纳 Drac 山溪头一个未成形的小村，万峰回合的小平原上，仅仅巍峙了一所十二世纪遗留下的古堡，壁垒碉楼，虽是不如别的地方的古堡坚固雄伟，然而当宗教战争时，也是一个发号施令的所在，也曾屡经热血渲染过的。古堡高坡之下，也只是十余家牧羊人的草屋，七八处专造圆头铁钉的板棚，在那白雪苍山影里，送尽他们的悠闲岁月而已。

　　拉米尔建设的第一步，是由于通以色尔省会格罗卜 Grenoble 的火车的成功。这条路线的距离虽只四十二个基罗迈当，但建筑的工程却甚艰巨，从格罗卜去只有五个基罗迈当的平地，其余尽是三十度以上的倾斜山路；沿得纳溪谷的悬壁而上，穿十八个山洞，顶长的须经四分钟。火车通后，于是山中数千年的宝藏，从前只一度供给过罗马人炼兵器的煤与铁，也才尽量开采出来，运往山外各大城去鼓舞各工厂的发动机。拉米尔建设的第二步，是由一位电气工业家，偶到得纳溪头，看见那挟沙走石的急湍奔流，猛然触起水力发电的思想，便往美国水力电厂调查了一番，回来后就在得纳溪沿岸，破天荒创建了七八处法国前所未有的水电厂。导至数百里外，供给格罗卜，里昂 Lyon，郎西 Nancy 等处电气工业的需要，于是拉米尔的城富也才大增了一倍。其时此城的人口，已非复数十年前的景象，便有一位手套业中的巨商白兰氏，也在市外风景佳处，建了一所三层高楼的手套工厂，并分了十数处小作坊，来利用剩余的女工，及好清洁的山民。拉米尔建设的第三步，仍要归功于路政。因为他处地既在群峰万壑的中间，仅仅一道火车路线实不够他的发展，（这火车现在已改成电车了，但与街市电车不同。）自从他城富增加以后，就广筑通行马车摩托车的大道。由拉米尔市外分支，有大道五条，一条通山外格罗卜，四条通山内各村镇，登高一望，就看得见山之巅谷之底，从前称为羊肠鸟道的地方，现在无往不是二丈余宽平坦如砥的大道，蜘蛛网似的，四通八达。那六个大轮载重至数千斤日行数百里的摩托货车，直如蠢然的蜗牛，不断的在尘影里经过。照一九二〇年的户口调查，市内居民男女老少的总数，达二千七百四十余人，连所辖各小村的人口共计，足有三千四百余人，比起四十五年前来，他的差数真是骇人听闻。居民的职业，男女共算约可分为矿工，制手套工，农牧，商业，杂工五项。第一项最多，占十分之四，第二项占十分之三，第三项占十分之二，第四第五合占十分之一。

照四十五年前的光景看来，断想不到几十年后的一个山城里，竟有如许其多，如许其伟大的建筑出现。细数来，其间第一个大建筑，要算巍临市口的一座三层高楼的市政厅，这是一九一一年造成的，在当时已费了三十万佛郎的巨款；其次是市外公园背后，坐对群峰的公学，是三十年前的建筑物，价值二十六万佛郎，再次是市后峻坂之上，断垣之中的那个女子职业学校，也成立于三十年前，校舍就是那座十二世纪遗留下的古堡，购买古堡的价为十万佛郎，修理费八万佛郎；再次是球场侧面，大夜合树荫中的那所新式小学校，因建筑年代较近，校舍只是孤孤的一座二层楼屋，不过十余丈长四丈来宽，而价值却在十万佛郎以上；再次是一所女子小学校，建筑也很美丽，门前铁栏花树，点缀生姿，只是校舍也不大，价值十万佛郎；再次为宪兵驻在所的一座高楼，算是顶坏的建筑了。此外有教堂一所，虽不很美，但也雄壮庄严，三四丈高的钟楼，从群屋中高耸起来，直如那伏鹅的长颈一般。教堂侧有公共坟园一所，短垣绕之，墙内松柏森森，也同我国许多讲究的私家坟园一样。市外向东一条大道之侧，距市约有半华里远处，新由市政厅建了一所公共澡堂，市民同学生去洗澡的，纳费之少，差不多等于免费。市中有小菜场一处，公共洗衣所两处。此外商业上的大建筑，如五层高的大旅馆有一处，门面辉煌，装饰耀眼的大衣店大杂货店有四五家，更有白兰氏的手套工厂，其余整齐体面的商店咖啡馆弹子房等，应有尽有。去年尚新建筑了四条街的工人住宅，是一位矿主特为本厂工人建设的，各个独立的小院，都间以花园菜圃，也很整齐美观。靠这新街之侧，在一片斜坡脚下，尚有一所绝讲究的病院，清洁美丽，比许多大城中的病院还好。也是公家的建筑，价值三十余万佛郎。再若私人的居室，富翁的别墅，也尽有可和巴黎城外中等建筑相比的。关于公共娱乐方面，有二十年历史的球队，三十年历史的音乐队，有处女同乐会，有儿童俱乐会等等。关于农牧奖励上的，有每年一度的农器赛会，记者曾亲身参与过一次，只养蜂一项的新发明，便有十数件之多；有每年一度的牲畜赛会。总而言之，这个小城，新兴不过四十年，人口不过二千余，我们但看他魄力的雄厚，组织的精密，实令我国动辄号称数十万家的省会，对之生愧，况他的发展尚正未艾，去年市政厅又决议要新筑一条长四十基罗迈当的电车路，通入山中，直达一个出产塞门德土的市场，并建议要在五条大道之旁，添种十万株橡树。直截说来，这个山城，确乎可以供给我们谈农村改造的朋友们的参考，只我记述此篇的主旨，并不在此，关于他建设的陈迹，不过带着说几句，实未足以餍阅者的观览。

在专谈此城公学之前，尚得先将法国公学 Collège 的性质，略为诠释，也是篇中应有之文。

法国的公学，虽也是一种中等学校，但与国立中学不同。国立中学 Lycée 完全由国家设立，直辖于教育部，公学则由地方设立，直辖于学区的国家学会 Académie。中学里有特设的哲学班，以备毕业学生入文科大学的基础，公学里是没有的；中学里高等数学班也比公学里的高深。就普通说来，在中学毕业的学生考得 bachelier 之后，便可直接投考各种高等专门学校及各科大学，公学设备甚完的，毕业学生考得 bachelier 后，也一样可以投考各种高等专门及各科大学，但有若干公学——或许可以说是占大部分——的学生，在公学修业后，尚须特别到中学的哲学班或高等数学班补习一年，始可再进各种高专及大学。

中学与公学尤大的区别，就是教师的不同。中学教师纵不都是什么博士，但考得 licencié 外，在学术上总得有点著名的著作，大家都认为在学术上是确有根底的人了，然后到教育部报名，尚须经过某种审察，都十分合格了，始能照缺分发补授。大抵中学教师，多是终身不断的职业，供职上二十五年，退休后尚有养老年金，直至老死。但一般当中学教师的，却多在数年教授职务中，一面以自家学得的在讲室中实习，一面复进而研求其深者大者，若果研究有得，常有著名著作发表，数年之后，便可投考大学教授。许多关于基本学术的书籍，多是中学教师在这时候的发表。因为中学教师既如此不容易，所以在社会上的地位也甚为尊崇。至于公学教师便不免要差一点了，有博士头衔的固然可以充任，即仅考得 licencié，而略具微名的，教育部也尽可介绍于学区国家学会听候录用。既没有像中学教师有投考大学教授的特利，退职后也没有养老年金，不过公学中充当主要教师的却也不是滥竽充数的人物，无名英雄，也尽多尽多，只是扼于资格，在社会上看来终不免比中学教师差一点罢了。

中学学生，起居服食，也都比公学学生讲究些。第一，中学的校舍便华美多了，其次学生的饮食有专员料理，再次学生在校出校多有一定的制服制帽。虽然学费不比公学贵到若干，就因这些不紧要的消费多了，每年差不多总需三千佛郎上下，有许多力量稍不足的人家，便多把子弟送入公学。所以国立中学的数目，通法国不过几十个，而公学，凡人家上千的城市，便都有一所。

拉米尔城的公学，成立在三十年前，同全法国的公学比起来，不能算很大，但也不算很小。校舍的外观很是美丽，既在市外，而门前便是小小一所公园；葱茏的大树下，也有几条沙径，也有几段花畦，也有几张绿铁椅，也有几片青草地。园的中央，尚有一个小圆池，浅水中藏喷水管一具，每逢礼拜日便喷出丈许高丁香花形似的十数道细泉，霏珠飘玉，掩映在老绿嫩碧影里，委实可观。每日下午，若不是浓冬积雪及阴雨天气，那斜阳照在对面十数里外排列如屏的尖峰削壁上，有树木处便苍翠如烟，无树木处便鲜红若涂朱；山洼裹的小村，仿佛聚了十数个拳大白石；所以还能遥辨他是人家的缘故，只得亏那白石顶上的红瓦，及那笔管似的教堂塔尖。于时，天上的云霞，峰头的烟霭，更是百变不穷。左近一般工人们，作毕了工，便携妻带子到这园子内来玩赏那自然的美；或是席地并坐在园外草坡上，吃烟看报谈家常。一旦和我们外国学生碰着，不必要顶相熟，彼此便脱帽道个晚安，或谈点米盐琐事，或谈点邦国大计，无一个不是和蔼可亲，无一个不是常识丰富的。

现在来专谈学校罢。不过我述此篇的主旨，只在专谈教授方法和管理方法，并参以个人的批评，对于学校课程，未免稍略，这须先为声明的。

拉米尔公学的内部是两个学校合组的：一个是公学，毕业期为四年，毕业考得 bachelier 后，便可直接入大学理科，及各专门学校；若要入大学文科尚须到别的中学内去特别补习哲学一年。一个是乙种工艺学校，毕业期三年，毕业后可以考入甲种工艺学校，将来出身，起码可以当个工头。两个学校的性质完全不同，两校课程也各有偏重之点。大约公学注重文的方面，课程中历史地理法文修身的钟点较多，工校注重实的方面，课程中数学物理化学图画的钟点较多，并且校内特设有小小一个电气工场，每礼拜四的上午九点至十一点半，有特聘的两个老工人到校来教学生们实习。虽然两校的方面各有不同，但许多课程，有同等的便合班教授，校长只是一个，自修室也在一块，不细考他的组织，是绝对分辨不出的。

法国学校的课程表，三十年来，就经教育部划一了的。比如说某月某礼拜内上午教什么课，下午教什么课，通国一律，没有彼此歧异的；若要调查全国中等学校的课程，只须走入一个中等学校便首尾了然，方便似乎倒方便，但合不合教育原理，却是问题，訾议这种办法的人已多，用不着我再来说了。因为课程既定，很少伸缩余地，学生之受益与否，便须看教授的方法如何了。当公学教师的既不像中学教师那样有严格的限制，所以教授方法也各有不同。单以拉米尔公学的教师论起来，大抵年龄在三十五岁以下，曾经了然新式教法益处的，脑经便较活泼，教法也要好些。约而以论拉米尔公学教师的教法，可以分为"完全注入"及"注入启发合参"两种。前一种的教法，只注重在背诵；教师上课堂后，或是依次，或是从中挑出几人，唤至讲台侧，面向大众，命其背诵课本上某段，便背诵某段；分数之多寡，即以背得与否为准。教师或者也发几个问题，口头考试，但多半也照教科书上预拟的题目按本宣科，学生中狡黠的，多买有教师用书，照答题念熟，口试时便也按本宣科，只要不甚大错，便算及格。此种教师之对于学生所要求的，只是"熟"与"快"两字，背诵熟，出语快，不必更问学生对于功课了然到何种程度，便算上选，而学生之对于此种教习，亦惟以"熟""快"二字应之，此外便不无所庸心。觉得差强人意的地方，就是教师尚知道用心，教授学生，不只是抱的"将就主义"，而教材亦不仅限于教科书内；于教科书外，必多所引证，讲解时便滔滔申述，学生则一面听一面写。

　　法国学生——不仅是法国学生，大抵写拼音文字的学生皆然——最可令人羡叹的地方，就是写讲义的能力，实比用毛笔的学生的能力强。一则以钢笔写字，比毛笔不吃力；二则缀拼音字，也比缀方体字便利；三则法人极注重 dictée，（即教员口念学生笔写）从七八岁在小学就练习起，到十三四岁时，便无一个不能走笔若飞。在拉米尔时曾有一天与彼等戏试缀字能力，一刻钟内用毛笔写半正半草蝇头大之中国字，止一页，而彼等写更小的拼音字，可两页，约三倍中国字。故彼等之视抄写讲义，直如一笔画个虎字，未有如此之易者；往往教师念毕，学生写毕，非至难拼之字，如人名地名及专门名词等，可不劳教师代书于黑板之上。——因此种便利，遂觉中国学校中之抄写黑板实太不经济，但以毛笔缀方体字又如此其难，此非另想他法不可。——学生写讲义之能力既强，故教师一小时——只能算五十分钟，因每小时须休息十分——所授之课实不为少，"完全注入"式的教师，无须学生自去思索，教课尤多；教科书外的考证，亦全由教师搜集，学生只安享其成而已。

"启发注入合参"的教师，即上文所言曾经研究过新式教法的教师。此种教师大抵对于旧式教育都不甚满意，但扼于定制，不能以己意更变，不得已始于旧式之中参以新法。在学生方面极怕此种教师，因不能只用强记工夫，熟背课本不能完全了事，对于所学的尚须解释考证；不彻底清楚，便难免教师的诘责。此种教师的外表，就多锋利，上课堂时，目光四射，便与旧式教师只着眼在教科书上的迥乎不同。发问又不依成式，对答不出的，又不像旧式教师便顾而之他，必须说明所以不能对答的原故。课堂上以发问时间为多，于正课只将其间最烦难不易解，或最有关系的，特别提出讲解；撰词极精练，述语极明了，学生依词记下，便是一篇可诵的好文。第二次的功课，多于第一次之末，指定从某处预备至某处，应该参看何书，某几点最重要须注意，学生便于自修时依次预备，只要一点预备不周到，包管第二堂就回答不出，红起脸皮去受教师的严训。所以即在自修之中，学生对于此种教师的课，实比对于旧式教师的课用心多了。

我觉得法国公学中最好的一桩事，便是自修时的规定；并且我觉得法国中等学生的成就也全靠自修时造成的。这话并非乱谈，诸君试想在法国中等学校，照定规每年求学时间只有九个月——高级学校八个月——从暑假后十月半起到第二年七月半放暑假时止，中间还有年假春假，特别节日的零碎假，总共算来，至少又要占去一月，实在求学时间仅仅八个月。既除去礼拜日，法国学校习惯礼拜六下午无假，但中等学校礼拜四日则全天无课；是一礼拜中授课时间又只五日，每天上午仅三小时，下午二小时，每小时又仅仅五十分钟，试打紧计算，一年实在求学时间能有几何。然而法国中等学校的功课并不比中国中等学校功课少，他们数学一门兼重理论，就比英美数学只重演式的为高，除大代数三角等外，尚特别有图写几何一门，更是中国中等学校中所没有的。所以他们遂不得不想至好的方法，在最短的时间里，不但要将功课教完，并且要使学生受益；况他们 bachelier 的考试尚比中国中等学校毕业考试厉害，他们不在学校考，系在学区内国家学会考，笔试数场不很注意，虽不彰明较著的准夹带，但作弊的却不少，顶厉害又顶不能作假的，便是口试。各科博士，须眉皓然，尊若神圣的坐在一排高座上，被试学生依次走来，那时若非学有根底的，断不能立谈之间便可将各种烦难问题答出，口试不上，任凭笔试如何好法也不取，被黜的只好回学校补习，下次再来。因此之故，在最短时间里，学习所有的功课，绝不能虚应故事，委实比中国中等学生还要用功才行。既然课堂时间这样少，这就不得不要利用自修时间了。

法国中等学校的自修室，一如课堂，不过四壁安有书架，以便学生搁书，桌下有抽屉，以便学生放笔墨用具。自修时间是规定的，一如上课堂时间，室中亦有一讲台，以便监学先生巍坐上面，督率学生自修。某时自修某种功课，都有一定，每礼拜六日校长及主要教习都要一度会议，认下周某种功课为最要，多需自修时间，某种次要，少需自修时间，分配之后，由监学转告学生。在自修某种功课时，不完毕不能涉及他课，若前课自修未毕，必待主要功课作完后，始能补修。如数学的演题及别种功课的答案，并不在课堂费时间，多在自修时作好交教师改正。所以五十分钟的课堂，实在是紧凑非常的，往往一次课堂的功课，自修时非三小时不能了的，试想三小时的自修比三小时的课堂谁更有益。所以我觉得中国中等学校的自修不注意，纵然一天加上七小时八小时的课堂，而学生所得实未若法国中等学校一天只五小时之课堂所得者为多。要之，中法中等学校教授上之差异，最容易使我们觉着的，便是一方的教师引着学生在飞跑，教师跑得脸红筋涨，学生也跑得精疲力竭，大家都顾不得路旁风景，纵有如画的山水，都一一从眼角上飞过了，到头还是跑了许多小路迂路；一方的教师是指出门径教学生走，教师愈高明，指的路愈短愈平，学生走着既不吃力，又有兴致，乐得腾出时候看看沿路上的桃红柳绿。这比喻或许不对，诸君只当作笑话看罢。

　　说到管理方面，却瑕瑜互见了。较大的公学，管理上除校长外，——校长不必即任管理之责，不过也可随时照料，——全权都操于总监学一人。这位总监学差不多就是学校内的治安警察，凡关于学生一切起居动作，不与经济教授生关系的，统归这一人料理，若校长不甚管事的，总监学便是学生眼里的恶魔。

　　拉米尔公学较小，无总监学，只有监学先生三人。我也不能断言法国凡当中等学校监学的都是恶魔，凡当中等学校校长的都是专制之君；因为学制如此，习惯如此，当校长监学的人都不过率由旧章便了。法国中等学校的严格管理，与其说是从教育原理上研究出来的，无宁说是因为政治影响的结果。法国固然是共和国，平等自由博爱三者也是他们的口头语，但是凡是法国人民，终身都有二年的兵役服务，兵营内只能讲究杀敌致果，服从命令，什么自由什么平等什么博爱，都得搁在一边；要为兵营里制造服从命令的兵士，中等学校的管理便不得不严，大抵在中等学校毕业的少年，正是征服兵役的壮士，若预先在学校里制造得好，入兵营后便不致再有违抗命令的行为。拉米尔公学校长是一九一八年才从前敌解役的战士——理科博士——对于学校兵营间相互的关系尤为明了，所以在去年暑假开学时，向学生们的演说中，最扼要的话便是："……你们在学校里，应当晓得的，第一，就是服从；其次才是用功！……"把这两句话移在我国中等学校的校长口里说来，未免太使人稀奇，然而在他们口里，却是最为得当的名言。从前在国内只听说德国的中等学校管理严厉，不意在法国也是如此。本着他预为制造服从命令的兵士的成见，所以在中等学校的学生，除功课外是不许与闻外事的，尤其严禁的是不准看报章杂志——关于科学的专门杂志可看——一则是怕学生分了心，二则是怕血气未定的青年，容易被报上什么主义的新说诱坏，因为法国是出版最自由的国家，无论什么共产主义的报纸，无治主义的报纸，都可正大光明的自由出版，这种报纸上的鼓吹，大概都很激烈动听；若不预防，青年们受了影响，岂不与他市民执政的共和及征兵制大有妨碍？所以我们就各方的关系看来，他们中等学校内的严格管理，实在是不自然的，实在是不可为训的。

兹为说明的便利起见，且先将一周间学生的起居表列如下：

礼拜一　早间六点鸣钟，学生起床，到寝室外盥漱所盥漱，六点半下楼入自修室，七点赴餐室用早汤——别处公学早汤是牛奶咖啡，拉米尔校例外，平常是面包汤，只礼拜四与礼拜日是咖啡。一餐后稍事休息，七点三刻入自修室，八点至十一点课堂，十一点至十一点半入自修室，十一点半用午餐，餐后在院子内大事休息，至一点一刻入自修室，二点至四点课堂，四点下课堂后，在餐室各取面包一片作点心，仍在院子内大事休息，五点入自修室，七点用晚餐，——拉米尔校特例，在春末秋初两季，天气甚长时，晚餐后校长特许学生结队由监学引至校外田野间散步一小时。——七点三刻入自修室，八点半上楼入寝室，九点灭灯。

礼拜二　　同上。

礼拜三　　同上。

礼拜四　　早间六点半起床，较平常晚半点。校内无浴室，即于是日晨全体结队由监学引往公立浴堂，除患病者得请假外，不准一人藉故不去。早汤亦迟半点，工校生即于上午入工场实习，公学生餐后仍入自修室，午餐后休息一点钟，至一点一刻便上楼盥漱易衣，除大雨大雪外，全体结队由监学率引往乡下旅行，多半于四点半前后回校，五点入自修室，余同前。

礼拜五　　同礼拜一。

礼拜六　　同上。

礼拜日　　早间晚起半点钟，如礼拜四日。是日学生早起即换新衣，有奉教的即结队由监学引往教堂作礼拜。早汤后仍自修，午餐后始得自由出校，但至迟须于八点前回校，回校早者，五点即入自修室。

其间我觉得最可为法的，就是自修时间的规定，及每日二次的强迫游戏。自修时间既规定，自修室又在一处，——拉米尔校内有自修室两大间，人多便分两处，人少便合在一处，其他较大公学有多至三四室者，但每室皆有监学一人。——学生入自修室前，先列队室外廊下，由监学导入，各人理坐用功，监学则高据讲台，游目四盼。室中禁令，不准高声念书，——法国学生皆习惯默诵，从无有如我国私塾之必须高声朗诵的。——不准交言，不准有粗暴举动扰人分心，并不准在必修课内乱治他课。比如甲生有不得已之事，必须与乙生一言，或彼此还借书籍用具的，必先举起一手，弹指作声，待监学注意后，若能用最低之声说出所欲最好，如其不能，便手指某人某物以示意，如像出溺则指门，得监学点头允许后，始蹑脚走去，务令不致扰及他人。此等处便非无意识的压制，聚数十学生于一室，欲其举动不致妨碍他人，这种办法，实是最要紧的。室内并无规则广告，都由平常习惯而来。故在最紧要之时间，学生监学皆各潜心功课，——中等学校监学，大抵都系才考得学士或正预备学士的少年们，一方借此谋生，一方借此准备，学成即去，很少有以当监学为终身职业的。——数十人群居之室，差不多静如古圹。但在正经功课预备完毕之后，学生监学亦往往有随意交谈时，然而校长一来，便群动皆息。若不在自修时间，监学遂将自修室锁闭，如课堂中之十分钟休息时，午晚两餐后及四点至五点休息时，皆不得拦入自修室或课堂。或在课堂时而欲自修的，——如教师缺课之类——只能到他课堂中，请求教师，得其许允后，可在他人之课堂上自修。平常只能在院子内尽情喧闹跑跳，雨天则在院子侧雨日操场内，要用功的只准挟书在院子内看。休息时虽亦有监学在侧，但并不禁止喧闹跑跳，就是校长亲来，也绝不干涉，这也是习惯使然。学生太不运动的，监学校长尚有强迫游戏的时候哩。

寝室中亦有一监学值宿，早间钟鸣，监学先起，拍手大呼：“先生们快起来！”夜九点亦由监学扭闭电灯。校长有时亦来巡察，但一入寝门便蹑脚而行，这又是外国人之能尊重他人的地方。

学生在自修室犯规的，监学对之有两种处置权力：第一就是“先生请把书拿到门外去念五分钟！”学生往往不甘服，但监学可以攘之门外；第二就是在记过簿上大注一笔，此处过错均于一学年完毕，由校长连同成绩作书报告学生家属。若在课堂上亦然，不过是由教师施行。若在寝室中，监学稍为软和不能制止时，便告诉校长，校长处罚照例十倍监学，轻者便罚礼拜日不准出外，重者则全体受罚，礼拜日不放假，全体由监学率引出外旅行，如礼拜四日。若通学生犯规，多于散学时，罚留校内数小时。

校长之拘执不通及无谓压制处，亦有可述者，姑举一例：拉米尔校寝室共两大间，每间可安钢丝铁架小床三十张，每人有四方小木柜一张，可放零星器具，并可坐而穿鞋。寝室之一端为储藏室，庋贮学生之衣服箱笼；一端为盥漱室，室外为便所。早起学生下楼后，监学即将寝门钥匙交厨房内，早汤后由厨娘上楼整理被褥，打扫房间，室中窗户，始于是时启一度，——此指天寒时而言，——拉米尔校在去年寄宿生仅二十七人，故只占寝室一间，虽不拥挤，但校舍建筑甚老，窗户一闭，寝室中便另无通气之处。有校医一人，因前年冬间学生颇多患感冒的，遂于冬季订定学生卫生表时，特加一款，言寝室窗户夜间不可开。此在隆冬大雪时自是因时制宜之办法，但至去年四月中，天气已大和暖，学生们日间运动太烈，汗渍既厚，寝室内复严闭不通气，往往入寝后不上半点钟，空气便已恶劣不堪，酸臭之味，扑鼻欲呕。学生皆不可耐，一夕竟有过半数之人提议开窗，全体既赞成，监学亦不阻止，于是便于左右十扇窗中开了两扇。至九点半校长忽上楼巡察，一入寝门，似即感觉空气清新，便微作诧声，及见窗开一扇，果即大怒说："明早不得命令，全体不准起床，监学先生亦在内。"至次早九点，红日将中之时，学生监学果犹高卧未起。校长前夜即电招校医，——因校医正赴格罗卜，——及校医赶到，始同至寝室，先由校医说明窗户不宜于夜间打开之理由，——但校医仍就冬令立言，对于眼前天气，不及一语。——其后校长遂厉色痛骂，言中最大之理由，即是故违禁令。骂毕，始令学生监学起床，但自彼夜起，而寝室窗户乃得校医许可大开特开。于此一事，便可以推见校长之威权，及其人之固执不通。

但校长教师监学学生间，称谓却极平等。学生之称校长曰麦歇校长，称教师曰麦歇教师，称监学曰麦歇监学，或统称之曰麦歇；亲密的冠以姓氏曰麦歇某某。校长教师监学等之称学生亦曰麦歇，单指某人则曰麦歇某某，虽十岁的年轻学生，亦很少单呼姓名的。亲密的便称我的少年们，或我的少年。似觉比我国动轧呼之为该生的，确乎要好听一点。

学生分三种：一种住校寄食宿的叫做住校生，一种完全走学的叫做校外生，一种单寄食的叫做半住校生。校外生及半住校生都可以在校内自修，但入学时须先与校长交涉，于学费外，尚须少纳一点自修费。中学学生衣履皆很讲究，因富室子弟甚多的原故。公学学生便不如此，拉米尔校尤是山中的公学，学生多是作工农牧人家的子弟，所以平常在校的衣履领带都很褴褛，每人都有破烂之青洋缎套衫一件，只礼拜四及礼拜日出校时始易新衣。中学校舍及课堂自修室亦都清洁整秩，公学也诸事不如，其间尤以课堂及自修室的桌凳为最糟。大约此等物事都是三十年前旧物，朴拙耐用，固然是好，但桌子太低，凳子太小，只适用于十二三岁的孩童，拉米尔校的学生十六七岁身体魁梧的极多，也都拘束在这等低桌小凳中，校长也从不注意及此，学生有不甚好运动的，腰背间都不免稍形伛偻，这也是法国公学中一件不好的地方。

住校生的饮食被褥，皆归校长承办，此项即为校长私人的入款。中学校食费较贵，有专员经理，故饮食颇佳，公学则食费既少，而校长于此中除略赚几文外，尚须将厨娘——住校生多的，厨娘为三人或四人，少的二人，拉米尔校二人。——的工钱火食①余出。厨娘除料理食事外，兼收拾寝室，打扫餐室。住校生的衣服，若不自家携归浣

---

① 火食：日常饭食。瞿秋白《俄乡纪程》九："他却要了我们买的面十铺德（中国秤合有三百斤面），算三个人在车上一个半月的火食。"　　——编者注

洗的，亦交厨娘代洗，衣服不论多寡，每月给与十佛郎，并带补袜子。故厨房中终日都有校长夫人的声影。学生的饮食，各校不同，大抵征费较多，校长夫人较宽厚的，饮食便稍佳。单就拉米尔校而言，学生食费每月为一百二十佛郎；此数在平常人家本为至俭，但住校生若多至十人，其间便有余利可落，而拉米尔校去年之住校生及半住校生共有三十七人。早晨除礼拜四及礼拜日为牛奶咖啡外，平日系面包汤，人各一大盘，寻常人家之面包汤多系肉羹煮面包屑，合以蔬菜奶油之类，极为可口，而此校只是清水煮面包而已。有时厨娘偷懒，于头晚即将面包泡入水中，次晨只于火上一热，故面包汤往往带铁臭及酸味不可吃。学生等多自备有果酱奶油，遂置面包汤而吃干面包。午餐菜蔬两包，或一菜一肉，晚餐仍面包汤一盘，一菜或一肉。三餐之面包，在他校有限制，此校则任人取用；午晚两餐例有红酒约人可一杯，大约酒占十五分之一，水占十五分之十四，点缀而已。菜蔬系白煮稀饭，烘洋芋片，或白煮洋芋泥，豌豆泥，烂煮赤小豆，白扁豆，白烩通心面等掉换供食，每礼拜食肉四次，每次人仅一小片。饮食无论坏至何等，学生不得闹餐，惟准自备私菜；餐室中有壁厨一具，即专为学生藏私房饮食而设者。

学校用人，只一看门人。看门人的职务极繁，每礼拜打扫自修室及课堂厕所二次，照管全校的门户锁钥，锄治庭院间草地花圃，修剪校内树木，传达校长命令，收发学生信札。照例学校之中，只校长及看门人可以携眷住校，故校长必有校长夫人，——即无亦必有经理厨事的女眷，——看门人必有看门人夫人，每日四点至五点休息时，看门人的夫人或其姑娘便手携一篮满盛新鲜小面包，——校中定例吃陈面包，通国一律，因卫生的原故。——朱古律糖或水果之类，到院中零售与住校生等。此为看门人的外水，亦犹校长之包火食也。

至此，凡公学应叙之事，大体皆备，兹再叙一事，以为此篇的结束罢。法国公学每年有国家视学巡视一次，由教育部选派，有地方视学巡视数次，由学区内国家学会选派。国家视学来有定期，虽严厉，而校长容易应付；地方视学来无定期，来或二人三人，倒最为校长教师所顾虑的。在拉米尔校时曾恭会地方视学二次：第一次，校长于前三日已得视学经过地方的其他校长电告，便督理厨娘看门人，凡校内可收拾的地方，无不尽量收拾，寝室厨所务求其清洁，——平常皆不甚清洁故。——庭院课堂务求其整秩，自修室中则由监学督率学生料理，书架上不容有一本乱放的书籍，桌子上不容有一件乱放的器具，乃至窗户有破烂处，亦赶雇匠人修治。学生亦并力温习功课，教师亦留心研究教法，那三天之内真有一点山雨欲来风满楼的光景。及至视学到来，两位须眉半白大气磅礴的老博士，在校长办公室里略坐，即同校长走入自修室，——正上午十一点钟后，——挥手向学生们说："少年们好哇！请坐下，请坐下！"与监学握手之后，便向学生索取课本，两位先生遂分头考问起来，一直考到午餐钟鸣，遂与学生等共入餐室，察视学生的菜蔬，——是日适礼拜五，法国习惯是日不食肉，普通皆食鱼，而拉米尔校则食干烧洋芋粉团，然是日却易干烧为油煎，奶油香葱之气扑鼻，为向来所未有者。——并笑问学生："还可口吗？"学生用餐时，视学遂往厨房厕所寝室各处巡察。餐后，复清察校长的出纳，——公学大体经济，本归董事会执管，但亦有一部分，由校长出纳的。——及上课堂时，两视学则分头往各课堂，听教师讲授。教师讲解稍有不当，视学遂发言纠正，或调集学生课本考察。每一课堂或听一刻钟或听半点钟，出入时都与教师握手，但视学在侧，教师总不免拘束一点。直至傍晚时，两视学始大称满意而去。第二次有视学四人，突然而至，已到市政厅内，校长始从电话上得到消息，仅能督饬看门人将毛厕打扫清楚，而此四位视学又比前次二位锋利。巡察地方考察功课都甚用心。学生屡不能应对，屡被诘责，吾于是日之校长，实见其脸上之青一会白一会也。

最后，我再说一句话，就是我对于法国公学组织最满意处，第一是公学直辖于学区之国家学会，与政治完全不生关系；第二是当校长的须声望素著确有资格的人物，不至于滥竽充数；第三是教师完全由学会委任征调，不能由校长私意进退，无特别原故，皆能终身任职，不致有失业之忧。这三点在我私心上觉得颇可以为我国中等学校的借鉴，不识阅者以为何如？

原载《中华教育界》1922 年第十一卷第十期

巴黎的大学城

△ 法国政府与巴黎市政厅已将地基拨出

△ 先建歹底士克院一所

△ 一九二四年十月可落成

△ 有宿舍三百五十间

△ 并有一千八百平方尺之运动场一片

△ 最初可容男女学生二百六十人

△ 坎拿大，英国，瑞典留法学团已将特许建筑之要求书递送巴黎大学

△ 巴黎大学已分向美国，南美洲各国，中国，日本及有学生在法留学之国家接洽

△ 请在大学城内为各本国之留学生建屋一所

△ 将来成功后必有四千以上的学生出入此城

● 解决学生居住问题的大关键

巴黎的"大学城"，这新闻喧传已久，月前法国报纸就有短篇的记载，也有说某慈善家慨捐金镑百万，以为建筑基金的；也有说巴黎大学已与政府筹商停妥，将为各国留巴学生各建宿舍一所，以惠寒畯的；直至今日，业已开工，"大学城"的好新闻，居然征实了。

"大学城"的始意，不是今年才起的。查起根源来，当在一九二

○年的时候，便下了种了。因为那时巴黎生活大涨，凡是法国外省及各国来法留学的学生都深感痛苦。法国政府，议院和教育界上的要人，都知道生活的不安影响于学生精神方面者甚大；彼时便筹议救济的方法。有人说将巴黎大学迁往城外去，但是太困难了；一则巴黎大学历史的关系太深，不比新兴的学校，容易迁移；二则法国大学向来是公开的，学校中的讲演不只是为学生，一半还为学生以外的市民；所以又有人提议与其迁移学校来将就学生，不如为学生设置廉价饭店和廉价宿舍之为便。结果廉价的学生饭店居然开张，每餐三个半佛郎，饮食不精而丰富，凡是学生都可去享受；这因为廉价饭店花钱不多，性质又仿佛消费协社，有陈法可师，所以轻而易举，至于宿舍便不容易了，要有充足的经济，较大的计画，并且关系的方面又多，所以酝酿如此之久，至今日始萌了芽了。

巴黎的生活，战后和战前完全两样，最贵在一九二○年秋季，据巴黎生活研究委员会所发表的比较表看来，一九二○年的秋季，比一九一四年开战时的生活高至四倍多，现在虽稍跌，但亦在三倍半以上。况学生生活又和市民生活不同；比如市民生活费中最大的开支是食物费，其次是衣履费，再次是杂费，再次才是居住费；学生的生活中最大的开支自然也是食物费，但第二项便要算居住费了。——中国留法的穷学生自备火食，有每日仅用三个佛郎上下的，算来食物费尚居第二项，但不普遍。——不过最要紧而令穷学生最感烦恼的，反不在饮食，而在居住。

巴黎的拉丁区，便是巴黎的学区，巴黎大学在此，法国学院在此，许多高专学校大半在此，所以拉丁区的居人，可以说除少数住家和营商的而外，支持此区的栋梁便是学生。因为法国大学不像美国大学，是没有学生寄宿处的，学生都须在学校外自觅住所，又因为学生与学校的关系，并不只是讲堂，讲堂固然重要，但讲堂以外的图书室，实习室等都是应该终日亲近的；以此，学生的宿舍断不能离学校太远，学生必在拉丁区内寻觅住所，于是拉丁区内的小旅馆也就分外的多。这种旅馆并不很讲究，顶大的有房三四十间，小的十余间，大抵每家旅馆除三四间比较讲究的房间留待过往客人不时之需外，余房多租给学生。在一九一四年最好最大，可以用功的房间，月租不过七八十佛郎，而现在已涨至一百七八十佛郎；并且供不应求，往往暑假以后到巴黎稍迟的学生，寻宿舍便是一件最要紧最麻烦最苦恼的工作。加之，从去年来食物和衣履都在跌价，独有房租反比以前加高。所以住巴黎的穷学生，便越发吃亏；因为宿舍必求在拉丁区内，以便与图书室和实习室亲近，并省俭住在远处的来往车费，而房金又必求不甚贵；但二者不可得兼，因此许多穷学生便只有节省其余的必需费来贴补房租，生活太逼促，精神安能爽快！

以上所言虽未涉入"大学城"的本题，但不把这种情形稍为叙一叙，一旦只提说"大学城"之建设，不免使阅者只惊叹这种崭新的设置，而昧于何以有此的来源；如今便专说"大学城"了：

"大学城"最要的问题，便是地基；巴黎地面建筑权，岂是廉价便可得人让渡的吗？为学生建宿舍，又不是修房子开贷间的生意，可以因陋就简，不求百年大计的，要不是政府和公家帮忙，这事便太难实现，幸好地基已经政府和市政厅划定了。"大学城"次要的问题，便是建筑经费；巴黎大学的学款固然不像我国北京大学每月都得向政府伸手索讨，但骤拨出几百万乃至千万佛郎来使用，也不是容易事，政府固然可以帮忙，但筹划也不易，况法国国家财政其岌岌之势，也比我国高不了好多，又幸好有一位大富翁，完全的名字译出来便是歹底士克得纳麦尔特 Deutsch de la Meurthe，已七十多岁，闻此举动，便慨然捐出了四百万佛郎，以为建筑之用。现在巴黎大学已决计先将此费建筑大学城基本宿舍一院，即命名为歹底士克基本院。以后的宿舍，便在这基本院四周建筑，建筑费有由学生在法留学之各国家或各学团自出，房屋的大小亦概由各国家各学团斟酌所送的学生多寡去自定，大约以后各院的名称亦即系以各国家各学团的名称；巴黎大学只将地基拨与，作为永久让与；最近坎拿大驻法学务委员菲里卜罗蔼，瑞典大学教授埃里克士达夫，和英国驻法学团总理华尔斯顿等都已将特许建筑之要求书致送巴黎大学。并闻巴黎大学又已分致公文与美国，南美洲各共和国，中国，日本，以及凡有在法留学学生之国家，请各拨巨款来"大学城"内建筑宿舍一所，以应各国学生之需。条理井井，办法又至善，只要各国不惜此区区小费，能随坎拿大，瑞典，英国而继起，则"大学城"在十年之内，必可实副其名了。

　　"大学城"的地址在茹尔党大街外面 Boulevard Jourdan，在阿尔格衣尔城门 La porte d'Arcueil 和喀酿街 Rue Gazan 之间，为几所废炮台的旧址，原拨的地面只有九百平方尺大，是一片最适用的广场，前临近郊，后倚蒙苏利士公园 Parc Montsouris。其后市政厅除这片广场外，又将左右毗连的一带空地概赠与大学城，共有一千八百平方尺之大，以为建筑运动场之用。据工程师说其间足可容足球场一所，网球场数所，大游泳池一处，余地还够布置青草坪数大块。

　　"大学城"全部成功，自然还须等一些时候，至于歹底士克院，已经筹划齐备，占地在"大学城"的正中，约二百平方尺。测绘与奠基的工程已经动手，日前巴黎 Excelsior 报的记者曾因此建筑访问白克曼一遭，兹将此报记者所发表白克曼对于这新建筑的谈话节译于下，阅者便不必等到一九二四年十月就可想见此院的形势了。

白克曼之言曰：

……这是一种三层楼屋的集合建筑，取的是鲁意第十四时代的式样，并大半根据英国大学建筑而成的。

我极愿避免那种兵营式及那种贷家式的形势。我是先将许多宿舍联合成各种的小团体，其间以一些小楼梯和一些小门来相通达。我尤其注意的便是所有的房间都须有充分的空气和阳光。

每一团体包容十五至二十间宿舍，大约每层五间或六间。房间的面积平均宽三迈当半，长四迈当四。所有的房间里都有自来水盥器一具，凹在墙内的衣橱一具。

每一层楼中有淋水浴室一间，平地一层又另有房子一间，以备女仆之用。

再集合数团体为一幢，即在这幢的地下一层设中央冷水治疗处一所。

还有一幢是专为女生而设，比较华美，并有穹窿过道一条。

最中一幢有钟楼一所，是预备学生集合时之用的。其间有管理室一处，各种需用的厅子数个，音乐室数间。地下一层即为健身室，也有冷水治疗处。

共计歹底士克院内可容男学生二百人，女学生六十人。

现在因平地奠基的工程太大，须至一九二四年十月始能落成……

以上即为"大学城"始基的建筑，虽然此时只有宿舍三百五十间，仅容男女学生二百六十人，但将来成功之后，不难将宿舍增至三四千间。以这基本建筑看来，或许将各国所建之屋俱由各国自行经理宿舍内政，成功之后，无异集合各国不同之学生村落而成一蔚然大观的"大学城"。

只是"大学城"内的中国院，成功在日本院之前呢？后呢？或多年没有呢？都是问题，因不是题目以内的话，恕不多赘了！

一九二二年——月一三日寄于法国

原载《中华教育界》1923 年第十二卷第五期

法人对于性教育的讨论

△ 因社会卫生万国会议的提议而起

　　对于青年人的性教育已成为全世界最重要的一个社会与教育问题，头脑稍为清明，成见不甚厉害的人们，纵不绝端赞成性教育是救青年的良方，但也断不会轻视他，以为值不得来费思想。

　　我们中国圣人本懂得"食色天性"，但自古以来的人生哲学，却只晓得用消极的方法来抵御他，换言之就是要用纯理性来克服本能，扑灭本能。理性究竟能不能常占胜利？这可是个问题。少数修养工夫深的，有时或许不致受本能冲动的支配，然而关于性欲方面的事终还附带有一个条件，就是老子说的："不见可欲，其心不乱。"中国有若干的男女——从春情期发动之时起一直到五十岁止——都在这单独生活的礼防中保持他肉体的贞操，道德的声名，除极少数真能是以理性自制的外，其余的我敢信他们之幸而至此，不过是"不见可欲"罢了！所以有许多不克终保令名的人们——连道学先生也在内——少年时是负着顶刮刮的好名声，一过中年，假若行为可以自由，而又得与"可欲"的机会接近，我们便看见理性在他身上连踪迹也没有，把性欲的本能发展起来比春情期才动的少年们还厉害。像这种情形值不值得大家研究？

　　言之伤心！我国还有若干的青年男女，因为要用消极方法来克制性欲，然而又不胜本能的烦扰，结果便各自发明了，或传染了许多秘密的自戕方法，这种秘密方法在欧洲少年男女中也很猖獗，不过他们稍长，知道了利害而彼此又有接近调和的机会，尚不致发生若干大的影响；在我国却成了维持礼防的工具，受害的青年可以数计吗？中国青年学生很少有活泼气象，总是萎靡不振暮气沉沉的居多，自然因袭的陋见不许青年乱动是一个原因，其实那秘密自戕方法差不多是重要的因子；在礼防严重的偏僻地方，每年因瘵疾①和色情狂而死的少年妇女不知道有多少，家属们因为面子问题，不便把疾病的真面目摆出来，所以知道的不多，这是何等可悲的事！

　　在中国尤其可恨的就是许多以礼教自居的先生们，他们反对青年男女的接近，以为这是禽兽之行，以为这是礼教的叛贼，以为这是败坏风俗人心的莠民，然而他们年年在纳妾，我知道四川成都有位反对男女社交最烈的先生，他除了纳妾不算外，还兼带嫖娼闹相公，这种人便再转十次人身也不配开口的，然而盲目的社会，都偏能原谅他的丑行，相信他的言语，中国的礼教是不是应该这样讲的！

　　理性绝对不能剿灭情感，也绝对不能剿灭性欲的本能，虽是他有时把情感和性欲本能压制得下去，不过是暂时的现象，而且在这现象中还一定伴得有别的欲望，别的野心，可以把性欲的力量分去或减少一点，凡道德家与伟大人物之能幸免支配的，多半以此。因而就有一般聪明人，他自己或是已得这性欲的安慰，或是因为疾病，或是理性特别强，忘记了普遍的情形，便引出历史上极稀少而难得的成例来攻击性欲的利导，说：有统系的道德功课，岂不可以打倒本能的冲动吗？或是说岂不可以利赖高尚娱乐的公共修养吗？岂不可以利赖美育的发展吗？岂不可以利赖运动与形体教育吗？他们忘记了普遍情形以

---

① 瘵：音 zhài，病，多指痨病：痨瘵，病瘵。　　——编者注

及性欲与体格的关系，所以总想用消极方法克制他，用别的嗜好来替代他，而把性欲本身看得太为容易。以这一点，尤其是我们孱弱的远东人，观察欧美人的行为时，往往会发生许多片面合理的议论。比如说学者，艺术家，精神生活的人们，照我们想来总应该修养得出类拔萃，不致更受性欲支配的了，然而他们没有我们远东人孱弱的身体，而对于性欲的要求依然和少年人一样的强，所以他们不得不有异性的朋友，不得不有外遇，不得不赴跳舞场，男的如此，女的也如此；因为他们不愿意自戕，不愿意拿宝贵的生命来殉性欲——或者有人要说是殉理性，这却错了，我以为用不正当的方法来消灭性欲冲动以及害色情狂死的只算是殉性欲，因为这是不合理的举动——我们就能批评他不对吗？

我说：理性也是要紧的，但理性只可用来与情感与性欲本能相调和，假若废除理性偏重本能，其危险真可以使文化国家反至原人时代，即不然也会弄到罗马衰颓的时代；却不能把理性定为一尊；因为定为一尊后的毛病也无异于偏重本能，我国几千年的礼教就是专重理性蔑视情感不注意本能的结果。其实我说"反于原人时代"的那句话尚不免说过火了，因为调节性欲本能的除理性外，还有习惯一事，习惯可以减免人心好奇的念头，不管怎样新奇的事，只须一有了习惯，便淡漠遇之了，这一点似乎讲理性的人们还不十分注意。若要把"习惯成自然"的例举出来说明，实在不胜其烦，我可以就性欲上最显而易见的略说一二：记得一个什么文人，曾在报纸上说过几句他不注意的俏皮话，他说：与外国妇女握手仿佛握了一段木头，与中国有社交的妇女握手似乎握的是手，然而没有感觉，惟有与旧式妇女握手却有一种莫名其妙的快感，他这话绝不是捏造的，的确有道理，我们可以用习惯来说明。外国妇女自小就把握手接吻养成习惯，成了常用的礼节，当她把手伸给你时，她心里并没有想及这回事，不过看见你有握手的意思，她的手便自然伸出，她自己不感什么异感，自然这手握在手上简直就是木头；中国旧式妇女寻常连面目也不轻易叫外人看见，更遑论及肌肤相接，叫她一旦把手放在生人手中，她手上神经系没有和异性相触的习惯，你晓得她那时的感觉如何，心理起的变化如何，由于她所以握手的人也就生了快感，这是一事。还有跳舞，这更比握手进一层了，叫没有习惯在公共场中异性两体相接随音乐而舞蹈的中国人看来，老实觉得刺眼，心裏老实要感生许许多多的不快，然而你去请教他们跳舞的人，除快乐外，有没有像我们心中所存的那种恶劣念头，这就因为他们习惯了，男的手把女的腰肢搂着，女的手附在男的肩头上，不过以为这样做时彼此随音乐而进退的运动更为便利些罢了，假若他们这样一做就起了别的念头，那吗他们一夜跳舞至少换上十人，他们倒会不胜冲动的烦恼，还哪里说得上快乐哩。还有一事，就是在专讲表面干净，内容糟得不堪闻问的中国旧式大家庭中，无论男女怎样不洁的弟兄姊妹间，却不致发生性欲上的事——其实也有，不过极少而极秘密，法国下等社会中也有——这原故我们不能拿纯理性来讲，因为用纯理性来讲，就未免把人性太看卑了，我们只能说是习惯；弟兄姊妹没有隔阂，异性相处惯了，虽是春情期冲动至极烈时，尚有不愿意的牵制力量，而理性也才有施其评量的地位——所以男女自小即在一处长大的，颇不容易发生爱情——然而我们也得深幸不曾上古人制礼的当，方才保着了这点廉耻——这两个字是专向道学先生们说的——假如《礼记》上兄弟姊妹到八岁就不准同席而坐，不准同在一个衣架上挂衣服的规矩实行了，恐到现在攻击男女社会公开的人们，多年就横枪勒马攻击起弟兄姊妹间的暧昧来了，这还成什么话！（我对于性欲习惯收集了不少的材料，并有我亲身观察所得的，俟后有机会时再来发表，此处须留点地方写正文，不能多所哓哓，读者幸恕。）

我国近年来研究性教育的文章书籍大概不少，只可惜偶尔在报纸上瞥见一点题目，而正文却未得一读。我的意思，性教育之必待研究讨论是不成问题的了，不过讨论者总宜注意社会的背景和历史的影响，然后采取一种比较合宜的方法来做目前的论材与夫将来的实施，若整个把在欧美行而有效的东西抬去是不对的，因为欧美各有其社会的特别状况，就在欧美尚有适于此而不适于彼的大差异；比如说：美国人的生产节制论算是美国社会的产物，在美国自有他的立脚点，然而便断断乎不能移到法国；法国正因近三年生产率大减，国家与社会都起了一种隐秘的恐慌，方正费着九牛二虎之力奖励生产，并且连学制也受了影响，所以凡法国人作的研究性教育文章其着目之点就与英美人都不同，如今引两段在下面以证吾言：

大学教授比纳尔 Pinard 又是一九二三年在法京开会的"宣传社会卫生万国会议"的主席 Congrès international de propagande d'hygiène sociale，他做了一本《性教育之必需》的小册子，上面有一段便说："我们务须主持性教育，使他同时又是教育又是教训。我们还须从初级学校动手直到少年人在社会上能够立脚时……最好是在教性欲本能之前，学校先把什么是生命的道理教儿童们，即是说先把原始生物学教他们。这是极有趣极能获益的和平方法：比如我们取一颗麦子，一粒豆子，讲解出来人家是怎样的保存他，怎样的留种；杨梅与洋芋的种植何故他们的生产不同；然后再讲解蜜蜂在花之繁殖中的职务，并且当学生在十二岁时，我们就不必再迟疑，一径把众人所谓为'蜂房之秘'的黑幕揭破的好……少女也可同少男一样的受这教育，了解生命的来源；然后我们便从这一点过渡到性教育的本文上，再后就过渡到性交的危险，过渡到生殖的衰落，尤其注意的就是要使将来的母亲父亲们切实明白堕胎避孕的关系和不道德……"

　　这一个是如此说了，还有一个社会批评家龙多 F. Rondot 在一九二三年十二月十五日出版的 *Mercure de France* 杂志上做了一篇《性教育问题》文章，他说："在整顿风俗繁殖人口的目的中，这两性生活的大事还是应该教给青年们，甚至在某种制度中教给儿童们呢？还是守着老规矩把这烦闷问题置诸不论不议的好呢？两个问题都一样的重大，讨论的材料互不相容，有时还要发生剧烈的冲突；不过当着眼前放荡过度与夫灭种病症发展的时候，每个问题都难维持现状而亟待讨论……这不但是抵制一种个人的危险而为保护大多数人起见才说到性教育，其实更是抵制一种威赫全种族几乎使这种族减亡，如生产力日衰的法国的大危险的战争哩！只要大家把眼睛大大张开向最近的风俗看一看，你们便警觉这风俗是何等的可虑。堕胎避孕的恶德普遍各地，像这种堕落样子真可以灭尽人种。"

　　我们看了这两人的文章，就晓得法国人之性教育的研究与夫他将来实施的门径，又是法国社会的特别产物，不可移植于其他地方去的。何况中国男女的大防尚未撤去，要讨论性教育似乎总宜多多注意在自戕，以及以身殉欲的上面，一面攻击因袭礼教的大害，一面利导性欲使他走上平坦大道，能够受理性的调和方好。前文虽是批评专欲利赖高尚娱乐的修养，美育的发展，户外运动的练习来代替性欲的不对，但是这几种方法确也可以利用来做性教育中的辅助品，因为消极办法专用则害多而利少，兼用却也有他的功效。礼教固然非打倒不可，而新道德也不能不建设，何以呢？因为人类本不是专做理性的奴隶，也不是专做感情的奴隶，也不是专做本能的奴隶，而且人类是相对而立的，过利于甲方的必有害于乙方，假如把理性一齐抛开，彼此毫无拘束，都任情纵性的干去，其痛苦必较专受理性束缚的还厉害，所以在人与人的交接间，尤其在两性交接间总宜有一点兼善的裁制方可，这裁制就是新道德，新道德是随着境遇不同而可变化的，我们切不可把他看作天经地义的规矩就不致有别的大毛病了。

以下归入正文，请各位听我说法国人讨论性教育的过程及普遍的见解。不过各位须先知道法国人对于性教育的言论和正确见解并不始于现在，在他们历史上就已萌芽了，凭我的寡陋之见，给他寻出了两个名人的言语；可惜这两人的言语法国教育家都当成书本上的死文字看，就如中国秀才们读十三经一样，读过就算事，顶多只采来做文章的资料；不然，继续研究百多年，可不是早著成功的学问了吗？

第一个是人人知道的卢梭，在一百五十年前他做教育哲学书《爱米尔》的第六书中就曾说过："……儿童们怎样办呢？困难的问题有时天然的就钻入他们心中，而谨严的答案往往就把他们一生的健康与行为都决定了。母亲的意想中又要不误她的儿子，又要为他解此困难的简单办法，就是一句话：不开口。假若人家把他放在那冷淡问题中去习惯了，假若他并不怀疑这新色彩的秘密时，这办法倒是好的。无如她总不能坚持到底。她向他说：'这是结了婚的人的秘密，小孩子是不应该如此好奇的。'这样一来母亲好似脱了重累，不过她也知道小孩子若不把结了婚的人的秘密弄清楚时他终难有一时半刻的休息，而且他不久终会知道的。"

同一章书上又说："……那般端正教导青年人要给他在欲境中加以保险的人们总是拿爱情来恐怖他，总是使他相信青年之讲爱情是一桩罪过，好像爱情是专为老年人而设的一样。凡是心中否认的欺人功课是一点不可靠的。其实少年人被天性指导着，方暗暗的在笑那过虑的举动哩，大人说时只装做同意，除了使大人枉自相信外他并没有听见。我对于爱米尔心中的贪欲的柔情毫不恐怖的来恭维他；我给他把这柔情描写出来，就如最高的生命幸福一样，实则也因为他确是生命的幸福。我一面给他描写时，一面就愿意他能够自拔；一面使他觉得两心的结合是由于迷恋，一面就把那放荡行为使他觉得没趣味，又一面就使他规规矩矩成为一个爱情者。"

第二个是卢梭的弟子，十八世纪法国大文人斯当达 Stendhal，在一百年前也说过："……在一种虚伪的口实之下大家并不把性交这事指教给少女们，而她们又是在平常生活中窥得见的……我确信凡人都应该把爱情真谛说给那般有教育的少女们方好。谁敢断言在我们现代风俗中十六岁的少女们是不知爱情生活的？她们是从什么人口中接到这等重大而艰巨的思想的呢？"

这两个人一个主张少男的性教育，一个主张少女的性教育，可惜在思想界并未生出很大的影响，大概也是时代关系，所以直到一九二三年"宣传社会卫生之万国会议"在巴黎开会时在议案中列了一条"青年的性教育"时，然后才引起了全国教育家的注意，加以讨论。此会会长大学教授比纳尔的演说词，可以算是这次讨论的导火线，他开端几句话很要紧，兹摘译于下："大家既能努力把那有关于个人保养的本能施以教了：所以大家多少也才懂得过食过饮之害而加以节制。然而大家却忘记把传种的本能冲动施以教育，以致生出种种的毛病，岂不是可怪的事吗？"

自这个会一开后，又白比纳尔的演说词一宣布之后，首先生影响的就是舆论界，其间可以分绝对赞成与怀疑两派。在赞成派中我们可以拿沙波 Charles Chabot 在儿童教育杂志 Revue pédagogique 上一篇文章来做代表，不过太长，这里只能摘择一段以见大概。他说："情欲的冲动可以算得是凌驾少年生活的主人翁，在未结婚的人中间如此，就是在别的许多已婚人的中间也如此。这不只有关于娼寮的问题，以及公然自得于街市上的戏园中的，电影园中的，读品内的，会谈间的，装饰上的淫荡问题；也一样有关于外面正经而恶德秽行无不包蓄的秘密生活问题：即如堕胎，杀儿，控诉，离婚等等……公众真也有令人难解的地方，就是他们可以毫无怨尤的让那些淫书淫画自由陈设在书画店的架上，而独不许可人家早早把青年们教训来抵御那扑灭不了的道德与肉体的危险……"

怀疑派可以拿巴里果 Parigot 在《时报》Le Temps 发表的论文做代表。这文发表的时间，在现任教育总长发出题纸向教育界征求意见能否在学校内加入性教育一事之后，所以他的文内，很怀疑性教育除在家庭内父以之教子，母以之教女而外，还能在学校里施行的，他文意尤重在少女一方，所以中间一段说"……对于少女只有母亲一个人可以算是时间上的主人翁，也是应该缄默应该发言的主人翁。只有母亲一个人才能随时观察随时注意她女儿们身上不容易窥见的事情而把最平安的科学授与她，如物理学，生理学，解剖学。也只有母亲一个人才能不动声色的审察时机将那黑幕向她女儿揭穿。至于教习固然知道许多事，但不晓得那合宜的时候以及必要的小心。有些少女自然可以毫不动心的来听生理与解剖的功课，她们的贞操不致受一点损失；但是我们要知道颇有些少女就是听了 Île des Pingouins 的一节也会动情的……"

舆论界汹涌起来，这问题遂广布了；加以"宣传社会卫生万国会议"中的会员多半的职业都是与实际生活很接近而对于性教育又有极深的研究，如法官医生等人，他们既把这可怖的现象看得清楚，而又在那为人们所不敢打破的缄默中做牺牲的数目调查得真确，因此他们才决意把这问题向法国提出，供给了许多证据和学理请全国的人来注意。于是现任教育总长伯哈尔 Borard 便立意利用他的权力，打算做一番精密工夫来确定教育界对于性教育的意见；他从各大学起凡是教育机关都发了一张问题纸去，并一面向家长联合会，旧学生联合会咨询他们的意见。

问题纸发出了二万份，一个月中回答的就有一万六千份，其间绝对主张在学校内设性教育一科的没有多少，而大半都狐疑性教育之施行于学校内不若施行于家庭的利益多，这因为许多教育家把普遍的性教育与学校的性教育混为一事，而尤错误的就是把"学校"这个字往往放在"初级学校"的意义中。但是令人注意的就是不管赞成的人，怀疑的人，对于性教育的学理都很了然，对于性教育在法国实施的事也认为必要，所不决的只是实施于家庭和实施于学校哪一方面的利较多害较少罢了。

龙多遂评论这件事道："以父亲来引导儿子，以母亲来引导女儿，诚然是最平稳的理想，但是我们须先问当父母的人有没有这种能力？有没有这种知识？他们真能履行这圣职，当然再好不过，如其他们不能履行，而又不许教习们来代尽义务却如何办呢？况且有许多儿童成熟较早，因为大人不谨慎，你能保他们没有'窥见'的时间吗？当其'窥见'的时候，动作的时候到来时，要教他们已不免有过晚之叹，况再纵而不教让他们的青春自行在危险中经过，请想一想这是何等的利害！我们不宜把家属太看得万能，据我们知道的就有若干人颇为不安，要看于去教育他们的子女，但他们却不知道怎样的办法，识疑不决，到头来仍是缄默了事。而且学校教育岂不是众人认为他的责任是在改善和补充生活的吗？那么这与生活最有关系的一件事，为什么又要拒绝不许他尽责呢？"

这种主张在学校内施行性教育的言语很为有力，因为家属果然能尽职，早能施行卢梭的教育时，性教育这个名词又不会到今日才提出了；法国的家庭虽不比中国家庭那么拘谨，但是关于性欲的言论父母总不免赧于启齿，一直到子女陷入危险之前终是守着缄默的。

　　性教育问题在法国社会可谓掀动了一切，所以"儿童保护万国联合会"也不得不在议程中列了一条"关于婚姻的教育"。尤其可怪的就是有一个天主教的修道院长，名叫尾约赖［abbé Jean］Viollet 的也特别到此会议赤裸裸的发表了一篇议论，我以为这是极可注意的事，而他的言论又与教授比纳尔的若合符节，所以详细介绍一下。他说："当其儿童达到忘恩的年龄，即是身体成形，道德初萌之际，他的精神便觉得急需要把个人的生命弄明白。这时候便得使他所爱敬的人来指教他一切了。若缺了这光明，他自己仍会跟着那般业已变坏的同伴们学得的，而且不免为恶德的牺牲，因为那不完备的启示终带有许多遗恨终身的经验的……家属与教育家的成见总以为这种启示艰巨而危险。其实早点做了儿童的理想倒可使他不致为淫邪所污……担任这事的当然应该在家属与教育家中间选择，因为他们都是儿童最敬重的人。"

　　人家起初应给他说明母亲在传种事业中的职务。并应该解释那生命是怎样的安置在母亲的身上，以及她怎样的以她的血她的柔情来供养在她怀中九个月的胎儿。更须说明母亲所忍受的种种在生产时的痛苦和危险，然后儿童便天然会在心上发生那种酬报他母亲的爱情。其次在春情期发动时，就给他讲父亲在生育行为中的职务。不过关于这一点，在教育家与学生之间总不免把那描写形质的事看得太难，于是大家就不说了。

　　"尤其是对于父母两体结合之前所应有的感情以及措施的预备工夫……要紧的就须把生爱情的一点务必说明，因为从本能上说来父母之会发生爱情其故就在希望传种……心的爱情常常伴着躯体的结合的，儿童便是父母的果子，不单是母亲一个人的果子。父亲在身上所蓄的生命的芽若不置诸母亲身上何从而发生，何从而有人类，这是寻常道理，为什么要瞒着儿童使他们向不正确的道路上去瞎摸呢？"

教士的口里没有宗教上的神秘话，这可看见法国晚近社会的变动了。

法国社会虽没有很拘泥不通的礼教，然而道德却是有的；讨论到感情与本能的终局终免不掉要请出理性来调和，这是人类的通性。所以沙波说："还有一层是众人俱少说到的，其实这倒极应该给与儿童们的，不过空言无补于实际，大人们总宜做一个好榜样才行，就是那爱干净的好习惯，内心与形体的整洁，高尚的思想，尊贵的感情，对于恶俗下流的反感，豪爽光明，有了这些美德方能容易帮助他们超过发育期的难关。"

龙多也说："形体教育关系生殖部分的可以单独或隐秘的指教，感情教育便应公开。因为在少年团体中创造一种舆论和一种尊重妇女的公共精神到底是重大的事。对于少女也可用这同样的方法，在她们中间来创造一种坚贞自重的精神。"

叙述至此，大概法国人对于性教育的见解也可看出一个究竟来了，就是在学校施行时有赞成与怀疑两派，在家庭施行时也有赞成与怀疑两派，然而俱无反对的论调。以眼前大势观之，在学校内施行恐尚待讨论，在家庭内施行倒一定办得到，虽说做父母的人知识能力有未到时，但龙多却出了一个主意，我将他的主意与在后面以作本文的结尾罢：

"有一个我们未经提及的组织，这组织之与家庭比学校就亲密多了：就是医生。医生真可算是时行的良心指导人和世俗听忏悔的教士，他看得见，他观察得到，他懂得一切。他又认识个人的过恶，隐微的苦楚，秘密的灾害。因为他操术的原故，他恰好是占在社会卫生的地段上的。何以人家不在小学和中学内组织一个家属联合会，以一个男医生来向父亲们讲演，以一个女医生来向母亲们讲演，把现在争议不决的青年大问题用家常闲话来传授给家属，再叫家属去教育他们的子女呢？这是间接的性教育，这种办法在瑞士许多县份中已著有好成绩的了，我们也有意思吗？"

原载《中华教育界》1924 年第十三卷第十期

巴黎的高等教育谈

巴黎是世界的花都，同时又是法国的学府，高等以上的学校可以说四分之三都集中在巴黎。也就因为名目过于繁多，种类过于复杂，外国学生骤来总不免有目迷五色，彷徨不知所之的感慨。假若要把巴黎的高等以及专门各学校列成一部专书，先详其历史，再叙其规模，更附以课程及教授法，给外国学生一个求学的指路碑，这原是紧要的事，但法国自己人作这种工夫的并不多，而外国人做起来却不免有千万种的困难。

不过在巴黎的高等以上的教育机关大抵可分为两类：一为国立的，一为私立的。

私立的最复杂。这种私立的高等教育机关却也不是国立的蛇足胼枝①，各有他的专门性质。其创置之由，大抵都因学术界或普通社会先有了一种特别研究的需要，而国立的高等教育机关中又没有这种应命的功课，于是才由特别团体兴起创办一种特殊研究机关。例如政治学自由学校 Ecolelibre des Sciences politiques，人类学会所办的人类学

---

① "胼枝"即"骈枝"，即骈拇枝指，骈拇指脚的大拇指和二拇指相连，枝指指手的大拇指或小指旁多长出一个手指来，比喻多余和不必要的。　——编者注

校 Ecole d'Anthropologie，因为应微生物学，血清治疗学，生理化学之需要而特设的巴德斯学院 Institut Pasteur（此学院虽是私立的，但与巴黎大学又有密切关系，因此院的生理化学实验室同时又算是巴黎大学理科的生理化学实验室），摩纳哥亲王个人因研究海洋学而创设的海洋学院 Institut océanographique，专门研究有关于催眠术及精神病生理学之问题而特设的精神病生理学院 Institut psychophysiologique，还有电气高等学校 Ecole supérieure d'électricité，各种牙科学校 les différentes Ecoles dentaires 等等都是。以上所举的尚是规模宏大负有盛名的地方，此外还有许多称为私立的高等教育，其实名目只管大，实在的内容并不相符，略举一二如社会高等研究学校 Ecole des Hautes Etudes sociales，如年鉴大学 Université des Annales，如社会学自由学校 Collège libre des sciences sociales，大抵只算是一种自由讲演之所。

　　这种私立的高等教育机关本也有调查叙列之必要，但是太难太难，鄙人现在为时间精力所限，目前还说不到做这种工夫；鄙人这篇长文所谈的，只限于国立的高等教育机关，至于国立的种种艺术学校 Ecoles techniques，专门学校 Ecoles spéciales，如理工学校 Ecole Polytechnique，如巴黎中央工业学校 Ecole centrale de Paris，如桥道学校 Ecole nationale des Ponts et Chaussées 等都不在这篇范围内，也只好俟诸异日再谈罢了。

　　我这篇长文分两部份：第一部份专谈巴黎大学同他的四科（文理法医），同他的药物学校 Ecole de Pharmacie，同他的各学院，同他的各种实验室。第二部份谈巴黎大学以外的法兰西学院 Collège de France，自然史博物馆 Museum d'histoire naturelle，高等研究实习学校 Ecole pratique des hautes études，现代东方语言学校 Ecole des

Langues orientales vivantes，古典学校 Ecole des Chartes，鲁渥博物馆学校 Ecole du Louvre。

我何以谈巴黎的高等教育而只限于巴黎大学以及其他的六个地方呢？我自然有理由，第一，巴黎大学是世界上大学之母，自罗马帝政衰落，从十二世纪起，在欧洲，在法国，差能把一点星星的科学之火保存在积灰中的就要算他，至于今日科学之火熊熊烧起，而能把天色烘染鲜红，火焰独高的也得算他；我们现在只看见他的成绩偌大，但是我们要知道他经过的艰难困苦是何等的可悲可叹。我们固然羡慕他今日之光荣，假若我们再能从历史上从组织上从分析上去把他看个清楚，我们可不要长许多的见识，增许多的勇气，加许多的希望吗？第二，法国人把科学施诸实用自然是大革命以后的事，然而法国人精神上的科学修养却很古很古的了。我觉得实用的科学比较的容易学得，比较的容易搬家，至于科学精神的修养便不免困难；中国人要安心发展物质的文明，我想只要小康数年多养成一般工程师很可以坐享别人发明之赐，但要使大多数人都带三分科学的头脑，看见飞机潜行艇汽车而知是摩托的作用，力的运行，这不免还要许多年的努力。法国人努力久了，所以不必人人是科学家发明家，然而人人都有几成科学家发明家的头脑，他们这种修养大抵都是从我所欲叙述的一般高等教育机关中养成的；所以法国人说："巴黎大学便是法国人从中古以来的聪明之源，法国人之多于出产发明家，便因为这源头断而复续终不曾枯竭过的原故。"（见巴黎大学文科教授都敢 E. Durkheim 所作《大学生活》la vie universitaire 一书的序言，鄙人此文采于此书的地方颇多。）所以我觉得把他们这片养成科学精神的源头拿来仔细谈一谈，很可以引起国人的兴趣，观他人之过去，励自己之将来，岂不比较的有益？介绍学校倒不是我的本意。

一九二四年，四月，三日。　在巴黎。

（一）巴黎大学的历史

中古时代——法国中古时候并没有学校，我们勉强从历史上去寻求，只能在宗教地方如大教堂里，修道院中，教士居室内寻见一种私塾模样的机关。这种私塾虽然是为预备教士们设的，但在俗人也可以去，受了教育后也可以返入社会，纳妻处室，一概随人的便，没有什么拘束。这样的私塾在巴黎设得最早的在圣母教堂中 Notre Dame，教习由大主教任命，而教法及成绩随时由大主教派僧正们来察考。这时遍地大教堂里都有这样一所私塾，如此经历了许久许久，直到十二世纪之初情形忽然一变，而后所谓学校方脱离了教堂，取了一种古人所不知道的奇怪组织：这就是巴黎大学。

这种突变有两个原因。第一个，因为在十二世纪初年有一位奇怪的教育家，名叫阿伯纳 Abélard 的来到巴黎教书，不知他用的什么手段，居然把他当时的人说服下去，就由他一手把中古造得来光芒万丈。这自然得力在他那光辉的论理学，理解的热忱，含有宗教热情和科学愉快的好奇心。所以自从他一到巴黎，遂吸引了好几千学生在身边，自然而然巴黎遂由于他的个人，他的教育，成功了一片惹人注目的地方；全欧洲好学之士一说到游学，目的地总在巴黎，久而久之这种定期游学遂变成了一种普遍的习惯。但是第二个原因更有力，这因为到十二世纪之初法兰西政治才渐渐动手组织，才渐渐渐动手集中。当其在加诺兰然朝下，王廷未定，常因祸乱播迁，及至加伯尖朝虽未骤然把这习惯抛去，但逐渐的便定都于巴黎，至此，巴黎方变为王朝首都。于是，因为加高巴黎的地位，而宫院建筑方大繁兴。在这个时候全欧洲的城池都不及巴黎之惹人注目，因而各地游学之士遂也潮水般向巴黎流来。

　　需要的情形如此，圣母教堂中的学校当然是不够得很，一般特别教习便不得不在教堂之外另谋发展，他们起初尚只在自己家庭授课，尚受着教会的约束不许他们伸张到色伦河中的岛外去。因为那时巴黎城正建在岛上而大教堂也都集中岛心，特为便于管理学校，所以才限制教习们不得到岛外去教学。但是学校愈加愈多，渐渐便超过了教会所画的界限而伸张到色伦河左岸。他们离教堂越远，于是越脱去了教堂的羁绊，不过还算是教堂的附属物，教习们仍得受宗教的规律。及至教习们大半感受了自己的利益兴会之后，他们方起了一种思想，一种意识来适应这新地位；又因为要保障这兴会和思想，他们便互相接近，加以联络。由这正当的联合遂成功一种协会，当时便称之为"大学" Universitas。巴黎大学之产生即是如此，即是由于巴黎的教习与学生协合而成的。

　　巴黎大学并非定期产生的，也不是由于哪个人的愿欲刻日创设的，只算是在色伦河左岸教学的一般教习与学生们逐渐集合而来，所以那时的巴黎大学尚不在一所公同的地方，换言之就是还没有校舍，教习们仍在各人家里授课。假若有什么事要商议，大家只好临时选个地方集合，或在这个教堂里，或在那个教堂里。然而过了一些时因为种种事故这个不定形的团体便不得不加以组织了，然后才公推了一位首领——校长——作为对外交涉的代表。又因为教习们所教的学生不同，功课不同，于是凡教同样功课的人便自然从这集合团体中更加亲切，遂组成了一种特别小群此即为"科" Faculté，当时所分的为自由艺术科，法科，医科，神学科。别一方面因为教习与学生的国籍不同，他们又曾以国籍分群，共分四大群：罗尔莽底群（包括罗尔莽底人和布莱东人），比喀尔底群（包括比喀尔底人和哇龙人），英吉利群

（包括英吉利人，德意志人，瑞典人），法兰西群（包括所有出于拉丁种的人）。

一直到十三世纪下半期才有所谓学院者 Collège 出现。

历来在巴黎的学生们都住居在一种旅馆中，名为 hospitia，这种旅馆大抵都隶属于国籍群；每一旅馆由居者公推一个料理人。但是住在这种旅馆中的有许多都是极穷的学生，食费住费都非常拮据，因而便有一般慷慨好施的人出来特别组织一种免费旅馆，凡穷学生都可去居食，所谓学院便由此产生。不过起初还是一种寄食寄宿舍的规模，学生们仍在外面就课，渐渐由于经验上大家觉得这组织还有格外的益处，就因在学院中的学生都须受管理人的监督，不致在外面胡为，很可以给家庭一种良好的保证，于是当父母的便都愿意把子弟送到学院中来。自然而然，教习们遂也觉得学生既已联合在一处，再在私家授课，不便，因就变更习惯到学院中来授课。从此巴黎大学便趋于固定，而学院就成为学生的单位；每个学院的学生也才由于年龄与程度区分了班次。

自这个组织成功后，巴黎大学遂成了模范，凡在法国及欧洲，只要有大学产生，大抵都把巴黎大学的组织奉为圭臬，因此在当时巴黎大学还得了一个"大学之母"的美名，Mater universitarum。

巴黎大学不但创造了这种组织而且还在智的生命上做了一个总机关。因为大家在其间所研究的正是一种学理，当时都把这学理看成一种至高的艺术，以及解决各种难题的方法。虽是从现在看去那种研究算不了什么，但他在当时所解决的问题却都是人人心中最紧急的东西：比如信仰问题就是一例。由于这样的研究而后大家才懂得在宗教的基础上建起了一种哲学，于是民权神权的争辩方广播于民间，究其由来，不得不归功于巴黎大学。

文艺复兴时代——从文艺复兴时代起，巴黎大学便走入一种衰颓时间，如此就经了几世纪。

一个大学，可以说就是一个科学生命的源头，一个高等教育的渊薮。巴黎大学之所以能发扬光大于中古者，正因他在当时所讨论的难题即是其时的科学问题，而又能引起教习与学生们的一种热烈好奇的情感。不幸到十六世纪由于教育意识的变迁，这种科学的热情遂熠然而灭。在这时期中，法兰西少年们的趋向都由巴黎大学而移往一种宗教协会中去，立刻耶教徒便乘机开了许多学院把巴黎大学大部份的学生俱吸收了去。耶教徒对于各种科学的教育又俱固执着一种狭小的方式，在他们的学院中既不注意数学，又不注意物理学，更不注意自然科学，凡这些科学的位置都被研究古文学替代了。他们看成科学目的，看成值得拿来探索发明的只是古代的语言与文学。他们说高等教育不应该像巴黎大学那样干，须得重新已过的文化，追求前人的思想与情感。所以他们注重在历史；然而他们把历史上的科学，也看得同别的科学一样的奇怪。他们的心意只以为希腊拉丁的文字是天造地设给学生们拿出做仿本的东西，因而写的艺术遂也由于他们的说法使大家看作了一种最名贵的艺术。因为耶教徒的势力很大，于是巴黎大学的教习们也大受其影响，也居然把"养成研究典籍的嗜好"当作教育的惟一目的。所以那时高等教育的浅薄直不可以言语形容，无论在耶教徒的学院中，在大学的学院中，称为最良好的学生只不过把修词学学毕完事。

巴黎大学虽在这种厄运中，虽不如中古时候，但是老实说来科学的命脉终未随之止歇。因为科学本是学者的作品，并不直接隶属于学制的，而且十七世纪的学者也和十八世纪的学者一样多，比如笛卡尔虽是一个耶教徒学院的学生，但他所表现的十七世纪就不亚于其时的一般大文豪。所不幸的便是巴黎大学不但不能分享此种科学的生活，并且还把这生活看得很无味。笛卡尔主义很迟的方侵入大学的学院，而耶教徒学院犹坚持固闭了许久，凡是我们今日所能承继的高等教育都是当时两方面所排斥不受的东西。这因为凡人不能自名为医生，为律师，为法官，为司铎，所以医科，法科，神学科乃能幸存；不过也只算得是一种职业学校，而高等的理想却没有的。所以两世纪中巴黎大学所过的都是一种平庸而腐败的生活。（然而法兰西学院就兴起在十六世纪，其故后面详说。不过法兰西学院却产生于巴黎大学之外，至今犹独立如故。）

大革命时代及拿破仑时代——可以说法国大革命方把巴黎大学唤醒了。为什么？因为一般预备革命的人及从事革命的人对于科学以及科学的利益都带有一种无限的信仰。大部份的革命家都把欧洲社会所痛苦的罪恶一概归之于人民之无知识，他们所期待来为人类之福的即是科学。从此，他们遂努力来构造一种科学生活的中心，他们说要有了中心，科学方能长养，而后他也才能够光照全世界。大家既认清了高等教育是什么，便重新组织了许多大学，完全和中古的大学一样是为的科学，为的信仰。

不过那般宣称教育须取一种科学性质的人中，有许多人之尊重科学皆由于科学的实用；于是科学修养遂显然是职业的修养。大革命后的国民会议政府就大受了这种影响，把高等教育建筑在职业的基础上。他们并不设法把那不同的人类规律从联带关系中去求其相呼应的道理，而毅然决定高等的学校是应该专门的，各个学校俱宜有其特性而互相独立，只要有一种职业我应该预备一种科学去适合他。于是乎因为自然史的教育而尤其为的农商美术进步关系遂特创一所博物馆，与夫理工学校，师范学校，三所健康学校 Trois Ecoles de Santé，现代东方语言学校等。其时的巴黎大学已无人过问，甚至连名字也涂消了。不过这般在各地的新创设，却也各有其光荣的地方，因为一般文人和一般任专门学校内所造成的学者的原故，也不能不把法国的科学美名归之于他们。

拿破仑的教育学理也是受了这种专认科学为致用的思想的影响。拿破仑第一本不是那种有科举修养而能正当把科学散入全生活去的人，在他看来，各种科学只算是各种职业的工具，他之把科学安置在高等教育中间，也只是为的这个头衔。他的道理如此，所以凡国民会议政府所设的专门学校他都维持下来，他只把中间有些学校变一个名字：如法律学校，医学校变名为法科，医科。而且他还在各学区的首都创设两个新的专门学校或可说是科，即现在之理科文科是也。老实说来这两科本可以变成一种无功利的智力生活中心的，但是就因为这两科都未能预备一种固定的职业，拿破仑便不明白给与他的一点在智力方面的任务。考试委员尚且将就叫一般邻近国立中学 lycée 的通常教习来充任，其他即可想见。

十九世纪前半期，这种情形俱没有变更，甚至文科理科皆弄得虚有其名，并无一个学生。然而这两科又不能取消，于是在这两科中凡学生的位置都被一般普通有闲暇的人担任了。假若在这时课程再严格一点，枯燥一点，恐防就是普通人也非去而不可，幸而一般讲演家俱有他平庸为新奇的本领，居然能够在讲座之上对于法兰西及欧洲的精神界中发生一种重要的影响，其间的名人很多，最留在众人记忆中的终要算这三个名字：威尔曼 Villemain，姑染 Cousin，季著 Guizot；并且有些讲演稿也传诵至今成为法国名贵的教科书：如姑朗日 Fustel de Coulanges 的《古都》*Cité antique*，如惹勒 Paul Janet 的《家庭》*La Famille*，如马尔达 Martha 的《在罗马帝政下的伦理学家》*Les*

moralistes sous l'Empire romain 等皆是。及至科学运动勃兴之际，理
科方占了重要位置，然而科学工作的工场——实验室——还付诸
阙如。

第三共和时代及大学之复兴——到了十九世纪，重新高等教育的
呼声便大起，然也不过是少数聪明人的言语，直至第二帝政之末方才
出了一个人把这计画提交政务会议，引起众人的思考；这人就是从一
八六三年至一八六九年的教育总长都雷 Victor Duruy，此处不必细
说，我们将来说到高等研究院时再谈他。不过都雷只算是提议人而成
功者却不是他，真正说到巴黎大学之复苏这却是一八七〇年第二帝政
结束以后的事。

一八七〇年普法战争法国大败，所有一般市民都只存了一种思
想：败绩之国。然后才知道欲雪此耻非教育不成功，而且不打算再把
德谟克拉西推翻就得十分的信赖科学。所以在战后若干年都算是一种
智力蓬勃的好时期。但是要把科学做成高等修养的中心，这却不是那
般专门学校所能胜任的事。因为专门学校的范围太狭小，只把科学当
作职业上致用的工具而不能从宽处深处去探讨他的原理来活动人类的
智泉。真正要发展科学就得把那人工的隔阂打破，努力把分离的科学
混合一块，求他们相互的关系，成功一种完全的作品；这因为智力的
生活非集中不能强烈，分离便是他的死罪；假若要在精神上放入一种
高瞻远瞩的嗜好，那么科学的宇宙便得大加扩充，各专门学校就得极
力接近，取消他们的隔阂，变成一所真正的百科学校 une école
vraiment encyolopédique。其实哩，在历史上早经有了这个学校的，
便是大学。

大家讨论至此，于是便觉得大学复苏是再不容缓的事，计画一
定，就见诸实行。在这番改造上有两个教育总长最为有功：即费利

Jules Ferry 与哥白勒 René Goblet。然而极令我们不能忘记的仍是前后两个巴黎大学校长：都猛 Albert Dumont 与李哑尔 Louis Liard，凡巴黎大学永久的组织大抵都是这两位校长的功绩。总之，巴黎大学复苏而后法国的科学方成了智力教育的火炉，然而当改造之初也曾遇过不少的阻力，不少的困难，假若不是当事人有心胸见解，有脚踏实地的主张，恐也未必能到今日完美的地步。

巴黎大学经过的略史大要如是，第二段当叙他的组织。

原载《中华教育界》1924 年第十三卷第十二期

法人最近的归田运动

在今年一月中间，法国好多报纸杂志都不期然而然的发出了一种公同言论，他们的标题不是"农民之不安"（malaise paysan）便是"归田之运动"（L'évolution du retour à la terre）主要论点便是说乡村生活破裂了，法人的殷忧正深，势非赶紧设法救济不可！

"归田！归田！"这可算是法国人从噩梦中醒觉后悲惨的呼声，很可与"灭种！灭种！"的呼声作一样的看待。我们要晓得法国农产物的收成，除葡萄一宗外，大都一年不如一年，以一九二三年而论，所收获的粮食，仅够全国人民三个半月的生活，不足之数，便要仰给于殖民地了。法国是欧洲著名的农产国，天时既好，地土又肥腴，何以农产物除葡萄外连自给也不足呢？况法国农学日有进步，多数学问家竭精殚智的在田间与实验室中孳孳研究，这并不像我国的农业，几千年前食了先人发明之赐后便顿住了，丰收水旱，地质变迁，一概任农人糊糊涂涂的去自理，士大夫只管把耕读两个字连在一起，不过表示高雅，其实躬耕者几人？耕而有所进益者又几人？所以在中国常常闹饥荒是道理上说得通的事，在法国不能自给便未免令人诧异。

却也不足诧异，这只由于乡村生活破裂，大多数农人都变作了城市工人的原故。法国人在四五十年前，工厂业未十分发达的时候，各阶级中以农人占最多数——就是现在也占多数，不过比较上却大减了——所以昔日的农产，不但可以自给，并且还有剩余输出；如今就因生活变化，城市吸收力过大，使农人等都不安其业，轻去乡土，机器的利用又未普及，芜田不治者日多，因而才酿出了这种社会恐慌。

有一般人单注目在历史上，单在纵的时间上作比较，觉得农人等"弃乡野趋城市"的行为太可怪，他们的见解也与中国有一般人的见解相仿佛，我先把它归纳成一，改写在下面：

"以前，农人都很爱他的乡土，也很朴实；他们又没有多余的要求，只要境遇下得去便快乐了。以前，他们在乡间的生活很简陋，很平常，夏秋力作，只有冬间农隙时有点聚会，然而行乐的事也并不过分。以前，他们愁苦的光阴极多，是现在农人们所不曾生活过的，有国家，教会，地主，贵族们的过度诛求；又有最无方法可想的天灾，而且到内乱时，全国的农人，差不多全是胜负两党的牺牲者。现在他们不是这样的了。他们生活的安适自由，都是前人绝不知道绝不敢梦想的。小地主们因得法律的保护，把压迫他们的借押契约等都解除了。而垦荒的地主们还享受着绝大的利益。凡那般住在城市或大府第中衣租食税的大地主们，即是平常除了奶饼面包外，从未想到土地的蠹虫们，也都因为租税减少不足供其挥霍，一方面又被高利息的国家债券所诱，把他们的土地差不多都零卖出来了。于是乎在乡间的普通情形上产生了一种重大的革命，更由于政治与社会的推移，现今的农人从地位与利益上看来，比以前的岂止高十倍……"所以他们便深怪"弃乡野趋城市"的农人为不可解，为病态的行动，不然，"现今的农人既怎地有幸福，何以还不安？城市的工人受种种的束缚，所操的工作枯燥无味，视农人之自由而趣味丰富者真不可同日而语，但他们何以还会被城市所诱惑呢？"一句话答复出来，就因为论者蔽于偏见，不曾从横的方面去看一看的原故。

　　横的方面如何？这可根据法国阿里野省"归田运动会"委托该省师范学校教员学生们所编辑的调查书来说了。这书分三部份，第一部份事实，是一种分区分段的实地调查，表册极多，但我写这篇东西的主旨并不是报告法国四十年农人数目之消涨，而且也是读者不甚要求的事，所以就把它略去。第二部份说原因，第三部份说救济之方。我觉得这两部份不但有趣味，而且许多地方颇与我国现在情形相合，不然也是我们不免要陷于覆辙，所以把它撮要说一说。

　　原因大约分三种：第一是物质生活的差异；第二是境遇与思想的变迁；第三是教育不善，知识上发生恐慌。前两种本可详细铺叙的，因与本杂志①性质不大相合，我便极力缩小撮要的范围，只把原委说明白就是了。

　　物质生活——城里呢？饮食精美，衣履雅洁，服用方便，行动容易，住居舒服，尤其是开心寻乐的事特别多，特别的不同："若其他在城里只要工作一毕，精神上便可萧散到第二天，穿得很合适的，把女人挟在手臂上，到大街小巷走走；白日有讲究的咖啡店可进，有玻璃窗内五光十色的商品可赏鉴，有各种运动和游戏的事可看；夜里更可看戏，跳舞，看影戏，以及种种数不清的消遣。"乡下呢？住居是稀糟的，有许多茅屋还没有光线，不通空气。一种极不合卫生而令人生厌的情形："若干的道路，夏天便是刨子，冬天便是泥淖；农庄门前往往是醖酿瘟气和微生虫的所在。"生活又特别贵，"收一封电报要格外付脚钱，城里请一次医生不过十法郎，而乡下便须付三十法郎，寻一点药饵起码要先花十余里的车费，兽医是不可免的，然而一次总在四五十法郎之间。"穿吃和城里差不多，说不到省俭的地方，（这是

_____

① 指刊发作者此文的《东方杂志》。　　——编者注

法国情形，断不能拿中国城乡生活来比拟。）尤其令农人难堪的就是与家庭分离的时间太长久，与妇女接触的机会太稀少，而娱乐的事太缺乏。

工作情形——城里呢？工作是稳固的，合法的，分工的。而又有规则，作工的光阴并不随天时而变更，厂主关了门，可以用团体的势力责备他，强迫他。煤烟尘埃的辛苦不及严霜烈日之下。尤其比农人好的，就是铁案般的工作八小时。乡下呢？工作是沉重的、复杂的，妇女的工作更苦。礼拜日说是可以休息，但牲畜总不能不照料。冬天农隙时，你就有冲天的本领也没有工作给你做，夏秋忙碌时便连休息时候也没有。况且工价又低，城里一个机械工厂工人可以获到三十法郎一天的工资，而农业工至高至贵时仅十法郎一天；城里工人团结容易，要求增薪时，只几次罢工示威，就可以成功，而农业工便只有听雇主的怜悯。

城乡情形如此不同，假如农人们不受一种比较的激刺，倒也可以保着他不识不知的天真，但是这又不可能的。因为礼拜日和休息日城里的工人都喜欢到乡村去散散步，或是回故乡去看看亲旧的，拿他们现在比较美满的新生活来骄傲同乡，又是人之常情，于是不满意的农人们便自然而然起了一种想头："乡下工作还要辛苦些，何以种种都不及他们？同一样的作工，我何以也不往城里去？"起这种想头的必然是那筋强力壮，有奢望，不受境遇拘束的少年人等，而妇女们尤其。她们想：工厂中作工固然苦，但是比一比罢，她们脸上的颜色就比我们光艳，她们的头发就比我们的润泽，她们的手爪就比我们的细白！这是构成"去乡"的一个思想的原因。

妇女们的势力，在法国无论何等社会中都很大的，她们虽是没有显然的势力可见，但她们的志愿同力量可以转移若干男子，这一点似乎在我国农人社会里还不甚寻得出。法国少年妇女要求丰富生活的欲望极重，她们既深感城乡生活之差异，十有九个便往往怂恿丈夫抛弃田野往城里去觅生，而她也得同到城里觅个适宜工作，尤其使她们希望如此的，便是在城里工作就可常与丈夫住在一处。所以她们只须一置脚工厂，就再不会想回到田间，而因她们牵系而来的总是好几倍。有一种思想，差不多是乡间少女们共同的思想，便是："嫁给一个铁路上的员役，工资既丰，又得一同住在城里，又得享受免费车票的利益常回老家来看看。"岂但少年妇女们是这种思想，许多老年人也如此，他们谁不希望儿子们能创出一种新地位来比他们的还高还好，然而在乡间是不行的，便往往把子女打发到城里来觅机会。这是构成"去乡"思想的另一重大原因。

说到因境遇变迁而舍去乡里的，也有两种：其一是征兵制的毛病。法国征兵制，说起来实在比我国募兵制高明：第一，人人都要拿几年的枪，过了这几年仍是平民，造不成一种特殊阶级；第二，应兵役的人既然是全体，便什么阶级的人都有，受过教育的较多，大家头脑都是清楚的，叫他们去防外是勇敢无伦，叫他们来扰内恐没一个来应命，或者发命令的人还会先受他们的处罚哩；第三，兵营是最苦的生活，国家除供给穿吃外，每天只给两个铜板做零用，所以三年之中不但自己受苦，不但要把职业和学问打断，并且还须自己筹钱来用。但是征兵制也有与我国募兵制同一样的害处，就是应兵役的假如是农人，在城里聚处了几年，受了环境的引诱，役满之时便不甘愿再回乡去拿锄头，往往就留在城里当工人安身。其二是此次欧洲大战的恶影响：第一因为伤兵们残缺肢体或体躯受了伤害不能再作农工的，大都在城里各商店各机关去充当一名店员或雇员，没有受过教育的就充当仆役下人；第二因为战争中一般调到阵后的农人，都学会了驾驰摩托车或装置管理电气工具，停战后他们有了轻便的新手艺，城里可以容足，况这种工人在战后又正是城市需要的，他们岂能舍了较佳的新境遇而回去作辛苦的农工吗？

这下说到教育之不善了。法国人办教育的惰性，也老实不亚于中国人，强迫教育说是实行了几十年，但各乡村的市长，不把这件事放在心上，认为关系国家命脉的，实在不多；就许多视学员的报告，说愈是偏陬地方，完全未受过教育的人愈重，人民和城市都毫不注意此事，以致强迫教育几几乎只成了个名词。强迫教育的现象且如此，乡村的小学校也就随便起来，有许多地方因为校舍太不经人注意，颓败朽圮，上雨旁风，差不多连教师学生都害怕走进去。教师也是一个辛苦而淡薄的职业，和我国乡村的小学教师一样，稍为有欲望的人谁干？因此就难免懒惰教师的敷衍。乡下人把子弟送入学校，其意也只想孩子考得一张凭照就是了，然而有许多儿童，强勉把凭照考得后，还不能一笔写三行不拼错字的口述。注意小学教育的人只管不少，然而大家的眼光都看着城市的小学，这因为城市小学，人数也比较多些，经费也比较足些，可以有为。所以乡间许多小康之家，希望儿童将来多得一点知识的，都迫不得已只有把儿童送到城里学校来，或是送往较佳的私塾中去；剩下来乌七八糟的乡村小学，便专门用来待遇没有力量的农人子弟们。于是由于这样腐败的乡村教育，便产生了"去乡"的正负两个因子。

正面的因子：儿童自幼在城市受教育，被城市的环境所引诱，把对于乡村的爱情逐渐减少，纵然这种爱情有时还足以引起他的回想，但绝不能把他缚束在乡村里。而且像这种小康之家的儿童，父母对于他也希望他将来能在城市立脚的，他受的是城市的教育，所渴望的是城市的职业，就强勉把他羁绊在乡里也不过是暂时而已。

　　负面的因子：儿童自幼受不到良好的教育，写作自然是不能，就是读也困难，因为他知识太狭隘，不容易感生读书的趣味；一个人能够读书，纵然就不说精神的涵养，至少他也可以利用他的闲暇光阴，至少他也可以多得一种消遣方法。事实告诉我们，在法国乡村里去看一看，你们就知道，能够写读与夫感得着书中趣味的，只是有限的一般小地主，至于家里有一个书架陈设上几十本小说的更为难得。多数乡人——就是自幼没有受过良好教育的——除了每年的历书外没有看见过一本别的书，一本小说。礼拜日或者看一份地方报，但你们要晓得，这种报差不多是寻常极了，有时连文法错了的地方也有，上面的新闻以本地杂事占一大半，然而这就是他们惟一的消遣品。美国乡村间有一种流动图书室的办法，有趣得很。每礼拜，一具绝大的摩托图书室，逐家走去，把新书载来把已读过的书换去。法国中部有几十个乡村，也有一种私人办的活动图书室，但书籍既少得可怜，而且还要出钱租借。乡人们得不到精神消遣的地方，当然同较满足的物质生活一接近，便毫不反抗的被吸引了去，一乡之中假设有二十个这样的少年，只须一个被吸引去，其余十九个的脚跟都是活动的，机会一到，他们还有什么顾忌吗？况工厂商店都有他们插足的地方！

　　除上面所说的三种原因外——即是物质生活的差异，境遇与思想之变迁，教育不善精神上没有消遣品——还有一种原因，似乎是为人所不注意的，但是也重要，这就是集体的娱乐。集体的娱乐在城市是算不了什么事的，（这是就法国而言，在中国就因地而异，通商大埠以及都会地方，或者还有一点，在内地的小州县和乡村恐只有场期及春台演戏时是一个机会。）而乡间便不多，从前于收获后及葡萄酒装桶时，算是有一个集体的娱乐机会，许多年来这种集体娱乐已不行了，都被工厂剥夺了去。少年人是不喜孤寂的，我们只看哪里有一个球会，差不多五十千码以外的少年男女都奔凑了来。法国北部罗尔莽底地方某个乡村，新近组织了一个小小的演剧团，每礼拜开演一次，每次总是满座，看戏的人有来自很远的地方，而且每礼拜都要来。就是有趣的讲演也是乡人们最愿意来参与的。美国乡村里常常有这种巡回讲演的组织，或是演说外国有趣的事，或是演说科学及人生有关的种种。而法国哩，城里倒不少这种团体，每次也是满座，乡村间就寂然了。为什么大家都只注意城市中人的集体娱乐，比如春夏秋每礼拜日公园内的音乐会，节令佳日共同跳舞等，而乡村里的男女就让他们去过那寂寞孤独的光阴呢？城市的快乐如此其丰富，岂能禁止乡下的人不潮一般涌了来便安居不走呢？

原因既明，我们再说这个调查书上第三部所列的救济之方。我觉得这种救济方法在法国虽算是亡羊补牢，在我国也可采用来做未雨葺茅①的手段。它上面分三层：第一行政方面；第二立法方面；第三宣传方面。我也不必照他原文铺叙，只撮个大要如下罢：

行政方面——改良县道，（法国道路分四种：一，国道，国家建筑，国币修理，道最宽平，除山谷外皆笔直如矢，两旁种树；二，省道，由省政府建筑管理，较国道稍狭，或种树或不种树；三，县道，由县政府建筑修理，与省道埒，多寡好歹视县区贫富而定；四，村道，由一村建筑管理，最窄者可通二轮车，但不整饰者多。）更注意改良村道；多添新道路使农庄容易出入，并恢复窎远之村落；田野间多设电气工程；加意改良添置邮政，电报，电话；组织手工农业的征集；增设农业赛会，加倍储蓄农业奖励金；随地方之需要增添农业循

① 葺茅：徐灏《说文注笺》："以茅茨（蒹葭）盖雨谓之葺，因以为修葺之称。"
　　——原编者注

环小学，明定乡村小学教育方针，责成各市长注意强迫教育，改良教师待遇，各县区创置农事实习场。

调查书上有一条附注，说明教师人选之难，大意是：定教育方针是一事，是容易办到的，所难于收效的就是教师个人问题。假如教师良好，除课本外尚能以身作则，做一乡的一个中心，他可以给多少影响多少利益与农人们；反之，便有千百个良好方针也等于无。不过，若求优良教师，便非把境遇改善不可，三百法郎一月的薪俸，几乎连一个平常工人也不如了！这一节又十分和我国乡村小学校的情形相似。我国乡村小学校向来少人去注意，说起来真可怜，陈祠古庙，门口挂一块白地黑字招牌，就名之曰学校，教师每年有才获得八十串钱薪俸的，说起来是斯文职业，而不足供一家三口。自然叫私塾的老童生来改头换面，是将就处得下。但此等教师，要希望在督促学生背死书而外，再向他们启发一点知识，岂非是大笑话！不过除却此等人，更向何处去觅得较高明的？高明教师尽有，似乎八十串钱一年的菲薄薪俸总不能求得罢。

立法方面——制定更有益的保农法律，假借小农限制大地主的伸张；发展农业信用公司，制定长期微息农业贷款条例；制定奖励归农贷款条例。

宣传方面——三种救济中以这一种为最难，但是用得好又以这一种收效最大，就是先完密的组织若干宣传机关，去向地主及租佃人说法。第一，要说明若地主及租佃人能亲自与农人相处，甘苦与共，以本身的勤劳来鼓舞他们的利益；（我国的租佃人到是亲身作苦的，地主们有许多连他田地的方圆也没有看过，叫他去亲耕无异杀他的头，在法国像这样的大地主倒有，小地主便不多。）第二，要劝他们把农人的居室改良，至少要有一间过得去的房子给农人一家人住；第三，要使他同意长期的雇约；第四，要使他保定合规的工作；第五，要使他就是在冬日农隙之际，也宜忠诚的待遇农人；第六，要使他醒悟人工缺乏的危险，急速增加工资征集正工、副工；末了最重要的，更须劝诱他花费必需的用款购买机械。利用耕种机器一件事，是法国地主及租佃人最不起劲的，第一，他们保守的性质太重，不轻容易改变；第二，机器都不便宜，最初花上一笔大本钱，是他们最害怕的；但是善于劝诱的，倒也可以叫他们相信，因为他们多少已懂得摩托的好处，他们只是积习难改罢了，其实怀疑机器的心思倒早没有了。

以上是对地主及租佃人的宣传，同时还有对农人的宣传，条款也不少，而最重要的就是说明工厂的工作，表面看来是轻于农业工，然而是没有趣味的，是最伤生的，工厂里八小时比田间十二小时还疲乏。不过对农人只一味宣布是没有多大用处，要紧的还是应该急急为他们创设各种有利益的事情，如保证金之发展，如互助社，工联会，协作社等等的设置。娱乐方面更宜注意，须遍地创设无线电机，电影园，留声机室，赛球竞走等运动；音乐会，跳舞会，凡城里有益的有趣的，最足使农人欣羡的，一切尽量设备；至于知识方面，宜仿照美国乡村的摩托图书室，循环讲演等办法。

总之，农人们之弃乡里趋城市的主要原因，不过是去求一种较安乐、较完备、较有趣的生活，救济他们，就是把城市的安乐生活，完备生话，有趣生活，择其有利而少害的，一律散布到乡间，使大家尽量享受；这是法国人历来的进步思想，是我们亟须注意采纳的。我国从历史上自来就有一种暗示于一切人们的危险思想，我觉得是无匹的危险，使我国物质生活在中途停顿一两千年，或许将来还要停顿不知若干年的，也是这种思想，那就是不把贵族生活拿来普及化于平民，偏偏要把优美生活拿去返之于洪荒。我们在历史上看了不知许多的例，一代帝皇之兴，最为史家赞叹的，总是把前朝的宫室一火而焚之，以为是戒奢侈戒淫乐了，然而不上几年，又大兴土木，新建的宫室或比旧的还奢侈，充实其间的珍宝美人比旧日的还多，这就是一时的做作，终敌不过求优美生活的欲望；竹帘、纸帐、板壁、漆灯，说起来多么高雅，然而人人真愿享受的，还是高楼峻厦，挂着花纱窗帘，悬着雪亮电灯的进步生活。法国人革命之后并不把巴黎各王宫拆毁了，以为那是帝王服用居住过的，是最能引坏人心的东西，反而把它公开起来，叫大家都来享受；俄国苏维埃政府也不要人民返回过去，去过彼得第一以前的朴实生活，而把贵族们住过的好地方，用过的好东西，一齐打开来叫大家尝尝；我国崇俭思想的结果，往往要把现代优美生活打个稀烂，希望大家不要点电灯而点蜡烛，不要坐火车而坐肩舆，不要住高楼大厦而住茅檐竹篱的陋室，到底又办不到，做几篇崇俭戒奢的臭文章，只算是被单内挤眼睛。我想假使这本归田运动的调查书，叫几个中国的大人先生来编辑，定然有几篇叹"人心之不古"的臭序言，而他们打的主意也必然是：杜绝乱源，灭其可厌的办法，即是说把城市大房子拆了改建茅屋，花园翻过来改成菜圃，电灯换成菜油灯，摩托车自然不要，商店中只准陈列布帛粟麻，音乐当然非禁绝不可，跳舞更是导淫之事，悬为厉禁，所有种种一律反诸自然，或者反到比乡间还不如，农人们自然不会向城里跑了！我想这种古怪想头，还不只是那般上了年纪的人才有，或者就是新少年们也不免，言之慨然！

一九二四年三月十五日于法京巴黎

原载 1924 年《东方杂志》第二十一卷十期

李宁在巴黎时

创设苏维埃制的李宁①死了！在他生前，全世界的人有友之的，有仇之的，有怀疑之的。我相信到他盖棺之后，不管是哪一派人恐怕都要长叹一声："斯人其逝矣！"

我们先不必拿事之成败来论人，先不必管他所笃信的主义对不对。我们但把李宁一生的行为，志趣，胸怀，言论，换言之，就是他生平的历史拿来统观一下，无论如何，我们都觉得这是一位世界的伟人！因为他的思想行动给与世界的影响委实不小，而且这影响是没有时间性的，便再过百年也有存在的价值。

不错，李宁算得是世界的伟人。崇拜伟人，把伟人看作偶像，这又是人类不可免的通病。当李宁生时，为他作传，为他制造逸事的已经不少了，就是把他视为鼠疫的，也愿意听他的故事，这又是人类好奇的本性。他如今死了，他的行为结束了，给他作传，收集他的逸事的自然更多。我们就以法国人来说。法国人除少数表同情于红俄的社会党、共产党、无政府党而外，大都算得是李宁的仇敌，政治家如此，资本家如此，贵族绅士们如此，乃至平民也如此。平民为什么也

---

① 李宁：即列宁。二十年代前后，我国报刊所载有关列宁的译名，如瞿秋白早年发表的文章，都译称李宁。 ——原编者注

要仇视李宁？就因为苏维埃赖帐不还，法国平民吃的亏不小。但是李宁死耗传来，虽然法国尚未承认苏俄，政府没有表示公开的哀悼，而舆论界却一致尊崇李宁的为人，为苏俄悼其失此栋梁。全法国的报纸都连篇累牍的登载李宁的历史、多数党的学说与运动。好奇的新闻记者还不惮烦劳，在书籍以外来收求李宁的逸事，以求餍足阅者的好奇心，如巴黎《每日报》（Le Quotidien）的记者就是一例。

这一篇记事是巴黎《每日报》一月二十四日登载的。我觉得这种东西并不含时间性，虽然这篇译文在中国发表时尚须时日，但不嫌是"明日黄花"，仍有一览的价值，所以就毅然的全译下来。

但是读者诸君须先记得李宁是他的假名。他的真名姓叫作佛拉第米·伊立谿·乌利埃诺夫（Vladimir Ilitch Ulianov）[1]；并须记得他是一八七〇年四月十日生于辛褒斯克（Simbirsk）[2]；他于一九〇七年在巴黎旅居时已三十七岁。以下便是《每日报》的译文。

在横贯巴黎色伦河左岸上的居民昨日听见李宁死耗时，一定于无意之间就忆起乌利埃诺夫先生在巴黎作客时的情形。

谁人曾说过李宁住的房子是没有看门人的？

不对，我明明白白的记得李宁有一个看门女人就在这巨都中距闹市不远，孟苏利区内（Quartier de Montsouris）马利罗斯街（Rue Marie-Rose）里。

于是我就一直走到这街的第四号。但是李宁时代的看门人已不在那里。所幸那位后任看门人很和气，很热心，引着我去拜谒

---

① 今译弗拉基米尔·伊里奇·乌利扬诺夫。　　——原编者注
② 今译辛比尔斯克。　　——原编者注

李宁的故居——此时住居其中的是一家贫寒的店员。

这房子只有两间极小的寝室，一间极小的餐室。窗子外有一线天光，这一方是清静的街道，一直到现在犹未被巴黎的烦嚣所扰；那一方是一片小院子，其间晒满了衣服。

看门人向我说："李宁在这里住时，每年付房金七百法郎，我知道人家从不曾叫他搬过家。现在已没有一个人认识他了。但你可以往德郎钵街（Rue Delambre）去访他的同乡哥罗尔哥夫（Korolkoff），因为这个人曾同他生活过。"

半小时后，哥罗尔哥夫先生就应我的请求，为我谈起李宁故居中的陈设来了。他说："乌利埃诺夫的动用东西是很简单的。两张铁床，一只立橱，几张白木桌子，几个用来堆书的家具。这房子里算来只有书多，到处都是。

"李宁生活在巴黎，全靠革命党中央委员会会长的一点薄俸，这是你可以相信的。

"他的穿着也随便得很。况这事又与他无甚重大关系。人家时常看见他戴的都是那一顶圆顶常礼帽，而他的外套也从没有更换过……

"说到这上面，我可以给你谈一件最足以见他的性情的逸事。就是在一九〇七年之际，社会民主党人会议，决意向英国银行家借一笔大款来做宣传费。担任办这交涉的便是李宁与高尔基（Maxime Gorki）两人。及至他们把事办妥回来时，高尔基通身都换了新衣，而李宁不但没有换，并且裤子上还磨了一个大洞。

"李宁的饮食说起来也没有什么，他用餐时许多朋友都常常走来碰见的。朋友们一来，他必先奉一杯茶，然后便欢然谈起他对于人事的种种观察和意见。

　　"他平时讨论艺术，特别恨的是戏剧。他的夫人和他相反，偏偏最爱音乐。有一天，我们相约把他的书夺了，强迫着引他到一个音乐会去。他声言几乎厌倦死了。

　　"他喜欢的是工作。有几个月的光阴深居在家里做书。只有晚间十一点钟才出门往北车站把他逐日为《布纳乌达报》(Pravda)① 做的评论交到火车上去。早间他起得早，晚间他睡得晚。

　　"他是一个下将棋的高手，在他极稀少的闲暇时候，他就极喜欢拿这东西来消遣。他也喜欢独自一个人跨着足踏车到巴黎四周的乡下去游转，回来时必为他的丈母克鲁卜士喀夫人(Kroupskaia)② 采一束野花。其时，他的丈母也在巴黎，他很喜欢她……

　　"然而这并不是感情上的事，他所喜欢的人只是一般与他性情相合而能为之用的！……"

　　我别过哥罗尔哥夫之后，便唤了一辆摩托车坐上，一直走到孟巴纳士大街（Boulevard Montparnasse）与哈巴衣大街（Boulevard Raspail）交角处一家名叫罗东德（Rotonde）的咖啡店来。这里是一个艺术家与学生的会合处，而孟巴纳士一般留居的外国人都愿意于晚餐后到这里来相晤。大家相传说从前李宁与他的朋友和政敌辩论的地方就在这咖啡店内，不过总得寻一个实在才对。不幸，这地方从一九一〇年以来就变了样子。现在它已

---

① 《布纳乌达报》，即《真理报》。　——原编者注
② 今译克鲁普斯卡。　——原编者注

变成一个孟马尔特①的时髦分店了。而色伦河②右岸的繁华也涌到了这里，对于我，这里实在没有运气可以碰得见一位旧日的常客，因为他们早都迁往那比较清静的地方去了。

然而偶然却如了我的愿。

柜台上的管事向我说："这个人！他就是罗东德的一位老主顾。"

说时，他便指了一位饮者给我。这人正坐在一张大理石面的桌前，看一本绿色封面的杂志。

这人便说，"哈！我认识他。瞧，他从前总是坐在那边，就是这柱头后面。这不是一个常客，他来的时候很少。我常会见的便是他的朋友托洛斯基（Trotsky）、喀美纳夫（Kameneff）③、克伦斯基（Kerensky）等。这般人每天下午从一个小餐馆内出来便在这里来度他们的光阴的。

"他们又常下将棋……但是，他们辩论的时候最多。我只零零落落的听得一点。记得有一晚那辩论好生激烈；不过我所能听得入耳的，就只几个在政治上最为我注意的人名，因为俄国话太难懂……"

相传李宁又常在国立图书馆里看书，以及做他重要的作品，于是我又走往图书馆去。

果然，有一位图书馆老助手尚记得有一位短小先生，名叫乌利埃诺夫的，他一来总是取许多的书而且要把书留着下次看。就

---

① 孟马尔特是巴黎歌场舞榭，酒食征逐的地方。　——译者注
② 色伦河：即塞纳河。　——原编者注
③ 今译加米涅夫。　——原编者注

因为这事，常与这助手发生多少口角。这助手还在墙孔中取出一大叠借书卷来，都是李宁用过的。大概是社会学书，政治经济学书之类。

助手又说："他时常偏着头沉思，也不写也不读，好像一位老年人。我那时还以为他也同有一些人似的，到这里来只为的暖脚①。"

《每日报》的记事只这一点，自然是不足以餍读者的所欲。我打算利用这机会再另外说一点有趣味的事给读者。这是法国巴黎大学教授，现代著名的社会学家季特先生（Charles Gide）②于去年十一月游俄，正逢苏俄六周年国庆，给法国报纸寄的通信。③我觉得他这篇表示感想的文章写得生动详细，而且很诚实，借他来觇察俄人对于共产党政府的感情，以及最近莫斯科社会状况是不会有错的。况季特先生是社会学家，他说的话断不会像文人的矜夸，所以我极愿意把它介绍给读者看看。

季特先生的通信说：

"莫斯科正在大办佳节。明天，十一月七日，是共产党革命的六周年纪念日——已经六年了！

"红旗遍街飘扬——在这中间我没有看见一面外国旗——街石上

① 凡图书馆冬日都备有热气管，巴黎与外省皆如此，有许多穷学生和穷人不能燃火的，便到图书馆借名看书，其实是取暖。　　——译者注
② 季特（1847—1932）：法国经济学家，社会改良主义者，合作主义倡导人之一。著有《政治经济学原理》《消费合作社》等书。　　——原编者注
③ 季特的作品国内介绍翻译已有多种，想读者或能忆及这个人。　　——作者注

铺满了向日葵的空壳，这就是贪嘴的俄国人吐弃的。

"典礼由莫斯科苏维埃在一所光华耀目的大厅里举行，以前，这是'贵人厅'。

"而今日，它千盏电灯所照耀的并不是那剑履锵然的羽林骑士的制服，只照着一大群穿套衫，穿短上衣，穿各色衬衫，或是穿法兰绒衬衫的人们。

"大家都站起来唱《国际歌》（*L'Internationale*）——须知这就是俄罗斯共和国公布的国歌。又站起来唱《改正歌》（*Derechef*）这是赞美为革命而死者的歌①。

"跟着便是演说的人们：这是李宁的代理人喀美纳夫——我请你们看清楚演说者又上来了，这是共和国总统卡里宁（Kalinine）②。

"苏维埃共和国的总统是一位工人，但他今天却穿的大礼服。他一面用着公共集合场中演说者的亲密样子在演说。一面就在高台上大步的走来走去。

"李宁不曾来。他病了。但是演说者每一提到他的名字，全体都站了起来又唱《国际歌》。这一场足有二十次，站起来，唱歌，坐下

---

① 《李劼人全集》特约法语编辑、法国汉学家魏简处理此处法文时，正讲学东京，特函请巴黎友人去国家图书馆查证，后致李劼人研究学会："巴黎的朋友已经查到了那有问题的片段。如李劼人所说，这一段是法国记者季特的报告的翻译，原来发表在《每日报》，1923 年 12 月 11 日。我的朋友查到了季特的原文，而他并没有提到名为《改正歌》的歌曲，李劼人对原文有一点误读。所以文档里我建议换成原文的意思，就是：'——大家都站起来唱《国际歌》（L'Internationale）——须知这就是俄罗斯共和国公布的国歌。又站起来唱赞美为革命而死的歌。'这首歌，据一位俄罗斯朋友讲，应该叫《光荣牺牲》（俄文名字叫：Вы жертвою пали в борьбе роковой）。"   ——编者注
② 今译加里宁。   ——原编者注   法国人都以为李宁就是总统，其实错了。李宁只如国务总理而已。   ——译者注

去。任凭什么大弥撒都比不上。

"高台上又涌现出一个年轻水手来，两旁辅着两个兵。一阵喝采声，众人都站起，又一次《国际歌》。

"我想起了。这水手便是朝光（Aurore）① 铁甲舰水兵的代表。这舰于一九一七年十一月七日驰入纳伐河（Neva）② 炮击帝宫，与革命军以胜利之威的。

"这水兵声称：海陆军都已准备着抵抗全世界的反对派来拥护革命。

"这真是大日子。天气晴明，据说前几个纪念日都如此——或者十一月的天气在俄罗斯是特别的好，就如维多利亚时代的英国人所说的'王后时'一样。

"全莫斯科的人都来到赤场（Place rouge）③ 拥在克朗兰墙（les murs du Kremlin）④ 下，因为阅兵典礼就在这里。好不容易，我们亏了共产党人的向导，才达到特为外国人设的棚下——在这里的外国人并不多。

"赤兵⑤集合在那里——有人告诉我一共是三万零九人。说老实话，所谓赤兵不过帽上一片红布，灰色军装上一些隐秘的徽章罢了。

"这军装实在不好看，就是一件长至脚胫的宽便衣配着毛线冠，睡帽，长缨遮阳帽，倒搭在耳朵上的旅行帽等等。

"这自然由于天时使然。但是一看见他们整了队，密密的站成了

---

① "朝光"：今译"曙光"。　　——原编者注
② 纳伐河：即涅瓦河。　　——原编者注
③ 赤场：即红场。　　——原编者注
④ 克郎兰：即克里姆林。　　——原编者注
⑤ 赤兵：即红军。　　——原编者注

一道墙，登时就威风八面的了。

"骑兵也一样，跨在他们鞑靼①种的小马上，外披飘着就和骑马女人的袍子似的，但也态度肃然。

"我在国内就是七月十四日的阅兵也没有看过②，自然是不能判断一种任何军队的优劣的，不过我那位参与过若干军事行动的英国同伴却很为动容。

"一座演说台在军队的迎面立起。演说者差不多就是昨天那几位，错了。今天还多一位惹特金（Clara Zetkin）③——革命党的老前辈。他们都陆续演说起来。

"每一场演说后，军队就发出一阵呼声。这呼声不是临时乱发的，是预先学会要依着音韵来的。每一大队里都有一种特别声音，但各队发声时总在前一队几秒钟之后，以致这喧声便从这一队到那一队绵延起来，渐喊渐大，缓缓的把这广场喊一周遭，喊到出发点上才止。这真是奇怪的举动。

"演说毕后就检阅全军队——只没有坦克、炮车——于是每一大队走到总统座前时又发一次喊。其次就检阅服兵役的'青年共产党'，又次便是数不完的各种协会和国家工厂的工人们，他们肩上掮的不是枪，是他们的工具。……

"景象又变了。各种队伍都回到他们的原住地方去了，现在这个城完全属于小孩子。街上的车马都停了，因为要把地方让给载小孩的摩托车。各学校都有他的摩托大车。

———

① 鞑靼：古时汉族对散居我国北方的游牧民族的统称。明代则指居住在东蒙古的人。在苏联，也有鞑靼族。　——原编者注
② 七月十四日是法国国庆日。　——译者注
③ 今译蔡特金。　——原编者注

　　"只这一个俄国孩子便已美丽极了。他头上顶一片羊皮，犹如圣约翰巴底士特①一样，何况还有五十个人齐坐在一辆无篷的大摩托车上，他们也一样的大喊着。

　　"我在俄罗斯感受到的最大激动——就如大家在报纸中看见把刀含在口中的暗示一样——或者就是多数党给学校儿童们的这种过度的暗示了。

　　"戏院中最好的包厢是儿童们的！莫斯科没收的各大商人的大厦是儿童们的！海边大公爵们的府第也是特别给与儿童们过暑假的！

　　"我深深懂得这种暗示最有用：就是用来驯养下一代的革命党。他们还有戏剧和电影的暗示，都是同一样的目的。这一定不是我们听惯的那种包含平常意思的学校；老实说这是赤色学校。但是这般小人儿都带有满意的样子。

　　"奇怪的，就是在俄罗斯只看见小孩子和少年。老年人到哪里去了？他们逃走了吗？他们枪毙了吗？他们饿死了吗？他仿佛夜影一样当着这新世界的朝阳便晕绝了吗？

　　"我现在还不知道，我只觉得我的白头发好生惊诧；我似乎就如老西欧的一个鬼魂似的。

　　"走了吧：不如归去！"

原载《东方杂志》1924 年第二十一卷三号

————————

①　新约《圣经》中耶稣最爱的门徒。　　——编者注

正是前年今日

四月十七，正是去年今日，别君时，忍泪佯低面。含羞半敛眉，不知魂已断，空有梦相随；除却天边月，莫人知。

——韦庄：《女冠子词》

韦先生制这阕词的原因，是怀感他那被夺的爱姬；我今天引咏他这阕词的原因，也为怀感我的所爱而然。

我的所爱吗？读者千万不要误会，这个"所"字绝非有人格的代名词，老实说，这个"所"字只代替的是个地方，是巴黎，是号称为世界花都的巴黎。但我何以独在今日来怀感她？此又有可说的。

韦先生的爱姬是四月十七日被夺去的，故其词如是云云。我之离去巴黎，何幸恰是吾川《西陲日报》诞生的第二天，所以因《西陲日报》的二周年纪念日，我不由的便也如韦先生一样，怅然的怀感起来。

哈！巴黎！真有如弗洛贝尔说的"比海洋还宽广，带着一种殷红的气象映在爱玛的眼睛里。"[①] 不过爱玛姑娘尚远不及我，不怕她是法国土生土长的女人，不怕我是远东的游客。因为她羡慕了一世的巴

---

① 见拙译《马丹波娃利》，中华书局出版。　　——作者注

黎，到底不曾见过巴黎半面，除了用指头在地图上游行外，她何尝能如我这个可怜的游客公然在孟马特街上走过，公然在长田看过赛马，并公然在游戏场中度过诺厄尔佳节①！

而且爱玛欣羡巴黎与我怀感巴黎的心情也不一样，爱玛之心情若何？读者看了弗洛贝尔的小说自能知道，现在我只把我自己的心情略谈一谈。

至今还崭新的记得：我同何鲁之由蒙达尔尼乘早车到巴黎的情形，火车才过了麦兰，沿途的房舍差不多没有间断过。可怜我这个丝毫未见过世面的远客，每逢火车到一个小站停顿时，总疑惑"怕已是巴黎了罢？"

是时，与我们同一个车厢，有一个少妇。到麦兰，忽又上来一位胡子先生，最初这先生与那少妇是对面坐着，其后，我忙着看窗外的景物去了，偶一回头，不知在什么时候，这胡子先生便已坐在那少妇身边，而且两个人还耳鬓厮磨的谈得很亲密，岂但谈，胡子先生的一双手早已架在那少妇的腰间；还有哩，那少妇，差不多说一句话必格格的要笑五分钟，有时打开手提包，取出一枚糖来自己吃一半，把一半直喂到胡子先生的嘴里。我那时的脑经还被咱们的礼教固蔽着，看见这种情形，很不以为然。其实所谓"不以为然"的真意，无非是嫉妒，艳羡，并从他们的举动上而竟思索到极秽浊，极不好意思说出口的地方，于是乎我就拿出咱们道学先生的态度来：马起面孔，眼观鼻，鼻观心的，正襟危坐在车厢角上。然而我的眼睛总不大听招呼，它们偏偏要斜溜过去，去偷看他们"现在是不是抱得更紧？是不是在亲嘴了？"不，他们仍旁若无人的在那里调笑，并且自然得很，倒是

① 诺厄尔节即耶稣教之圣诞节。　　——作者注

我的黄脸皮反觉得"有点烧烘烘了"。

于是我就构思："这两个人一定是情人，一定因为在故乡不便彰明较著的相爱才私下的往巴黎去；男的在麦兰上车，必然是预先约好的：用以避人耳目之故也。"这是我根据西洋小说而来的经验。至于"这种婆娘一定不是个好东西，所以才被那胡子这样的开玩笑，早知如此……"这是根据咱们中国传统的思想而然。

其实，都错了。点把钟后，火车驰入里昂车站时，那胡子竟与这少妇握一握手，告了别，扬长的先走了。

巴黎本是人海，车站的总门犹之是一道河口。我与何鲁之，左提藤匣，右挈皮包，随波逐流的冲到门外，"呵！巴黎！"下文呢？

这事说起来，真如演戏一样，天地间事，居然有这样凑巧的！原来我们来巴黎之前，固然已函约李幼椿到车站来接我们，可是你们要知道，战后的法国火车简直是现在的中国伟人，谁有耐性来将就它？

然而，我们正在彷徨之际，周太玄居然迎面而来，他尤其是使我们惊愕的，便是引我们坐地道车。

地道车曷足使我们惊愕？我从翻译的小说上早知道巴黎有这种东西的！只因着见别人费了那么大的工程：在地下打了地洞，用磁砖将顶壁砌得如彼讲究，而电车之阔气更千百倍于成都华达公司的汽车。然而别人所取于乘客的，不论远近，不管你携带若干东西，一律不分贵贱：每位铜元两枚①！

到巴黎第一天还有一件事，也是使我至今不能忘的，便是吃中国饭。

---

① 绝不是当二百的大铜元，乃是当五生丁的小铜元，价值还在我们当十铜元之下。 ——作者注

是时周太玄、李幼椿同住在巴黎郊外一个小镇中，叫作哥伦布；又因为勤工俭学生的会馆①，正在此地，所以在民国七八九这几年勤工俭学生鼎盛之时，这里几几乎有点唐人街的气象。于是一般豆腐公司中的直隶②朋友们，便应运而兴的伙组了一个小小的中国饭店，名曰协和饭店，每人四个法郎一顿，有中国菜两小盘，安南③白米饭一钵。那天老周做东，于例菜之外，又特花四个法郎加了一色爆炒腰花。

我与老何本在蒙达尼尔中学校被陈面包、洋芋、通心粉、半生的牛肉、沙生鱼等等把胃撑粗糙了的，一旦吃着中国菜饭，那进口的饭粒好像都生有飞翅似的，舌头牙齿都拦不住，一径的便钻进喉咙而去。我们诚觉这样吃法太不雅观，然而有什么办法呢？只好劳烦直隶朋友多在白瓷饭钵里盛几次白饭罢了。后来因为面子问题，不能不把饭碗放下，其实，还只是一个半饱。

此外，还有一件事：是中国饭吃饱之后，又经老周引我们去游玩薄罗腻森林。森林是我们自小就喜欢的，但又从未满足过那欣赏的欲望，成都北门外昭觉寺的林盘也不算小，然而何尝能如小孩子的空想："走半天都走不完，"并且极讨厌的就是"落叶满地，无路可走"！

蒙达尼尔便有一个大森林，据说周围有十几里，到蒙城的第二天，曾慕韩便引着我们前去，坦道四出，浓荫蔽天，业已令我们欣赏不置了，（老曾口里只管说："自然之美！自然之美！"其实两只眼睛老瞅着脚尖，高兴时，便挥着手杖，畅谈天下大事，这是使我最难受

---

① 即所谓华侨协社是也。 ——作者注
② 直隶：今河北省的旧称。豆腐公司在巴黎颇有点名气，由李石曾等开设。
　　——原编者注
③ 安南：越南的旧称。 ——原编者注

的。后来我们游林时，总往往要设法把他躲开，然而失败的次数却也不少。）不过拿它来与薄罗腻森林相比，那简直是拿登徒子的老婆去与宋玉东邻之子赛美，岂但不伦，也未免唐突美人呀！

要我具体的把薄罗腻森林之美写出来，我没有这种艺术，而且也去题太远，现在我只能笼统说一句：无论游玩我们中国的什么名胜，什么名园，诚然也有令我们极其惬意的地方，但是也有感觉不足之处，常常总觉得"这里再修理一下，那里再种点花树，便更好了。"可是在薄罗腻森林中就不然，总觉得处处都合人意，处处都熨帖入微，处处都有令人驻足欣赏的价值，除了这三句，我实在不能再赞一词。

或者有人要说："够了，够了，仅仅巴黎郊外的一小部份的地方，你便这样赞叹得天上有，地下无，若再说到城内的繁华，怕你写一百万字还不能尽哩！总而言之，欧洲的物质文明，那不消说比中国发达，但是讲到仁义礼智信，所谓五常者，欧洲人总未必能如我们中国罢？"

此问甚属有理。我是笨人，说不出许多道理来答复，现在仅就我在巴黎亲眼看见，亲耳听见的几件事，姑且当作笑话谈谈，不知道与五常到底有无相干？

华林第一次从西伯利亚作哑巴旅行到巴黎时，一路之上，只说得出一个欧洲字，便是"巴黎"。在路上受俄国人三次热烈的帮助，德国人一次热烈的帮助，公然到了目的地。有一天到街上去遨游，不知不觉走到城外很远的处所，这不消说，要循原路回去，那是万不可能的。他便去问警察。但他仍只能说得出他所住居的街名及客店的招牌，警察向他指示了一长篇，他摇头表示不懂，又拿出地图给他看，他也用动作来表示不明白。是时看热闹的人业已不少，于是便有一个须发皓然的老头子挺身出来，不知向警察说了些什么。警察允许了。那老头因就挽着华先生走到一处，上了电车，走了一程，又改坐街市汽车。一路上通是老头子出的钱，并一路同华先生高谈阔论，而华先生一字也不懂。末后竟走到华先生所住的这条街，这个客店，那好事的老头始亲亲热热的与华先生告别而去。此一事也。

宗白华①赴德国去时，路过巴黎，我们都各有功课，不能陪他，而他又不能说一个法国字，然而他却在巴黎整整的游玩了一个月，凡我们足迹所未到的地方，他都去来。他说，"有什么困难！街道呢？我有地图。用钱呢？我有当五法郎的票子：我固然不知物价，也弄不清是生丁、法郎，但我有妙法，便是拿一张当五法郎票子出来，他们自会找补我。坐电车坐汽车，我只须把地图上我要去的地方指与他们一看，他们自会载我去，到了目的地，自会请我下来，车费呢？我只须把现钱抓一把摊在手上，他们自会如量的收取。在我只觉得他们过于廉洁，过于老实……"

李幼椿有一次在龚果尔广场赶电车，他自己太手忙脚乱了，一只脚抢上脚踏，电车开了，他便从脚踏上跌下来，但他仍死死的将铜柱握住。登时全车都呼号起来，电车立停，十双手把他搀上车去，从头给他检验到脚，殷殷勤勤问他伤了哪里？其实他仅把膝头处的裤子挂破了一块。

再说我自己。我害病当中受了法国人不少的同情，那不用说

<hr>

① 宗白华（1897—1986）：原名宗之櫆，江苏常熟人。诗人、美学家、教授。少年中国学会会员及《少年中国》驻沪编印、校勘。代表作《美学散步》等，有《宗白华全集》行世。 ——编者注

了①，此外最使我不能忘的，便是我出病院不久的时节，瘦得很像木乃伊，两条腿棉软至载不住上半截的身子。一天，我要去寻找周太玄，应该在卢森堡公园旁边，越过一片极热闹的广场。此处的汽车无匹其多，在健康的人当然很容易趋避，可是我却踟蹰起来。忽然，两个老太婆走来问我，是不是要过街去？我说是的。于是她们就去请了一个警察来扶住我的左臂，一个老太婆扶住我的右臂，硬从车子当中，把我缓缓的保卫过街。末了，只是向他们道一个谢字而已。

此外还有若干的事，一时断断写不完，比如在餐馆里吃了饮食，自己到柜上去报帐结钱；又如曾慕韩同黄仲苏②由德国乘着头等车回法国，在路上被扒手将老曾的皮夹子扒去，连车票皆损失了，两个人仅仅剩了一百法郎，遇着验票的同他们开玩笑，而居然跑出一个法国工人，一个比利时的纨绔子弟，硬借了几百法郎给他们，连他们的姓名也不问。总而言之，重功利的欧洲人，逐处都有不重功利的表现，而反求之于我们中国社会则何如？我在上海、汉口不知被车夫小贩欺了多少次，我在前面走路，后面的人赶上来踩了我一脚，反把我痛骂一场，说我不让他。这在欧洲我却没有见过，我们在那里逐处都听见很恭敬的声口，在说："得罪，先生！"我们初到法国，看见那般茁壮的老头子，婀娜的年轻姑娘，总不免要定定的看他们一番，老头子察觉了，便向你脱一脱帽；年轻姑娘察觉了，便报你以巧笑，这种事我在中国社会中老不曾遇过。无论什么人的小孩子，你去同他说话，他

---

① 因我在《同情》小册上业已写得很详细，此小册仍在中华书局出版。
　　——作者注
② 黄仲苏（1896—?）：安徽舒城人，五四时期诗人。最早研究、介绍泰戈尔诗作。少年中国学会（南京分会）会员。著有诗集及《泰戈尔传》等书。作者友人，曾为其编校译稿。　　——编者注

必极恭敬的站着，极有礼貌并且极爽利极明晰的回答你，而每一句话总要冠一个"先生"。黄乃渊、陈昭亮①们几个小朋友在法国国立中学读书，同法国孩子争斗起来，受先生处罚的总是法国孩子。于此便令我想及南尔森的儿子在分设中学②读书，老同学们不是曾将别人按在地上撕头发，谓之拧羊（洋）毛吗？我们在南较场将哈尔德打了，他两弟兄进学堂找吕雨苏述冤，不是曾被我将人家哄出去吗？尤令我念念不忘的，便是前年回川时，"万流"轮船经过万县，载客上轮的小划子拼命抢来，偶一不慎，便弄翻了一艘小划子，眼见一个妇人、一个十七岁的少年、两个船夫登时淹死，而在甲板上打牌的朋友、吃饭的朋友，通没有一个动色相顾，大概都有孟老夫子的修养吧？真非我们神明之胄的子孙不足以言此也！大成会③的先生们以为如何？

我这一趟野马真跑得有点收不住缰了，再这样跑下去，我前面的题目就非换过不可，算了，如今且来就题目谈点正文收束吧！

我前年之离去巴黎，直可说是不得已。不得已者何？没有钱容我再安坐读书是也。于是借了盘费，把要走的手续通办好了。海船定于六月五日由马赛启行，我于六月二日由巴黎动身，先枉道过蒙北里野④走一遭，然后赴马赛。于是五月三十一日傍晚，在李碧芸女士（李幼椿的大姐）寓所吃了炒滑肉之后，李幼椿便提说："你在巴黎只有一天了，这一天不可辜负，当怎样玩一玩？经此一别，不知什么时

----

① 与作者一道赴法的少年。 ——原编者注
② 即四川高等学堂分设中学堂的简称。 ——原编者注
③ 大成会：从前，在成都的一种尊孔崇儒、倡行旧礼教的团体。 ——原编者注
④ 蒙北里野：作者亦译蒙北烈，今译蒙彼利埃。 ——原编者注

候再来巴黎!"

于是我们商量了好久,总没有是处,后来因李大姐说:"六月一日是凡尔赛宫①喷水的时候,我们在法国几年,总没有机会去看过,这次不可不去。是了,上半天到凡尔赛去看喷水。其次呢? 回巴黎吃意大利餐馆,赴歌剧院②看演《浮士德》……"

凡尔赛宫这个地方,大凡读过法国史的未有不知道:因为它与路易十四及法国大革命的关系都非常密切。此地离巴黎约有五六十里,在巴黎的西南边,本来是个小镇市,因路易十四的离宫建在此地,于是就有名了。离宫的建筑那是很有名的,现在虽改成了博物馆(专陈设法国历史的战事画),而法国人也争气,就连以前的一案一几,细微至一管鹅翎笔都保存得好好的。凡路易十四、十五、十六,以及路易十四的宠姬,十六的皇后马利们的办公室、御书房、寝室、用具都一一照以前的原状留着,游客只须各出几个铜板,便可听看守人一处一处给你解说,比读一部死板板的历史书有趣得多。

凡尔赛宫最足以留连的并不只离宫,而是离宫背后的林园,这林园是路易十四时有名的林园大匠赖罗特所布置的,广大无匹,而每一个林子当中,又别有建筑。我这里不能详述,只就喷水池一项,略说一个数目罢。

凡尔赛宫林园中的喷水池全在前部:与离宫朝堂正对,走下两道大理石崇阶处,有一个比较稍小,池为圆形,约有五丈左右的直径,喷水之台共有三层;对直下去,走过一个约长半里的长方草地,极葱茏整齐之美,沿林之边,满置大理石花钟及大理石雕像,林外,又有

---

① 又译为万岁宫,即 1919 年欧洲和约签字处。　　——作者注
② 又直译为"峨伯纳戏院"。　　——作者注

一池绝大，池中置铁铸之日神像一具，八马踊跃，壮美入化；前者名
为拉鲁克池，后者名为日神池。此外日神池之右偏林中又一圆池，名
曰昂克那德池；在日神池左偏林中则为一石柱之林，两柱之间并有小
喷水器一具，约有三十余具；此外，在拉鲁克池界下右偏林中共有四
小池，每池之中以大理石琢一女像，象征春夏秋冬，即名为四季池；
更下林中复有一池，名镜池。此数喷水池为最著名者，余外尚有多
池，各异其状，更有为吾人所未及知者，实在说不清楚。

　　凡尔赛宫喷水池喷水之期，一年仅有几次，据我知道的：六月一
日一次，七月十四日国庆节一次。据法国人说，因为喷水一次须花几
千法郎的修理费，所以不能常喷。

　　现在且说六月一日之晨，九点钟时，我便从卢森堡公园后门侧，
圣密舍尔大街中一段，跳上电车，三站，到了当霏尔广场停下，又步
行一条街，方至李大姐寓所。是时李幼椿已在那里了，我们三个人便
动手做起中国饭来。饱餐之后，李幼椿因中国学生会有事，只约定傍
晚在歌剧院相会，于是我就同李大姐出来，乘地道车到孟巴纳士火车
站，赶十点半钟的火车到凡尔赛宫①。

　　火车一走过了哇尔，左右山谷及山陵上通通是森林，若干的人家
全在森林中，而各家又都有一个小花园，房舍的建筑也各式各样，风
景之美，不怕我就在这条路线上已走过十多次，却总有观之不足的
感情。

---

①　由巴黎去凡尔赛镇也可在鲁渥博物馆前赶第一号电车，是时头等一个半法郎；
　　二等才九十生丁，差十生丁方是一个法郎，但是要走一点半钟，时间不经济，
　　所以我们改乘火车，头等来回才二个半法郎，而且五十分钟就可以走到。是
　　时，一元中国洋钱换法郎十二枚，来回坐百余里的火车仅花一角多钱，且为
　　时不过一点四十分钟，此物质文明之"大害"，不求方便的中国人，千万学不
　　得的！　　——作者注

那一天似乎是礼拜日，往游凡尔赛宫的男女真多，一直挤到了目的地，方才完事。

惜乎我们来早了一点，要正午十二点钟方开始喷水。离宫内，我们已经游厌了，尤其不合我们意思的就是地板太滑，差不多同溜冰场的冰面一样，只要脚胫上的劲一松，包你就会当场献彩；而且那些战画，画得诚然好，但我们对法国历史不熟，除了最熟悉的几幅外，其余如某某年某地之战，那便连眉目也弄不清楚，所以看着也没有趣味。

这点把钟的空隙，如何弥补呢？去游大小屠利亚泷吗？太远，步行来回，人已够疲倦了；去在大运河中划船吗？所有的划子都赁完了。踟蹰复踟蹰，恰好，左边林子里忽然乐声幽扬："奇哉！今日助兴的音乐，何以在上午就开奏起来？"好，就听音乐去罢！

哈！今天林子里还特别，竟自有卖饮料的，可是座位差不多都没有了，我们巡回了一周，才在几位乡绅太太丛中匀了两把绿铁椅子出来。口正渴了，一连喝了两杯啤酒，李大姐喝不来啤酒，喝了一杯鲜柠檬水，即此，连小费已去三个法郎，这却远不如我们的茶馆。

音乐队正在旁边空地上，有四十多人，原来不是军营中的乐队，却穿着普通衣服，悄悄一打听，才知是本市各工人自由组织的，导奏员是一个白胡子老头子，看他拿着两条短木竿指挥若定的好不有兴趣。

说到欧洲的音乐，成都的读者们，切莫要联想到学校里的风琴，更莫要联想到我们"干城"① 们在街上号呲的东西，尤不是一个大

---

① 干城：指当时的大兵。干，盾牌，干与城比喻干卫者。《诗·周南·免罝》："赳赳武夫，公侯干城。"　——原编者注

鼓，一个铜铙招摇过市，为人作广告那玩艺。现在研究西洋艺术的先生们已多，我是外行，说也说不清楚，你们最好去找那般内行，先请教西洋的乐器，以及它们的分类法，然后再请教西洋音乐的合奏原理，夫然后你们方能恍然悟到在森林当中，听四十多人合奏的西洋音乐，可多么爽快！

闲话不必多说，一言归总，等到我们看见众人纷纷出林而去，我们也跟着出来时，各喷水池的水早已冲天的喷了起来。

在各喷水池当中，自以日神池的水势最壮观：合计下来，喷出的水分下十几股，每股皆有品碗粗，皆喷到三丈多高。自然在堵勒利公园的喷水池中，也有喷到这样高的水，可是，仅仅一股，与日神池比起来，真有《儒林外史》夏老爹不欲观村里条把条龙灯之概。

喷水的美观，我简直无法形容，只好请诸公闭眼想想，当诸公幼小时，每逢倾盆白雨①檐溜如帘，满阶之下，翻珠跳玉，不亦巨观也哉！倘诸公能忆此景，便可与言："凡尔赛宫喷水，实百倍美于檐溜如帘时也！"

观水之后，复返巴黎，乘摩托之车，赴意国之馆，饱餐多马特面②，畅饮"伤巴捏"酒（即香槟酒也）。这些琐碎事，权且略过不题，兹所欲言者，惟歌剧院之情形耳。

歌剧院称为法国国立戏院之一，其实并非完全国立，只每年得政府之补助费数十万法郎而已。此院为法国最高等之戏院，所演尽属歌剧，名角辈出，其经理一职，例属名人。在前五六年，有经理某，能通中国文学，曾将李白之《长干行》译为韵语，在此院排演，备受法

---

① 白雨：成都方言，指阵雨，或一场陡然的短雨。　　——原编者注
② 多马特面：番茄意大利通心粉。　　——原编者注

人之欢迎。

歌剧院全为大理石所建，碧琉璃之飞甍，花岗石之游栏，气象之雄壮，雕镂之精美，直可谓并世无两。场内之辉煌，更不必说，所不便的，即是法国人之过于慎重其事，此在中国人之眼中，几何不使人笑绝，略述二事，以概其余：

入门之后，自卖票之人起，皆服大礼之服，戴峨峨之冠；女侍者即穿白围裙，戴白色花纱巾，恭谨将事，如对大宾，此可笑者一也。

观剧之人，头等座男必礼服，女必着袒胸之晚装服；二等以下，虽不拘礼，但亦男限青色衣裤（女可随便），否则，不但受经理人之纠正，即在众目睽睽之下，亦将不终剧而去。

　　作者再拜而言曰：对不住！对不住！这篇东西，本欲给《西陲日报》凑个趣的，编辑先生却又限我要多写一些字，在我的私意未尝不想做活泼些。无知力与愿违，动手得既迟，而又因别的事牵掣，天气又热了起来，提笔便觉头痛，因此之故，我这篇短文，在前虽扯了一个大架子，而写到后来，不但衰而且竭，潦草到不堪，并且简直不能终篇了。莫奈何，只好就此夭折，这个过错，我甘愿以百身负之！①

原载 1926 年《西陲日报二周年纪念增刊》

_____

① 据李诗华提供的印刷件上作者的亲笔修订，本段被划去，标明"本段拟删去"。　——编者注

小 说

1929 年，李劼人于杭州虎跑泉。

同　情

于一种不意的牺牲之后居然寻见自己许久以来就在思想上萦回，而在实际上好像是绝了缘的一件事体，请想这个人当是如何的快乐，如何的欣慰！纵然这人曾因为吃了许多自家所不甘受的痛苦，在事中诚不免烦怨欲绝，然而事后总喜欢逢人便道的。我今天要把两个月的病榻日记择要写出，也就是这种意思了。

"同情"，我在国内把他寻觅了好多年，完全白费了工夫，到处遇见的只是一些冷酷、残忍、麻木、阴险、仇视，何等的失望！我曾自问："世界果然就是这种寡情的劫夺场吗？"然而答案又只是一个"否"字；并且说："试把我们的相斫书①翻开看看，同情的例也不胜其举的，我们目下的社会想是受了催眠术，他那种冷酷……仇视，或者是暂时的现象；暂时在此处寻不着的东西，最好是到外面寻去。"不错，我到巴黎才十个月，居然就把它在一种不意的牺牲后寻得了。啊！同情！你的光明和色彩是什么元素构成的？你的成熟期经了多久的日月？

---

① 相斫书：记载兵战之事的书，如《左传》。见《三国志·魏志·王肃传》，裴松之注："（鱼）豢又尝从问《左氏传》，（隗）禧答曰：'欲知幽微莫若《易》，人伦之纪莫若《礼》，多识山川草木之名莫若《诗》，《左氏》直相斫书耳！不足精意也。'"　　——原编者注

一千九百二十……年十二月十六日（此日是在病院中补记的）

冷极了，到巴黎来尚没有经过这样的严寒。既然房里不曾烧火，既然教习缺了课，何不在我铺在钢丝床上的中国棉被里多暖一刻呢？况且天色又这样暗——在国立四大戏院之一的阿德涌旁边，街宽不过二丈，两傍竖着六层高楼的孔德街内，一间小旅馆第四层楼上的房子，天光从两堵悬着白花纱窗帘和五彩呢帷的玻璃窗上射入，平常的光线已不甚好，今天更特别的暗，好像阴雨时候的黄昏一样。不过同榻睡在另一条中国棉被中的何君已起来了，收拾齐楚，戴上呢帽，披上外套，带着他平常"如见大宾"的样子出去了。

我想：他为什么今天这样早的就去了？哦！今天是礼拜三，应当是女仆忙着擦地板的日期，虽是这旅馆内有二十几间房子够她一个人料理，但我们这间是列在早晨十一点钟内的，礼拜三还须提前半点钟让她。那吗，我得赶快起来。

床上的棉被呢被只管多——因为难得烧火，夜里酷冷，不能不多盖一点，有一个同旅馆的穷法国学生曾盖了七条呢被——好在不要自家整理。下床瑟缩缩地穿好了衣服，除了硬领不曾带，便到梳洗台前用冷水洗漱了。

不对，肚子痛！

此刻已九点二十分。为什么小肚子忽然的就痛起来了？而且一痛就利害，怕是凝了寒吧？

隔玻璃向外一看，小白纸花似的雪片，就和七月十四日马约门前共和场上青年男女互相撒掷的一样；疏疏密密的在静寂如死的空中飞舞。天色被对面高楼蔽着当然看不见的。很可打开窗子看看街上的积雪究有多少，但是我很害怕再受寒气。越痛了，并且越冷，我本不愿打战的，但那寒战仿佛是从肺腑中发出来似的，不但不由我作主把它止住，而且连呼吸也紧促起来。

走一百步路到卢森堡花园里，坐在音乐亭下去看那微带着死叶的枯林中的雪景，可多么有趣。那般写生画家必不肯失了这样一个机会，一定是瑟缩在油布伞下，凌着寒威调他们的颜色。有幽情的巴黎太太们一定也戴着毛冠，披着大毛外套，携着毛绒手筒，娉娉婷婷地在那不曾被雪盖尽的青草径上徘徊，我只替她们那双露在裙外尺许长，仍旧只穿一层隐约露出白肌的薄丝袜子的脚叫屈，何以通身都保护严密，只这一双脚——照例不穿长靴靴，再冷还是穿一双露出脚背的浅帮漆皮鞋的脚，独让它去受寒呢？然而卢森堡花园再美，我也不能去了。不但花园里的寒威没有这勇力去轻犯，便是再走一百步到卢森堡博物馆内，从幛红绒的重门中进去，一个小钱不花，便可袭着由地沟中发出和暖如春的热气、赏鉴四壁法国近代名画名雕刻，直至十二点钟再回客寓的一点清福，也没气力去消受了。

我今天只好得罪那打扫房间的姑娘罢，便从玻璃橱内取出我们做饭的炉子—— 一盏酒精灯，在煮汤的小锅内烧了一点开水。还不曾喝进口，那女仆已敲门携着擦地板的家伙，抹布，鸡毛帚进来了。

"日安，李先生，得罪得很，你还不曾走吗？"

"日安，姑娘，你说反了，是我得罪你；今天恕我不能让你。我病了！"

"什么病？"

于是我就围着外套坐在绿绒大臂椅中，一面喝开水，一面看她先把我们乱得像鸡窝似的床铺整理了，又把玻璃橱，炉台，洗面台，书架，桌子，还有两张立背椅，都用抹布擦抹了。她那白布工衣在我眼睛前转来转去，仿佛把我的脑袋都转昏了。末后她又走到我跟前，把她那淡蓝色眼睛注视着我道："你痛得很利害吗？你瞧，你脸色完全白了。你睡一下好些，天气很冷，我今天不多扰你，明天再来擦地板好了。"

她就不这样说，我也要恳求她这样说了。我刚刚站起来，两条腿只是乱战，肚子痛罢了，何以连自支的气力也没有了呢？得亏那女仆扶住我，方和衣睡上床去，她又用棉被替我盖好。

"多谢得很，姑娘。请把酒精灯给我收在橱里去罢！"

我向内睡着，似乎好了点，忍得住了。或者竟是受了寒，能有点生姜水暖一暖岂不好。偏偏法国什么调味的东西都有：酱油，醋，胡椒，芥末，蒜，长葱，圆葱，独没有姜。

那女仆又打开窗子把床前一块地毡拿去掸了灰尘，我听见她连打了两个喷嚏，我因为痛得太利害，便不愿再有一个任何为我所认识的人受了寒。我用力地说道："注意啊！天气太坏了。"

"我穿了两件绒衣，并不怕冷。这是灰尘的原故。"

她把地板用猪毛帚扫后，便关门出去了。立刻我就听见她在间壁房里一面擦地板，一面低低的唱着。二十一岁的城里姑娘，便有这么样的好体格，身子站端了比我高半个头——我并不算很矮，两手伸出来比我的大一倍——我的手也不十分小，似乎比国内一般同年级的读书先生们的还大一些。一天作工至十小时，没有看见她倦怠过，疲劳过，并且随时都是整饬的，快活的。啊！有健康的体魄，才能快乐！我平日的身体本不算弱，何以今天竟病了呢？

何君回来，手臂上挟一块重一公斤的面包——价值一法郎三十生丁①，笑着问我买的什么菜。

"……痛到此刻还不曾止，哪里还能上街！衣橱抽屉里记得还有白菜洋芋，你找一找……酒精或者够做一顿菜，不然，请你自己去买。亲王街一家杂货店内的比较便宜一个苏②，每公升只须二法郎六十生丁。"

何君是近视眼，所以刚进门时不曾看见我那狼狈的样子。这时才道："怎样忽然就病了，这真奇怪！不消说，一定受了外感，我有如意油，吃一点好么？"

我仍旧不能起来，看着何君把酒精灯点燃放在火炉铁门前一块石板上，把桌布揭去，将些小菜在桌上胡乱切了一会，在锅里胡乱炒了一会，油气一逼头脑更是难受，看见何君撕着面包大嚼时，胃上只是作恶要吐。或者如意油居然有效，竟痛得好一点，我便勉强撑持着避到厕所中去——出房门四五步即是，每一层楼有一间厕所，自来水随时冲洗着的。

何君饭后提议道："今天落雪太冷，似乎再买些柴来烧烧才好，算我们的经济，十五法郎的柴这个月还烧得起。要是可以，我去德国领事馆替某君办护照时，顺路就叫柴炭店送一百公斤的大柴来。"

若是烧煤炭，合算多了。但是不在警察总厅去取得许可状时，却买不着。我们没有随时烧火取暖的力量，何必去同巴黎市民争这一份

① 生丁：原文为 Centimes，法国、瑞士、比利时等国的辅币名。中译为分，一百生丁等于一法郎。　　——原编者注
② 苏：原文为 Sou，法国一种货币的音译。五生丁为一苏，二十苏等于一法郎。十八世纪末改十进位制后取消，但民间习惯上仍沿用这一名称。　　——原编者注

备而不用的权利呢？天气奇冷时，只去买一百公斤的青枫柴，俭俭省省也可烧四五天；我们已经烧过三十法郎的了。

何君去后不久，我又奇痛起来；起初还坐在桌前做工课，其后只好又睡倒床上。大约在午后两点一刻钟的时候，听见店主人纪诺先生迟重有力的脚步走上楼梯一直到我们的房门外，敲着门道："李先生，我可以进来么？"

纪诺先生是一个年约五十，体魄强悍，性情热烈的巴黎人。全个欧战期间[1]，都在战场上服役，经了数十次的恶战，听过德国人的重炮声音，看见过德国人榴霰弹的火光，闻过德国人试放的毒气，他哩，也曾替法国送了一万多颗子弹给德国人；曾经杀死过一个德国人没有，他不知道，他也不曾在身体上受过德国人一点苦痛。他虽是一个有幸福的战士，一个强烈的爱国者，但他却不愿高谈他的战绩。有时高兴，也将他在战壕中数年不曾离身的侣伴，退伍后用钱向政府买来做纪念的步枪，弹盒，刺刀，拿出来给我们看。他女儿小路意丝在旁道："爸爸，你上战场时也这样笑着的吗？"他道："并不，你看，就这么样……"把刺刀插在枪口上，把弹盒缠在垢腻涂满的工衣上，把枪挺在手中，因为办事房里——又是客厅，又是餐室，小路意丝没有房间，夜晚把一张小铁床铺在火炉前，用一副日本式的八叠屏蔽着做寝室的地方——没有德国人，跳上前去，冲着大玻璃镜内他自己的影子，圆睁着两眼，做得很凶，其实仍是带着笑的，大吼道："杀！"小路意丝骇得抱着她那想着以前旧事，神情似乎还有点迷惘的母亲笑道："依！"

纪诺夫人有四十岁上下，不及先生精悍，却是足当得一位贤妻良

---

[1]　欧战期间：指第一次世界大战。　　　——原编者注

母的模范；除了备餐以外，终日都在办事室里管理帐目，招待客人，支应一切杂事，闲了读读报，做做手工，教小路意丝弹弹钢琴；有时我们在夜间十二点钟看了电影回来，把门铃一按，开门的总是夫人——办事室就在大门旁边。只有礼拜日高兴的时候，穿得整整齐齐同着先生——先生平日在店里作工时，谁不把他看作一个卖气力吃面包的工人，但一到礼拜日，胡须修得和两片秋叶一样，雪白的硬领配着朱红领带，衣服鞋子不用说了，自然是彻里彻外的一新，有时纽门上还插着一朵鲜花，外衣当①左胸的小荷包里露一角白手巾，头上黑呢常礼帽，手上黄皮手套，谁又不猜他是一位时髦的巴黎绅士呢——小路意丝，各跨一部精制的脚踏车到城外薄落腻森林，或是圣日耳曼、圣克禄，或是万岁宫等处去遨游一天。她也曾向我们说在欧战第二年她正同先生在马约门外薄落腻森林入口开一只咖啡店，是时小路意丝才七岁，当先生服兵役去后，就靠她一个人支持生意。先生常有信来，知道他不曾受伤，心里稍为自幸，但又害怕徐白林飞艇，往往一听见警炮一响，——全在夜间，连忙把电灯闭了，无论顾客、主人都一起奔到地窖里，彼此瑟缩做一团，心里的血也几乎停滞了，生恐德国人的炸弹准准就落在自家屋上的一般。夫人述说起这番旧事时，好生动感情，所以先生不看夫人在十分高兴之际，是不轻易说他服兵役期间的话的。

此刻纪诺先生进来时，依旧穿着那身垢腻涂满的工衣，两袖高高挽起，露出青筋虬结黄毛森立的红手臂，一进门便说："李先生，你还不曾好些吗？吃了什么药不曾？"

接着他又道："太冷了，你们也应该烧点火。"

---

① 当：这里释作顶端。 ——原编者注

恰好送柴的来了，纪诺先生便帮着那工人把那锯得尺许长的青枫柴块整整齐齐堆在屋角地板上。我并请他把我插在外套荷包里的钱夹子拿去付了十五法郎的柴价，此外半法郎给送柴工人的酒赀。那工人道谢走后，纪诺先生一面同我谈着话，一面就替我把火烧起来。纪诺夫人也进来了，很殷勤地握住我的手问了一会，又与先生互商了几句，便回身向我说道："我给你弄点药来吃，李先生，你肯吃么？"

果然，不到一刻钟，小路意丝双手捧着一个木盘，盘里一杯热气蒸腾的流汁，同她母亲一齐进来。我以为一定是比如意油还利害的外国药了，道了谢，便请小路意丝递给我。纪诺夫人忙说："这是开水冲的，太热！"先生坐在大炉前添着柴道："不要紧罢，我往常见他们比我们喝的热多了，李先生，你们可不是习惯了喝极热的东西吗？"

然后小路意丝才递给我。啊！什么好药！原来是一杯薄荷叶冲的糖水。

他们走后，我便这样一阵急痛，一阵缓痛，一时从床上到火炉前，一时又从火炉前到床上，不但一个小肚子全痛了，并且觉得脑经也被牵掣得有一点微昏。

四点钟过，何君回来，刚进门，纪诺夫妇又来了。夫人听我说痛得愈利害，便骇着了，向何君说："或者不是我弄的药吃坏事了罢？"纪诺说："最好请一个医生来看看。如其李先生愿意时，我有一个朋友，便是在圣日耳曼大街上住的医生，我介绍来，或许诊金不很贵。"

此刻我纵不愿意，何君也有独断的权柄了。于是纪诺先生便忙借着我们的信笺写了一封极诚恳的信，请医生立刻就来。何君不及休息，转身又走了。纪诺夫人好生懊悔似的坐在我床前，连说："或者不是我弄的药吃坏了事罢？"我忍着痛楚，呻吟着安慰她道："你放心，夫人。薄荷在我们中国是最寻常的一样药，从来没有因薄荷吃坏事的。"

"啊！你知道是薄荷。"他们夫妇一齐这样说道："不然，在法国薄荷却是利害药，不轻易用的。要是你受得住，那就好了。"

约莫有一点钟，这一点钟的时间真长。不但我，就是纪诺先生也把表摸出来看了几次，到最后便向夫人说道："这里往圣日耳曼大街只须三四分钟，来回至迟十分钟。或者医生事繁，但是应该放了手来的。"夫人注视着我很专心的一言不发。

医生毕竟有进门的时候，何君伴着他来的。果然，医生事忙，何君等了他直有五十分钟。医生进门和纪诺夫妇握了手，把外套一脱了，便到床前。电灯从四点钟便明了，可是医生还叫点了两支蜡烛，把我衣服解开，不用器具，只将耳朵贴在我胸部上听了一会，把小肚子露出，察视了一回，按抚了一回，又把脉息切视了一回；我那时的眼睛只望着医生，甚愿在他长髯绕颊的脸上和那深藏在丛眉之下的灰色眼睛里得一点消息。可是不能，他那面孔简直像是不曾生有神经系的面孔一样。

他把脉切毕后，只说了一声："好。"便回身向着何君说了一长篇，中间充满了许多我不懂的生字。何君的脸色仍然是那样要黄不白的看不出什么神情，倒是纪诺夫人给我盖棉被时，听医生说到中间，不觉失声吐出一个"啊"字。我忙问夫人道："医生说我的病危险吗？"

她勉强笑着把右手食指放在唇上摇摇头，叫我不要问，意思又说是不危险。但是我明白了。

医生坐下提笔在一张纸上一面写一面说道："在我间壁药房里都买得齐的。"

医生临走时又到我床前说道："再会，先生，明天早晨十点钟我再来。"

纪诺夫人、何君同他一道走了。

我从前就很信仰法国医生的。在我故乡成都时，曾于亲友间看了多少法国医生的好成绩；并且深知病者和医生的关系，第一要义便是要有信仰，单靠药石是难于成功的；平常劝病人往往就本着这种见解来发挥，如今我亲自来试验了。不过在初病的那一天，这信仰心并不是自己劝出来的，是自然而然生出来的，相信自己的病危险，相信法国医生一定治得好我的病。

何君拿着一个大纸包进来，不及脱帽便问纪诺先生道："哪里去取冰呢？咖啡店可有卖的？"

纪诺先生站起来道："不必，走罢，我们到卢森堡花园里寻找去。"

我算何君今天的路程跑得实在不少，但是为我的自私心和痛苦驱使着，我还抱怨他走得太慢。他用一个小布口袋把冰块提回来浸在洗脸盆冷水里，一面打开纸包取了一件软树胶带子出来，一面说道："这次全靠纪诺先生了，我们去时，花园的铁栏门早已关锁，纪诺就攀着栏杆要翻爬进去，一个雄赳赳的警察走来问他做什么，他把原由告诉了他，那警察便拿肩头做梯子帮着他翻爬进去，在喷水池里敲了这一口袋的冰，里面一个守卫兵又拿肩头帮他翻爬出来。你看……好了，医生说这冰须要时时换着，只要有一点儿化就换。放在小肚子的右边……你简直把衣服脱了罢……我来帮助你……好哪！就这样，不觉得很冷吗？……"

在未放上冰袋前，我神志已痛昏了。身体蜷做一团，仿佛气管都痛得胀大了；何君说了一长篇话，我似乎听见，似乎又没有听见。起初敷着冰袋时，就盖着一条棉被两条呢被，也好像赤裸裸地站在风雪中的一般，但是只一分钟便受得住了；是时痛得稍好，神经已弛缓到十分，胡胡涂涂地便睡着了。

忽听见几个人在房里说话，我已醒了，辨出一个是李君的声音——在法国相识中有两位李君，这一位年纪较大些，暂时叫他做"大李君"，还有一位年纪虽较轻，态度却很老很老，暂时叫他做"老李君"——我掉头看去，何君已吃完了晚餐，正在收拾碗筷。大李君正同他在谈纪诺夫妇的感人的热情，在火炉前还站了一位从未见过的少年；他那淡黑色的脸皮知道是刚被印度洋的咸风烘染过来的，架着一副流行美国式的玳瑁边的黑玻片眼镜，单是这副眼镜就把他那当面看去仅有二指来宽的脸遮了一大部份，加之又是黑的，我很疑心今天是狂欢节，他戴着面具来的。

大李君把我的病问了后，便介绍那位无往而不黑的少年道："这就是陈君，今天才到巴黎的。"我们照例握了一下手。这位无往而不黑的陈君当然是不解世故的，因为他并没有半句客套话和我应酬，我哩，此刻竟痛得好多了——当医生和何君谈话时，我曾不完全地听见他说我痛的地方，应当在小肚子的右边，我那时心里很反对他，但现在果然在右边，就在冰袋下一团；起初痛时是凌乱的，仿佛全个小肚子都粉碎了，不但动作时痛得不堪，便是呼吸也可使它如乱刀攒刺的一样，现在固然痛，但有条理多了，是一种规则的，可以数出度数的痛，并且只在右边一团——竟有问何君："医药去了多少钱"的紧急时间。

何君很迟疑地不肯说。他错了，假若他要撒谎，他就应该先把撒谎的艺术研究一下。他能够毫不迟疑的应声就说："五法郎"，我一定相信；但他失了机会，我早说道："怕少不了二十法郎罢？也不要紧，我现在好多了，医金纵然贵，顶多再看一次好了，别处我们尽可省俭的。可不就是二十法郎么？"

"没有，医金才去了十五法郎。"

大李君眉头撑着有一寸高道："哈！"

我机械似的笑了笑道："所以穷人是没有权利害病的，这还是纪诺先生的人情哩。"

那无往而不黑的陈君至此始努力吐了几个字，也不知问的是谁，道："什么病？"

何君道："盲肠炎！"

哈！盲肠炎！不就是中国俗称的绞肠痧吗？啊！好危险！

十二月十七日（此日是在病院中补记的）

昨夜同时发生了两件奇事在我们房间里：电灯通夜没有灭，何君也通夜没有睡熟。小旅馆的电灯和人们一样，夜间十一点半，他主人就使它安寝了，除非不是租月的寓客，方能够在十一点半以后不必自备蜡烛；何君哩，每晚照例要睡够九小时，当他缩身进了被筒后，我看非火山爆裂不会使他有惊醒的可能，然而他自己却常说："我虽是闭着眼睛，其实我是醒的，"这话或者不虚，不过除了和昨夜通夜光明的电灯一样是意外事，平常我总没有证实过罢了。

冰的威风真是不小，我从心里钦佩书上说的那般卧冰嚼雪的英雄们，我哩，不但不敢希冀做英雄，几乎连掷雪球、滑冰的小姑娘们也望尘莫及了。才小小一个冰袋，在肚子上占的地位不过一巴掌大，就使我在重衾之下全身通夜都是僵冻的，而且火炉里还烧了几乎到八法郎的柴哩。

冰的力量也可以，痛楚倒治来有了条理，只是从半夜以来就不能小便了：不是没有小便，似乎还很多，膀胱也似乎要膨胀裂了，却是把全身的气力运来终是枉然。哈！昨天早晨是痛至欲死，今天早晨又胀至欲死，明天呢，还有什么？

何君自昨夜夜半给我换冰块以来，就听见我闹起："胀极了，膀胱要爆裂了！"到今晨只好赞成我暂时把冰袋取消——因我起初便怀疑是冰袋的原故，毕竟我们的身体太薄弱了！然而纪诺先生进来一看见冰袋放在床侧夜器桌上，就老大不愿意道："不管怎样，医生的话总不能违背的，李先生，至少也须把这三小时忍过才好。"

"三小时吗？便三分钟也不能忍！"我撑着眼睛很暴厉地说了这两句。

我今天的脾气很不好，大约就是小便不通的原因。纪诺夫人和那女仆都曾来劝过我，不行，一千个不行，除非等医生来将我的困难解除了，我拿定主意决不听旁人半句主张的。

是时那位脑袋永远望着天边的老李君——因为太矮，又要做出"老气横秋"的样子，这是一种原因，其次，便是一般法国人都比他高一个脑袋，在谈话时间不知不觉遂使他成了这种习惯——和一位四川菜做得很好，而又能饭后急就睡五分钟的周君，都因大李君报信都跑来看我，也帮着说："不要固执，医生的嘱咐绝不会错的。"还是不行。

直到十点钟，医生应时走来，大约他一进旅馆门就听见纪诺先生把我的情形说了，所以他进门把帽子除后，只略略把我的痛处看了看，便忙坐下写了一个字条交给何君，请他立刻就到他间壁药房间去买这种器械来给我解除困难。

何君走后，一房间的人都不言语，医生坐在大臂椅上，大口大口地吐着那浓雾似的雪茄烟。有时，只有我机械似的一两声表示难受的呻吟冲破那半死的岑寂。

我是时惟一的大希望，便是器械一到，困难立解。因为不能输出的原故，口里干得和沙漠中缺水的骆驼似的，也不敢输入一口清水。我寻思："或者有五分钟了，为什么何君还不回来呢？……从前成都亲戚中也有一个人害过这样的病，每天请法国医生来解除一次困难，每次十一元钱的医生费，八天后才好了……但我并不像那人开始就是这个病，只是冰的影响，或者不要八次……不然，每次十五法郎，八次，把我同何君的衣服卖完了也不够……啊！何君为什么还不回来呢？……"

医生把烟蒂丢在污水桶里，起身把衣袖挽在手臂上，叫纪诺先生取了一个小瓷夜器来。当他看见何君满头是汗的回来时，众人都围着医生到床前，看他在何君拿回来的纸卷里取出一根尺许长的半软半硬的树胶管，比寻常筷子小一些。我照医生吩咐掀开了棉被……还有什么顾忌吗？我自然一点不惭愧，就是看的人也不过当把戏看罢了。

我初以为这困难解除下来，至少可把那一夜器盛满，就是众人看见我在这一霎时前的那种难堪情形，也一定相信是如此的。只有医生明白，所以看见夜器里不到一茶碗的红色液体，毫不惊怪，只问我这下可好了些。我说："固然比以前好多了，只是还不畅快……"

你们看我还有料错了的事：我亲耳听见何君问医生此次的医金，应该若干，他毫不客气地道："三十法郎"。器械还是我自备的，只这么动一下手，便要三十法郎吗？算了罢，这病只有不害的一个方法了。可是能够由我吗？怎样办呢？才二十四小时，已用到一百多法郎抵我们两个人六天的起居生活费，再往下去……啊！怎样办呢？……

就在这千钧一发之际，幸而何君同纪诺先生送医生出去不到一分钟便回来问我道："医生说你这病最好到病院里去医，因为里面有看护妇服伺，医生也是上选的……你可愿意么？"

"我还有不愿意的吗？只是哪里来这一笔钱？"

周君插口道："怕说的是巴黎市立的平民医院罢？"

何君道："是的，医生愿意写一张重病证明书，纪诺先生愿意同我到区长署去证明害病的是外国穷学生，据说经了这两种手续进去后，便不要钱。"

老李君点头道："这样办好极了。就是出一点住院费也应该进去的。像他这样任性的，非有看护妇服伺不可！……吓！老李，看护妇体面的不少哟！"

何君就取了帽子出去了。

我困难解除后，很有精神谈话。便发表我对于病院的揣想："断乎没有一个钱不出的医院！纵然医药不出钱，起居费总应出的；我想起居费恐怕就不少，假如要十法郎一天呢？……"

"就二十法郎一天，也该进去！彼此通挪着总应该把病医好！大约顶多二十天，总比你在外面这样的舒服多了，况且……哦！十一点钟，我还有课，老周在此地陪你，大约我明天到病院里来看你……还喝不喝开水？……"

这一次何君却回来很快，进门时就喜气洋溢的道："诸事都办妥了！纪诺先生在区长署把证明书写后，区长立刻就打电话到本区病院，大约不久病院的车子便要来了。"

于是周君也走了。何君便忙着做菜，仍然是那样胡切一会，胡炒一会，嚼着陈面包吃一会完事。

午后何君便帮着我把衣服穿整齐，没有穿皮鞋，只穿一双中国式青布鞋——平常用来做拖鞋的——也不知道进病院应该带些什么东西，何君去问纪诺先生，他也不知道，因为他平生没有进过病院，只揣想着道："什么都不必带罢？"我哩，本不待老李君怂恿，原知道病院里比外面方便多了，并且又挂虑着那排泄机关果然要天天请人来解除，外面更不及病院的便利。所以自穿着齐楚之后，便一刻不能耐的等候病院的车子。

　　孔德街固然不是一条大街，全街除了几家规模很小的木匠店外，其余尽是住家的房屋和旅馆——法国有名的文学杂志《法兰西之天使》的编辑部便在我们的旅馆斜对门第二层楼上，每半月中总有好几夜，在半夜睡醒时必见那编辑室的灯光淡淡地射到我们的窗上，有几次因为好奇心引起，便到窗边窥视，但它那四堵玻璃窗上都垂着花纱，只能从最窄的一角上看见绿色的电灯光下幕绿呢的大案前，坐一位须发皓然的老者，穿着便服，有时执笔挥洒，有时又直挺挺靠着椅背凝思，依我想，这必是那位总编辑先生正在他脑厂内组织这半个月内走遍全球的天使啊——因为这条街下通圣日耳曼大街，上接卢森堡场，右转是上议院大街，左转是阿德涌场，再过去便是拉丁区最繁华的圣密舍尔大街，爱散步的巴黎人虽不甚走这地方，但那种驾六个双层大轮，载几千公斤重的笨卡车，和四匹大马拖行的载货重车，却最高兴在这小方石头砌补的木街上飞跑。最是在夜静的时候，差不多通夜如此，夜夜如此，不是听见一些倦游回家的青年男女最细碎最轻悄的高跟鞋子敲在街旁檐下水泥上的橐橐脚步声，与夫密欢浅笑，低吟微唱，甚至言情不足，步履忽止以后的接吻声音，便是那股雷一般，把两傍高楼震得全身皆颤，传到人耳里，可以把心脏撼动，比在地中海内受三天半的恶风浪还利害的轮蹄声。此刻，我只一听见摩托车①或马车从街口驰来的声音，便自问道："可是病院的车子吗？"何君也好几次跑到窗前去看，总不是的。

-----

① 摩托车：汽车的早期称谓。　　——原编者注

快要到两点半了，忽听见纪诺先生的脚步声在前，后面还有几个人的脚步声，救火似的奔上楼梯；何君赶到窗前向下面一看，便回身去开门道："病院的摩托车来了！"

果然，跟着纪诺先生第一个进门的，便是一个裹着白布头巾，穿着白布套衫，约三十年纪的看护妇；其次是纪诺夫人，是小路意丝，是女仆，再后一个比纪诺还高大还强壮的大汉，大约是车夫。

我刚要站起来，看护妇早走到我身旁把我肩头按住，很和气地说道："不要动！啊！已穿齐备了。外面冷，再穿一件衣服好了。"便又给我穿了一件毛衣，又把外套给我披上，何君把帽子递来，她道："不用大帽子，有遮阳帽最方便。"

自从此时起，我一落到看护妇的手中，我那天赋的，法律许可的，武烈的先辈不惜以颈血换来的自由，便因我"不合害病"，强迫剥夺了两个月！咳！看护妇不过是慈悲的，人道的狱卒罢了！

在法文内"轿子"这个名词，是由一个"捧"字一个"椅"字合组成的，在布尔奔朝代盛行，轿杠原是提在手上，不是驾在肩上的。那吗，我今天也算坐了一次法国轿子，而且比路易十四时候的小绅士们还阔绰哩，因为他们只是一乘轿子就完事，而我还有小路意丝、纪诺夫人做我的"前呼"，看护妇、何君、女仆做我的"后拥"，抬轿的就是纪诺先生和车夫，从六十级楼梯上将我抬到大门外的摩托车上。

车内一张舁床①，两张椅子，"轿夫"将我移上舁床去后，前呼后拥的人俱挤在车门前争着说了无算的祝别词，我倒高兴，挥着手说："再会，再会！"及至看护妇和何君上了车，将车门关上，两边的窗子一齐闭严，两人分坐在我身旁，摩托车便开行了。

---

① 舁床：两人同举或抬的床，即担架。　　——原编者注

车子自开行到停止时，不过只经了五六分钟。何君同看护妇先下去，跟着两个戴白帽穿白衣的男子便上车连舁床一并将我抬下来。至此我才看见了淡灰的天色——因为我仰面睡着的——再四面一看，原来我已经在一个不甚分辨得清楚的大院落中了；车子正停在一道小门前，我不及再看那些戴白帽穿白衣来往不停的人便睡着进了一间宽广的房子。两个男子把舁床放在当地一张铁架上便转身走了。何君正在旁边一张小桌前提笔在一张印纸上依着一个戴白帽穿白衣的中年妇人的言语在填写，或者是"病历"一样的东西；靠壁有七八具安有自来水管的浴盆，向后一道短隔门，里面也是浴盆，还有衣架，大概是为妇女所设的；这都是一瞬间得得的，因为立刻便来了一位看护妇——另外一位——用着很灵巧的手腕，并不使我感觉一丝困难便将我剥个精光——房间有很暖的热气，毫不觉冷——取了一件盖至膝头的白厚布汗衫给我穿上，将我裹在一床呢被中，然后将我的衣服由她独断，分做了两包：一包内只有一条外裤，一双袜子，一双拖鞋，一顶遮阳帽，一条手巾，放在我的脚下，那一包便是其余所有的衣服，打叠得齐齐整整，不知拿往哪里去了。

我正寻思："敢是要我洗澡吗？其后呢？……"跟着又来了一位戴白帽穿白衣的男子，先同何君谈了几句，又把放在桌上的刚填好的字纸看了看，那指示何君写字的中年妇人便同何君出门去了，这男子便来到我身旁，我从他那比较细白精制的衣冠，和帽上一片红布徽章，以及那有权威的面目，修整的胡须上看来知道他是一位医生。他只问了我三句话："你是中国人吗？多少岁数？结了婚不曾？"便动手把呢被打开，将我身体察视了，仍然给我盖好，到桌上填写了一张印纸，把电铃一按，进来了两个也是全身白的男子，有一个把印纸接来一看就揣在怀中，又给我加了一层呢被，两个人将我抬起出了那道小门，没有走上三四十步，便进了一道敞厅，上了一道很宽的石梯，螺旋似的左右三叠，来到第一层楼上，又经过一间敞厅，我便看见一道紧闭的双扇门额上横着一块白色大理石镌着红字：哈额尔室一千八百七十三年十月。

抬我的人把舁床放下，先将那双扇门大大的推开来：这一下一阵晚汐汹涌似的人声直从门内奔出，我不能不看，但又不十分看得清楚；只觉得一间光线不甚强的高大广室内，纸烟气和人们呼出的碳酸气弥漫其中成了一种凝结的薄雾，雾中间有许多灰白两色合组的床，床上有许多只露半截身体或只现一个头的人形，我最初看见的病室景象便是如此。

我的舁床一进门后，好像就是一块吸铁石，立刻把全室病人的眼光都吸收到我身上。一直走到左边一列的一张空铁床跟前，便有一个身材短小，似乎颇有膂力，生有胡须全身穿白的看护生，和一个二十多岁样子很伶俐的看护妇把我从舁床上移到铺设齐整的铁床上。病榻很软和，虽是只盖了一条灰色呢被，但当地就烧有一具两人始能合抱的大铁炉，所以室中的温度很高。

抬舁床的把进门时医生所写的那张印纸从怀中取出交给看护生，便抬着空舁床走了。那看护生拿着这张纸走入屋角用磨花玻璃格子隔出来，似乎是个办事室的地方——里面的电灯已明，隐约见有几个人影在内——接着，便从那办事室里出来一位，我这时只知她是看护妇的一个妇人，装束和刚才为我所见的那几个看护妇一样，只白帽右鬓上多一块红线徽章，身材又矮又肥，年纪约有五十岁，挂着一副夹鼻眼镜，说话时微带一点痰声，可是面目间善气迎人，好像就是这一个病室的母亲一般；她手上拿着那张纸走到我床边，念道："李先生，二十五岁，中国人……"遂笑着看了我一眼，又念道："盲肠炎，膀胱炎——重病……"又笑着看了我一眼，"区长介绍，一千九百二十……年，十一月十七日进院……"便伸手在我床头铁栏上取下一个玻璃匣和装八寸大的照片匣一样，将这纸装在里面，仍旧挂上；方握着我的手笑道："我的孩子，只管放心住在这里，包你没有烦恼的……"我只有连连说："很感谢你，很感谢你！"

到她走后，我才左右掉头把我的紧邻一看：左边病榻上靠枕头坐了一位约五十年纪的胡子，我估计他那体格至少可改我两个这么大的人，红光满面，气宇很是不凡的样子，一双棕色眼睛里含了不少的善气；也正注意端详我，我就枕头上向他点了点头道："日安，先生。"他照样回答了我，很有意思要和我交谈时，何君已进来了。

"病院的规矩，礼拜四和礼拜日下午两点至四点才准人进来……"

"岂有此理，平日就不行吗？"

"或者平日也可以，但我不曾问清楚。明天礼拜四，我下午两点钟来看你，你要什么东西不？"

我此刻已看清楚了，每一病榻侧都有一张小小的四方铁茶几，上面放饮具，下面一格可以放各种零碎东西。我道："请带几本不用心的书给我，其余如剪刀，小刀子，铅笔，信笺信封都要。哈！尤其是字典。"

何君刚走，医生便来了——不是进门时察验的那一个——那位戴夹鼻眼镜的看护妇，一路同他说着话来到我的床前道："这是今天下午才来的。"

这医生不如进门察验时的那一个漂亮，年纪比较也老些，身材很高大，白套衫的袖口捋至肘上，两条强有力的粗手臂，几乎可以拔得下牛角来；焦黄的胡子，眼睛很有怒光，像是一个又好喝酒而脾气又不好的人。但是他很有耐性，静静地站在我床前听我用仅能达意的法文向他述说这两天的病况；末后他才说道："好，我完全懂得了。"

我又道："痛苦我很能忍受，只这小便不通却太难受，请你注意这件事，麦歇①医学博士。"

"此刻还不能小便吗?"

"我不很知道，只是胀得很。"

"好，我完全懂得了。"

他便把我的呢被揭开，把我的汗衫撩起——从颈项以下全是裸露的——拿一大幅白布隔着，把耳朵贴在我的胸部上道："试数五十个'三十三'，再深呼吸十次!"其后又扶我坐起来，把后面的汗衫撩起，又如法炮制在背的两边听了听，便从床头一个窄台子上拿了一只平底斜嘴的玻璃罐给我道："试着小便一次。"哈!好幸运，居然获得了少许深红色的液体。

医生便给我把呢被盖好道："在我不曾叫你吃东西以前，你只能喝清水。"

"你给不给我施行手术?"

"此时不能定。"

他又向那戴眼镜的看护妇说了几句，便依次看到我右边那位紧邻去了。

我右边这位紧邻，平卧在床上，也是一个年约五十的胡子，身材虽不及左边那位魁伟，但相貌却也堂皇。他患的病症，当医生揭起他的呢被时我就知道了，小肚子卜纵横划了三处，两处已结合，有一处还血滴未干。医生走往其余的病榻前，也有像看我那样审察的，也有只把床头悬的温度表拿来一看了事的，甚至有走过时不看不问的，如

---

① 麦歇：法语，意即"先生"的称谓。　　——原编者注

我左邻那位魁伟的人便是一个例。

当医生巡视时，室中清静极了。我哩，小肚中虽仍旧如前一样的痛楚，膀胱虽仍旧如前一样的膨胀，但小便能泌出，仿佛我得了一种奇怪的安慰似的。这时我就趁势把这病室仔细度量了一番：有九丈多长，三丈多宽，二丈多高；两头的正中各有双扇门一道，距门五六尺远处各有大铁火炉一具，在我睡的这一头；即在左邻之左便是磨花玻璃格子隔出来的一所小小的办事室，两壁在一丈六尺高处各有七堵双扇玻璃窗，都紧紧闭着，地下铺着红白二色相间的小瓷方砖，除了这点彩色外，墙壁是淡灰色的，天花板是淡绿色的，病榻上的呢被也是灰色的，被单床褥，床的漆色，小几的漆色都是白的，睡在床上的病人一律都是白布汗衫，可以下床的一律都穿一件厚蓝呢的外套，还有几个年纪很大的头上戴一顶毛绒睡巾，也是白的，医生，看护生，看护妇，以及杂役，从头至脚也都是白的；在两壁下竖着各安了十一张病榻，每张相距有三尺来宽，在距离间各放小铁几一张，小铁椅一张，当中又安了十张病榻，一共算是三十二张，此刻只有三张是空的。再看病人有五个是须发皆白，精神很健的老头子，有十七个是中年有胡须的壮汉，连我只有九个少年人，其间似乎只有我一个是外国人，而且是远东人。在病室正中央，还有一张柜桌，上面有一具瓦斯炉子，和许多不知名的用具。

"日安，先生。"这是医生走后我向右邻送去的应酬话。于是左右两位邻居便与我交谈起来。谈说中间我问左邻："你到此地来了多久？"

"六个半月。"

"啊！好多日子！你害的什么病？"

"脚疾。"

那胡子看护生拿了一个冰袋，一条长纱布来给我缚在小肚的右边。我原来就怀疑膀胱炎是受了冰袋的影响，所以我在旅馆内力拒不再把冰袋放在肚上，但是此刻我很知道我已入伍当了病卒，医生比如是总司令，看护生比如是传令官，我的天职只准我服从，不许我反抗的，犹之巴尔比士只管反对战争，然而终不能不入战场，光明社终不能不于受伤后创立。现在我惟一的希望，就是这位总司令须得也和霞飞①一样，于杀戮之中能够微带几分人道，把病魔打退而不使我过于受损失好了。

我初以为会餐必然在食堂中的，细想病人差不多有十分之八都不能下床，如何能往食堂去呢？哈！这却是我的错误：约莫四点半钟的时候，便见一个也是全身穿白的女仆，肘间挟了一只柳条编的大篮子，盛了许多切成小块的面包循着病榻每人散给一块——也有多要一块或两块的——到我的跟前，撑起她那双浅蓝色的大眼睛很迟疑地把我瞅着，这因为我床侧的小几上只放了一只白瓷水罐，一只镀锡马口铁杯，两条洗脸巾，并没有刀叉羹匙的原故。我左邻那位便代我伸意道："不，姑娘，他还不要吃东西哩。"

跟着那散面包的便从有办事室的这道门中推出一辆小车桌，桌面上放了两大叠白瓷盘，两大铁盆肉和面包汤。于是那戴眼镜的看护妇便走来指挥，把车桌沿着病榻推走，起初每人给与面包汤一盘，第二次待面包汤食毕便每人给与烧牛肉一大块，小菜一勺。

从散食以后，非到明天早晨八点钟不能再见这位戴眼镜的看护妇

①　霞飞（1852—1931）：法国将军。1885 年中法战争时在进犯中国领土台湾的法军中任职。1911 年任法军总参谋长。第一次世界大战时法军总司令，1916 年春解职，但升为元帅。　　——原编者注

的影子，便是那胡子看护生也如此，便是那其余两位看护妇也如此；
晚餐之后这病室里另自换了两个服伺人：一个是女的，一个是男的，
女的不过二十几岁，面孔虽不甚美丽，却活泼有风致，大约每夜服伺
病人都是她，所以一进门时，这里也在招呼："晚安，沙郎姑娘！"那
里也在招呼"晚安，沙郎姑娘！"沙郎姑娘哩，也谈笑风生，漆黑一
双眼珠在修长的睫毛里滚走得和金钢石一样；我此刻全身的神经固然
都只注意在我的痛与胀上，但也禁不住有一部份的脑神经居然起了回
想作用，无意识的寻思到《小东西》①里的黑眼睛："哈！都德的情
人的眼睛总不会再比沙郎姑娘的美了，不过我心里还有一双黑而且大
的眼睛，可惜离得太远，或许比沙郎姑娘的还更清澈些罢？"至于那
一个男子便是一个很粗鲁的笨人，没有什么可注意的。

　　晚餐后也是病室里最热闹的时候——以我自进病室几点钟内比较
上得来的说法——有十分之六七的病人都倚枕含着纸烟，毫不客气的
彼此大声谈笑起来。一直到六点一刻钟，沙郎姑娘极清脆的声音，从
那般雄伟宏壮仿佛怒潮似的声浪中高唤一声："请睡了！"跟着把电灯
一闭，全室漆黑，只两道门额上各留一盏光线最微弱的绿色电灯。顿
时什么声音都寂静了，沙郎姑娘在当中一张病榻前安置了一盏也是绿
色的电灯，灯罩笼得低低地，她便坐在灯前一张藤心椅子上，支着颐
静静看起她带来的书报；那粗男子也在屋角一张长椅上仰卧着养息
去了。

　　全室三十一个人中整夜没有睡的恐怕只有我和沙郎姑娘两人。沙

----

① 《小东西》：法国作家亚尔风士·都德（Alphonse Daudet 1840—1897）所写长
篇小说。作者曾两次翻译，1923年初译本由中华书局出版，1943年再译本由
作家书屋出版。　　——原编者注

郎姑娘因为职务在身不敢睡，其实是很愿意睡的，到夜中一点钟后，也曾靠在椅背上假寐了一些时，不过时时警醒着的，只要听见很微细的一声："便盆，费心!"她立刻就起身在当中柜桌里取了一只有柄的白瓷盆递给那人，直待将便盆拿出门去后，始回身坐下。那粗人到夜间十二点钟就走了，又另自换了一个粗人，也是一来就假寐着了，给火炉上了两三次炭，都是被沙郎姑娘唤醒的。独有我，一点儿睡意也没有，脑经里乱得和萦丝一样；假若清理出来似乎只有两个思想：第一个是这痛与胀究须经过多少时候始能减少一点? 第二个是设或家里得了我的死信，是怎样一个情景? 哈! 庄子说的"死生亦大矣"，我又不是厌世而甘自杀的人，想到这第二个问题，心里的难受—— 一半为我自己难受，一半为与我有最密切关系的人难受——几乎可说比小肚里痛与胀还利害十倍哩!

十二月十八日（此日是后来补记的）

平生知道新鲜空气的美妙，再无过这两个地方：当害病前十一个月由上海同一百五十余位意气干云的少年坐着法国邮船斯梵克斯号的四等舱来法的时候，同行的还有八九十个由远东退伍回国的法国兵，和十数个由日本回国的德国俘虏，二十几个由西伯利亚回国的捷克兵、塞尔维亚兵，一共三百人上下，全挤在船头一间临时用木架改作远不如长江轮船统舱的货舱中，光哩，自有半明不暗的电灯替代，空气哩，只由舱顶一个二丈见方的大孔中出纳，每遇海中风浪大时，不使四等船客化为海鱼，只有把舱顶封闭之一法，这一来三百人需要的空气只有你呼出来，我吸进去，空气最新鲜，然而经了三百多具呼吸机关，并且出入了不知几十万次，所以经过两昼夜之后，只须一降四等舱的楼梯，那种腐味恐怕只有蒲松龄设想王十郎执着骨头立在奈何岸上监工时所嗅的那种秽气可以比拟了。这是我平生第一次知道新鲜空气的好处的地方。其次就是今天病室中当侵晨①五点钟一鸣，沙郎姑娘便起身将电灯打开，把她所坐的地方收拾了，推着车桌来将各小几上的水罐杯子收去洗涤了，并一盆一盆的冷水送给病人各自去靧面漱口时，那粗人拿着一根长木竿，把十四堵窗子各开半扇，一阵无声无响无色无影的晨风，悄悄的，密密的分头钻进，将室里二十四小时所蓄积烟气炭气以及各种的恶臭，一霎时洗荡得干干净净，冷冷然从鼻端拂过，仿佛有一种言语不能形容的清香，比什么幽兰的香气还沁人心脾，令人受用。可惜啊！这种福只能享受半点钟，仍旧是那粗人拿着长木竿把十四堵窗子依然严严的关闭了。

我在床上只能仰睡，转侧尚不能，哪里有坐起来洗脸的气力？沙郎姑娘来收洗脸盆时，毫不诧异的问我道："你不能自己洗脸吗？"

"啊！不能。只好暂时不洗罢。"

"我给你洗好了。"

从三岁以后伸着颈项给人家洗脸这还是第一次；无论沙郎姑娘怎样细腻，但是总不及自家浣濯的舒服，而且又没有肥皂，又不曾刷牙。洗脸时，我向沙郎姑娘说道："你真辛苦，每天要作十六点钟的工作！"

"我吗，十六点钟？没有的事。"

"你不是昨天下午就上工直到此时吗？"

沙郎姑娘很柔媚地笑道："这是例外，因为昨天我那个同伴有事，

---

① 侵晨：天快亮之时。《红楼梦》第四十回："李纨侵晨先起，看着老婆子丫头们扫那些落叶。" ——编者注

请我代替八点钟，平常到夜间十二点就走了。哈！中国人，你倒很精细的。你到底是中国人，还是安南人？我曾经遇着两个安南人也很可爱的。"

"完全是中国人。"

七点钟的时候，沙郎姑娘又推着车桌来给众人散了一次面包汤，到八点钟便不见她的影儿了。

胡子看护生名字叫让，不知道他姓什么，大家都唤他做让先生。他一来后就同两个很强悍的杂役提着大桶的热水来洗地，直把那瓷砖面上擦抹得光滑如镜。洗地时便有一个看护妇，也是五短身材，不过年纪很轻，态度很伶俐，完全是一种最解人意的样子，拿着试温计来验我的温度时，问我昨夜沙郎姑娘给我换了几次冰。我说："一次也没有，恐怕已经完全化了，而且成了温水了。"

玫瑰姑娘——就是这看护妇的名字，我听见众人如此唤她，还有一个身材微丰的百合花姑娘，每天从上午八点钟到下午四点钟后，便是她们两个同让先生服伺这一间病室的病人。玫瑰姑娘经理一切杂务，和每晨给病人整理床铺，手段最巧，能够使病人睡着不动，把被单枕头弄得极整齐，并专管试验温度，早晚二次，只是爱说话，爱笑，并且口齿最快，不管你懂得不懂得，她只是一字不断地发表她的意思。让先生除了洗地外，并管理左边一列病人的换药洗创包扎诸事，到室内出了什么须用体力的事情，便都是他包办了。百合花姑娘哩，既要管理中间一列和右边一列病人的换药包扎，又要服伺全病室病人的大小便，依我观察来，百合花姑娘做的事最多，但她的性情最和顺，最耐烦劳，与沙郎姑娘的爽快，玫瑰姑娘的流利比起来另是一派——玫瑰姑娘很惊异道："这女子敢是聋了，我向她说过两次哩！……请你不要向医生说罢。"于是她连忙给我把冰袋拿去换了冰又来给我缚上。

　　昨天那位医生，我此时问玫瑰姑娘，知道他叫加立野先生，是这个病室的主任医生，每日到病室来诊视两次：上午九点钟一次，下午四点钟一次。此时他还不曾来，但室内已来了四五个少年和三个年轻女子，都全身是白，看那光景又像是主任医生的助手，又像是参观者，都在室内闲行笑语，或是和病人谈天。我便问我左邻那位胡子，那些是什么人。

　　"是医科学生到这里实习的，那两个有棕色八字胡的少年和一位项上戴金链，灰色眼睛的女子已经是助手了，你瞧，她向你走来了。"

　　果然，那位年轻女助手已来到我床前，先将我床头悬挂的"病历"和温度表取来看了看，便微带笑容地问我道："你能说法国话么?"

　　"能说，只是不好。"

　　"你能说德国话么?"

　　"不能，但是你若用英国话问我，我可以强勉应答你。"

　　她又笑了笑，仿佛很自惭地道："我的英国话说得不好，我们还是说法国话好了。你能把你的病详细告诉我不?"

　　"最愿意了。"

　　于是她就坐在我床沿上，取出一支自来水笔一本手簿，我一面尽我能力的说，她一面走笔若飞的写；写毕了就照加立野先生昨天诊视我那样把我审察了一番，又坐下写了起来。我乘隙便问她道："你瞧，我这膀胱膨胀是不是因为冰袋的原故?"

　　她把眼睛向上望着——我曾看见她瞳人上四射的金丝，仿佛夏日阴云骤合的天上一阵闪灼不定的电光一样，的确美丽——好像自家问自家地道："恐怕不是罢?……"

　　加立野先生来了，口头含着一根纸烟，先到我左邻床前问道：
"今天好了些吗？"

　　"还是那样哩！"

　　于是他就揭开呢被露出他那一双脚来。哈！直是两只黄杨木做的
脚！也未敷药包扎，加立野先生拿指头在胫上叩着，就和佛寺里木鱼
声一样。我知道这种脚疾就是中国所谓痰火腿，原因只在一个酒字。
法国人到五十岁以后得这种病的极多，就以这间病室为例，五分之三
的病人便是中了酒精毒的脚疾。

　　加立野先生一转身就来到我的床前，和那年轻女助手握了一握手
后，便道："你已考查清楚了？"

　　那姑娘就将她手簿翻开把她所记的，流水似的念了一遍。加立野
先生一面吸着烟，一面不住的点头道："好。"末后又吩咐了那姑娘几
句话，便转往其他的病榻前去了。

　　那姑娘出病室去了不一会，便拿了一种器械走来，仿佛中国阴阳
先生用的罗盘一样，不过厚些，不过繁复些，先将一道钢圈缚在我右
手腕上，圈头一条皮管通至器械内，然后将抽气筒一抽，我的手腕觉
得就被拶起了，器面上指示度数的针便游移起来。约有两分钟，她才
把这东西收拾走了。我末后请教让先生，才知道是验脉搏的器具。

　　加立野先生和一般助手实习生把全病室的病人诊验后，到十一点
钟才走了。他们一走就是病人用早餐的时候；早餐没有面包汤，只是
一样肉一样小菜。我哩，仍旧喝清水，可是我并不饿，也并不大便。

　　今天全病室里来看候病人的，再没有比我床前的多了。中国人里
是何君，老李君，大李君，周君，还有一位不甚修边幅的曾君，以及
要往德国去而路过巴黎的两位朋友，法国人中是纪诺夫妇，小路意
丝。小路意丝并告诉我那位白姑娘——就是打扫房间的女仆——也要

来的，因为没有人看店子，她只好礼拜日再来了。病人固然喜欢有人来问候所苦，但是人多了又是病人讨厌的事，平时去看亲友的病时，就察出病人的这种矛盾心理，如今亲身体验来，颇相信平日的观察真不谬；况且一时要说中国话，一时要说法国话，尤不是我此时所能堪的。不过在旁边的人看来，总觉这是可羡的事，即如四点钟后，病室重复清静时，玫瑰姑娘和我左右两位邻人都异词同意的向我说："阿那！同情你的朋友们真不少啊！"

玫瑰姑娘此刻才发见我左手无名指上的戒指，笑道："你结了婚的吗？你不过十八岁罢了！"

我掉头去问左边那位邻人道："可是真的么？你评一评玫瑰姑娘的话。"

"我很表同意于玫瑰姑娘。第一，你没有胡子，其次，体格不雄伟，照法国人的生长程度看来，你确不像到了结婚年龄的少年。"

玫瑰姑娘接着问道："你的夫人不在法国吗？是中国人，是法国人？"

我不敢再把我真实的情形说出来了，因为我曾经在我法文教习西门夫人处受过很大的教训。她曾惊怪不可名状地道："恕我，我没有研究过东方事情，尤其不懂得你们中国的风俗，若照我们欧洲习惯说来，断没有把妇人留在家中独自走到数万里外，还打算七八年之后才回去的，没有，断乎没有！除非与自家的妇人没有爱情，除非是应了兵役，不然，结婚之后，照例不许有一礼拜分离的。我和西门先生结婚三十八年，无论我们走到哪里都在一处，若要分离上一年，只有离婚，你不知道法国的谚语：'远于眼者远于心吗'？假使我处你的地位，无论如何，必须把妇人带出来的；又假使我处你夫人的地位，也无论如何要同你一道走的；你这举动太奇怪，大约也不是中国普遍的风俗，但我不解何以你的夫人就让你走呢？据你说，你们又不是不相爱的。"

西门夫人还是一位女学生，还是一位注册的私家教授，尚且不懂得中国人不是那种"远于眼者远于心"的种族，尚且惊奇中国人结婚之后犹住在父母家中，尚且不相信人是可以用高尚的正当欲望来压制情欲的，尚且不赞成二十几岁的少年过六十以上老年人的孤独生活的，尚且分不出高洁的恋爱原可以保存在肉情以外的，自然，像玫瑰姑娘更不曾受过理性的陶镕，更是长养在巴黎食色的地方，假如我诚诚恳恳地告诉她："我的妇人仍住在我故乡，和我母亲同居着，我们结婚的日子只有几天，我们打算分离的日子倒有几年。"若再老老实实地告诉她："我们是绝对相爱的，我们愿意拿别离和寂寞的光阴来培养我们的爱情，我们都自信能够屏除诸种的诱惑保存我们灵肉两方面的清洁的。"我想纵不把玫瑰姑娘惊倒，她必定要追问："你们为什么不同着出来呢？"若告诉她："这是金钱的过恶。"她必定要说："那你就不必出来好了。"假若再规规矩矩的给她解释道："因为求知欲的要求过甚，不能不在幸福上暂时牺牲一部份。"这更会把她弄得越发胡涂。法国女人——或者也可以说是欧洲女人——从她们老祖太太以来，心里只以为女人是为爱情而生的，男子是为供给女人的爱情而生的，假若男子把爱情冷落了——且不必说是牺牲——便是十恶不赦，死后也必是堕入泥犁地狱的罪人；而且她们之所谓爱情，又几乎与我们理想中之所谓爱情不同，她们的见解虽不即与我们中国道学先生相似——道学先生眼中的女人只是一个淫具，他们根性上就不知道情字，他们承认女子精神上可以污秽得和娼妓的身体一样，但是只要不表现出来就可入得节孝祠，在从前就可请圣旨旌表，在现在就可请袁世凯钦定的褒奖——她们也分辨得出欲字固然一半是传种本能的冲

动，一半却是爱情最终的表现。因为爱情发动于两性的无忤，进而就
互相爱好；相爱至极不能不有表现，最初是握手，其次是接吻，其次
是搂抱，最终就是欲字；并且她们也知道形质的表现止于欲，精神的
表现哩，开始于思量，最终至于文字，但是她们却蔽于因袭的谬误，
大抵也和一般风流自赏的滥名士，和一般自私心极重的浪漫文人一
样，却偏重最终的表现，而轻视爱情的本身；未出嫁的处女，若是恋
爱了一个男子，因为她是自由的，她没有与人共守相对贞操的义务，
尽可毫无惭愧地说："我恋爱了某人。"既出了嫁的妇人纵然和自己的
丈夫无爱情，或爱情已失了效力，只实际上是共处的，若恋爱了别一
个男子，不经过形质上最终的表现，不管她专注到何等地步，或者几
乎可以把自己最贵重的生命牺牲了，她终不敢自己寻思："我的贞操
破坏了，我欺了我的丈夫了！"对于那被爱者无论精神上态度上怎样
流露出那爱的形式，但不经过形质上最终表现，总不肯正大光明说出
一句："我爱你"来；而且又因为欧洲人的生理关系，性欲的本能比
远东人强多了的原故，所以他们表现爱情的方式也过于浓郁，就和玫
瑰花的颜色一样红就红得耀眼，绝不像远东人的蕴藉含蓄，他们大家
的口味都如此，况且来源甚远，自无怪她们只要以为表现不尽力，爱
情就不真切，表现不继续，爱情就有变迁，不但女的如此，男的也如
此，所以《人心》①上毗尔伦夫人罢工几次，马利约先生就生了疑
惧。哈！最终表现端的就可代表爱情本身么？我绝对不相信，如是这
句话不差，那我便真是吾妻的罪人，只有把我此刻向玫瑰姑娘所说的
诳话实践了，庶几乎可以赎罪于万一。我的诳话是："自然是中国人，

---

① 《人心》：法国作家莫泊桑（Guy de Maupassant 1850—1893）所写长篇小说。
　　作者翻译过三次，分别由中华书局和作家书屋出版。　——原编者注

并且就是我的表妹。此时虽不在法国，但不久就要来了；因为我离国时她正生病，现在刚要预备起程，或者我出病院，就可到马赛去接她了。"

……

今天白日的冰也换得勤，夜晚的冰也换得勤，大约沙郎姑娘受了玫瑰姑娘的抱怨，在她守夜的八小时内差不多四十分钟就给我换一次。现在我不但已有耐寒的习惯，并且有耐痛耐胀的习惯，只是到了夜静，群动皆息，除了病人三四声微咳，和守夜人起动时极轻的脚步声和衣裾声，以及三小时一次粗人向火炉里上炭的铁铲声外，不但没有纷扰情绪的东西，而且因为两道门额上和看护妇面前那三盏幽静而悲郁的电灯的惨郁光影，更把情绪牵引起来，越绵远，越细微，越交错，越没有止境。痛苦本来是人难免的，纵然可以自慰说疾病的有形痛苦，可以用精神的恬适去克制它，然而疾病的影响，难道就传不到精神上去么？尼采算是最能用精神来疗治他的疾病，但他为疾病侵蚀的地方岂可量计吗？人生最无聊的损失，就是为疾病所侵蚀去的有益的精力。假使我目前的痛苦，是为一种有目的，有利益——于人的——不可逃免的事情，仿佛献身在那野蛮的酷刑下，是"有所为而为"的痛苦，自然受之如饴；不然，就是为爱人暗示，仿佛说不看见你的痛苦，便不足激起我爱你的情怀，那吗，我残缺肢体也未尝不可。独有这不期而至的疾病，究竟是为的什么？或者将来不免给多少好处，可是不在自己意料以内的，这总是可疑而又可厌的事情。

"死"字是人情最厌恶的一个字，因为又免不了它，聪明的人才在意想中创造出一种聊以自欺而又欺人的天堂来，但是波得乃伦却要赞美它。"病"字又何尝是可爱的字，古人相祝以"无恙"，然而自西施善病，文园多病①以后，差不多我们中国的美人文士又都把它做成一种饰美的工具。所以一件事体绝没有全数以为好，也没有全数以为坏的，就是事体的本身，好处坏处也正难以一种确切的标准来分别它，就比如我的疾病，照坏的方面着想，几乎无一毫可恕的地方，如我上面所论的一番话，然而翻过来寻思："不在危急的地方，人是最容易被假面目蔽住的，应酬场中照例的言语，能够有病榻上呻吟的真么？我不到病院中来，眼里的法国人还不是与众人所见的一样，观察再精密，能自信没有三分假么？我如今竟得了这种好机会，谁赐的？便是那可憎的痛与胀赐与的。"疾病已有它好的一方面了。而且到了这比较单调的地方，又有疾病做个范围，极凌乱的思想，也方有了爬梳整理的时间。

十二月十九日（此日是后来补记的）

到今天我才知道我左右两位邻人的名字，左边那位叫罗尔服先生，右边那位叫喀伦先生。罗尔服是一个汽车工厂的工人，喀伦是名木厂的工头，两个人虽然都是工人社会的人物，但气象都威重，堂皇，聪明，和蔼，起码可以充得我们总统府中的高等顾问。这也是一个很可研究的问题，便是我们在法国社会上所看见的从中年人一直到老年人，绝没有像我们中国上等人和下等人，在气象上，在举动上，相差那么远的，除了很少数一些萎靡不振的人外，大概有了年纪的都

---

① 文园多病：司马相如曾任孝文园令，后人便以文园称之；他患有消渴症，也就是现在所谓的糖尿病。"文园多病"、"文园独卧"这些意象便常被用来形容文士落魄。 ——编者注

带一种高超，华贵，尊严，恺悌的气度；内阁总理和一个作苦工的工人站在一处，除了衣饰的差别外，你在面貌，神情上简直看不出总理高于工人的在哪里，工人不及总理的在哪里。而且男子越到老年越美，气度雍容，体魄坚实，鲜红的面孔，雪白的须发，眼睛澄明如春星，声音圆润如宏钟，不管是有学问的，无学问的，见了总令人生一种敬爱的感情。法国人何以壮美到这步？淑种学①是很可留心的，不过这种淑种学不是人为的，也不是在学校中学得的，完全是自然的；法国男子之对于女子也有着眼在轻盈上的，但是矫健的轻盈，不是病态的衰弱，其实大部份喜欢的都是充实强壮的美；至于女子对于男子的标准更是注意在雄武、厚重、魁伟各种优壮的美质上。把中国那般翩翩欲倒的裙屐少年放在法国待配地方听女子的选择，我敢断言有一百个，一百个都是落第的，然而这般弱不胜衣的秀士，正是我们少年姑娘们所心许的佳婿。你们看，再加上一般喜欢病态美人，和一般喜欢身体尚未成熟的少女的男性，我们将来的后嗣，真不愁人人都可进化到"气息大一点儿便可吹倒的林姑娘"了。

并且我今天也知道了这病院的组织了。巴黎城内城外共分二十几区，富庶的区内如拉丁区，蒙马尼特区等每区有这么一个平民病院。贫瘠的区内如歹尔伦区等便两区有这么一个病院。病院算是市民立的，经费是市民捐内筹拨的，每院分外科、内科、产科三部，除特设的实验室，治疗室，解剖室，手术室外，大的院中有三四十个病室，小的也有二十个病室。职员除一个经理专管经济出纳和布置设备外，全是医生，每一个病室有一个主任医生——哈额尔病室的主任便是加立野先生——负全病室病人治疗上的责任；还有一个看护长——哈额

---

① 淑种学：即优生学。　　——原编者注

尔病室的看护长便是那位身材肥短，说话带痰声，架夹鼻眼镜的看护妇，也就是若飞尔夫人——负全病室病人饮食起居的责任，此外还有外科总医生，内科、产科总医生，以及各特设室长，每礼拜五会议一次，病人入院不必定要到区长署签字，可以自由到诊察处要求住院。愿意纳费的，每日从三法郎至二十法郎自由缴纳。不过纳费多的病室特别讲究，服伺特别周到，起居特别自由，比如你要单住一间陈设精美的小病室，要两个或三个精细的看护妇不断的在左右，要高明的医生每两小时来诊视一次，都办得到，只须有钱，然而十分有钱人谁又来住平民病院，病院的房间再精美哪能及他们自己邸宅中的华丽安适。看护妇，他们可以雇用在家里，医生，每个邸宅都有专雇的，再有高明的医生，甚至到平民病院来索费至一千法郎一天的，他们限定你四点钟去，你就得坐起摩托车飞奔去。哈！有钱的人谁到平民病院来！所以平民病院终年不断的这几百以至千许的病人，还是装在这种普通病室中的平民！

　　或者我的病很利害——我自己并不觉得利害，而且，我坚信法国医生是有非常把握的——加立野先生和那位年轻的女助手——玫瑰姑娘告诉我，她叫麦蕾姑娘才二十三岁，是医科大学毕业学生，很有学问，加立野先生很器重她，她很可望升到主任医生——将我审察后，曾在我床前用心地商量了好一会儿，可惜许多专门的生字把我难着，不知道他们说些什么，到末了，麦蕾姑娘临走时，向让吩咐了一个字，我紧紧记着，翻出字典来一看，是泻药的意思。

　　到午后四点钟，让先生果然给了我一大碗泻药，我尝着好像是蓖麻油调鸡蛋清，我以为这药一下肚不久便有一阵利害排泄的，然而睁着眼睛等了一夜，却一点影响没有。

十二月二十日（此日是后来补记的）

若飞尔夫人一进病室就到我床前问我大便了几次，我回说："还不曾哩！"她便把眼镜一抹，睁着一双金鱼似的大眼睛把我注视着，好一会，我忍不住了，问道："可是我不大便就很危险吗？"

"不是的，孩子，不过应该大便就是了。"

她又微笑着安慰了我几句。

果然不大便就危险吗？若飞尔夫人虽否认了，但我却从她吃惊的目光里看出那反面的回答来。哈！假若连盲肠炎也医治不好，法国的医生就未免太对我失信用！但是若飞尔夫人是有经验的看护长，她那恶消息的表现，必不是轻易乱发的。我现在心里很扰乱，很是嗔恨若飞尔夫人，纵然有什么危险，总不应该向病人表示出来，不过我自己的信力仍很坚定，因为我幻想中，总没有看见坟墓的影子。

我又问加立野先生，当他来诊察我的时候，道："请你明白告诉我，我究竟到了危险的地位没有？"

他还是带着那种麻木不仁的神气，很坚决地回了我一个"否"字。

麦蕾姑娘也抚着我肩头道："决没有危险的。我们都是十分的注意着你哩！"

他们走后，让先生便拿了一罐药水来给我清洗大肠道："包你至迟到夜里一定有几次大便的。"

让的话可发生了效力了！果然一到七点钟，沙郎姑娘就拿便盆来服伺了我一次。哈！真不容易啊！喝了五天的清水，吃了一碗泻药，洗了一次大肠，而渣滓多得仍和好人的无异！

十一月二十一日（此日是后来补记的）

在二十四小时内排泄了十几次，把什么都排泄尽了，然而加立野先生还叫让先生给我洗了一次大肠。就是何君等来看候我时，我仍没有离过便盆。

因为今天是礼拜日，何君同小路意丝一到午后两点钟便来了。白姑娘果然同他们一道来的，啊！我在那旅馆中前后住了四个月，从没有看见白姑娘出门是这样打扮的：很时髦的广檐黑帽，只少一根鸵鸟羽翎，在脚胫以上，几乎仅把膝头盖过的绿呢外衣，紫狐腋的披肩，一进门便脱了搭在手臂上，衣领很宽，几乎把胸部露出了一半，黑皮手套把那糙皮重茧的可怜的手紧紧藏着。啊！这真是一位时髦姑娘啊！假使态度再高华一点，手臂上挽着一个少年到总统府大街上去散步，岂不就是一位小绅士太太吗？

何君等刚走——是我把他们撵走的，因为他们在这里对于我排泄一件事很不便，纵然他们去了，左边尚有罗尔服先生的一位外妇，右边尚有喀伦先生的一位老妻和一位才八九岁的女儿，但是比较远一点，终不似小路意丝和白姑娘那等拘束我——偏偏西门夫妇又寻了来。啊！我真感激这两位老夫妇！平日他们每人差不多各要教九小时的功课，礼拜日才是他们真正得休息的日子。西门夫人又很多病的，往往礼拜日便不会客不出门，如何今天竟牺牲了他们宝贵的休息光阴，这么远的走来看我！

西门夫人坐在我床侧椅上，紧紧把我一双手握住，眼里满含慈爱的眼泪，问的话使我不及回答，脸上一种仿佛又是忧郁又是感伤的神情，啊！这真是我的母亲了！西门先生比较镇静一些，很体谅我说话吃力，有许多事都去问让先生和玫瑰姑娘等去了。

　　我想这两位老夫妇一定是因为他们那个在凡尔丹牺牲了的儿子和我同年的原故，一副久贮胸中的慈爱之情，忽然被我的疾病勾起，便不能再把它按捺下去。今天到我病榻前来，仿佛就似当年临视他们那伤重濒死的爱子一样。所以他们连连说道："我亲爱的孩子！我亲爱的孩子！"

　　又说："你知道我们是怎样的着急，怎样的焦心！当何先生来给我们报信的时候，我们几乎疑他说的是诳话。偏偏我们又要礼拜日才有机会来看你，你想这几天我们是多么的烦恼……"

　　我平日是很不容易动感情的，有时我自己也惊诧何以如此的冷酷。大约因为我幼年所经的忧患多一点，又一次在九江遭过性命呼吸的沉船之灾，三次处过烧杀混战的危城，一点脆薄的心情，也和白姑娘的手一样，被困苦的年光磨起重茧来了。然而今天受着西门夫妇的慈爱，使我的热情也自然而然的破茧而出，我喉咙间咽满了的情绪，却没方法吐出来，只有把两位老夫妇各抱吻了一下。

十二月二十五日（此日是后来补记的）

　　便是饭、蔬食、饮水，已经到人不堪其忧的地位，进一步只是饮水，你们看这忧可堪不可堪①？但我的病又只许我饮水，十天来，每天一罐清洁的冷水便是我的食料，不但不觉饿，而且排泄物还源源不绝。不过饮水固然高雅，胃上却作起痛来了。有一次我曾要求玫瑰姑娘给我一杯开水喝，她坚持拒绝了，说医生不许；及至我向加立野先

---

① 堪：释作胜任。《论语·雍也》："人不堪其忧"。　　——原编者注

生和麦蕾姑娘说明我们中国人是有喝滚热开水的习惯，而且现在胃上已被冷水刺得作痛了，然后我才得了喝热水的特权，不过仍限制每天只准喝两杯。

人生的嗜欲要求，本来是难有止境的，修养深的人，理性裁判力不过较强一点罢了。然而病人的心理，可以说是完全被一种野蛮的感情支配着的，他发生了一种要求，仿佛就是心理上的一种律令，凡是违反他律令的，就是他的罪人；以我今天吃橘子一件事证来，便是一个好例。

昨天何君来看我时，我便向他说我胃上太难受，虽然一天已能喝两杯热水，却总觉得水的味道太清淡，很愿意吃点含有别种质味的水果。何君平生勤慎得和诸葛公似的，便道：“你害的是肠胃病，还是自己节制的一点好……水果……怕不很合宜罢？”

然而何君终敌不过我的愿欲，只好即刻出去给我买了四个橙子，用纸包着放在铁几的下一格上。其后被我左邻罗尔服先生看见了，遂含笑向我说：“你太冒险了。你未得医生许可之前，无论如何是不应该吃别的东西的。”

“多谢你的告诫。可是我相信橙子必不会给我什么妨害的。”

“或者也不，但你总得隐藏着，要是医生知道，若飞尔夫人、玫瑰姑娘和让先生都要被骂的。”

“我呢？”

“你没有责任，责任是该他们三个人负的。”

哈！我倒没有料到这一层，原来病人的自由行动，病人自身是不负责任的，那么，我要不使他们三个人受责备，我只有牺牲了我的愿欲。何况我这愿欲也不十分正当。

到底不行，这种决心刚刚坚持了六小时便不彻底了；这也不能完全怪我，因为那可欲的东西近在咫尺，取携太便了的原故，当我把一个橙子取到手上，我不由便寻思："这就是我的幸福了！"因为幸福便是满足欲望的代名词。

到今天下午四点钟我正用被单掩着享受我第二个第七瓣橙子时，大约因为橙子香气很浓，让先生正在我床前作事忽然就注了意，走来把我被单揭起，哈！还有三瓣橙子。负责任的人当然有夺去我幸福的权力。可是我的自私心却不容许他。大概我此刻的怒色很是难堪，不能不使让先生屈服，他虽很为难的把橙子还了我，我终把他当作了杀人放火的强盗，把他的举动当成了平生的奇辱大耻。

我寻思："这简直是不合理的事，只要我自己评判橙子是可吃的，我就有吃橙子的权力，谁也不能阻止我。我偏要吃，我偏要正明光大的吃。"可是一反想："毕竟医生的权力比我自己的权力还大，这似乎应该同他商量一下……假设他不许我呢……我仍旧偷着吃好了。"

幸而加立野先生许了我。不过当我初向医生述说时，若飞尔夫人在旁边很为吃惊，连问我是怎样吃法，我说："只吃的汁水，你不信，我纸包里还留有这七瓣的残渣在。"加立野先生笑道："好。你可以吃橙子，不过每天至多四枚。"

不但我的愿欲占了胜利，而且加立野先生还吩咐若飞尔夫人从明天起，每天给我一公升牛奶，一公升可可水。

一千九百二十……年一月一日（此日是后来补记的）

自得病到今日已十七天，十七天的痛与胀没有断过一小时，而且十七夜也没有睡眠过一小时。不过到今天却是一个大转机，也算在我两个月病的生活中一个大变动。恰好今天又是元旦。然而病院中是没有元旦的。

因为从昨夜九点钟的时候，小肚中又忽然完全痛了起来——和乍得病时一样的突兀——比十二月十六那一天尤为难受，因为那一天还没有膀胱发炎的病。起初还勉强忍得住，大约到十一点钟时，腰间也胀痛起来，背上也胀痛起来，胸前也胀痛起来，那种表示难受的呻吟便不服压制，冲口突出。沙郎姑娘听见了连忙蹑脚走来问我怎么样，我只能向她摇摇头道："痛极了！"她把我身上抚摩了一遍，也微微惊呼道："啊！好多的汗渍呀！"但她又极力安慰我说："你无论如何须忍耐到明天早晨！"她又将我扶起来坐了一会。

到十二点钟，第二班的守夜看护妇上了工，——也是一位年轻姑娘——沙郎姑娘便把我十分的托付了她；那看护妇便把电灯坐椅移到我床脚下，我呻吟利害时，便起身来替我捶一捶背，扶我眠下，又扶我坐起；安慰爱抚的话差不多也说尽了；也亏她的劬劳，方使我忍至天明待全病室的人都睡醒了始大声呼唤起来。第一是左右两位邻居很替我不安，他们被我扰了一夜，知道我的病果然利害，待让先生一来，就叫他去催请加立野先生。第二是若飞尔夫人，担心我的饮食没有禁净，一面抚慰我，一面便问我除橙子外没有吃别的东西么？

八点半钟加立野先生走来，不及穿套衫就到我床前诊视，拿听筒把我胸背听后，又审视了我的脉息。正在这时候又来了两位医生——一位就是我进病院时最初在门口看我的那位年轻医生；一位有六十上下，两撇白八字胡，比他身上那件套衫还白，一副很滑稽的面貌，可是加立野先生对他很是恭敬。我揣测或者就是外科总医生——也都把我仔细审察了一番，三个人便在我床前商量了一会，末后加立野先生便叫玫瑰姑娘把冰袋给我取了。哈！亲爱的冰袋，我亲近了你十七天，你对于我的功罪，我简直不敢论定。请了，冰袋！无论你功绩再大，我若不再会见你，总算我的幸福啊！

麦蕾姑娘也来了。还有那一般助手练习生都屏风似的围在我床前。一直到那两位医生走后，加立野先生复命麦蕾姑娘用一种黄色药粉在开水中调成糨糊包在两层法兰绒内，给我通体熨了一遍，我方稍稍觉得可以忍住那无谓的呼号和呻吟了。又因我一夜不能小便，和最初得病的那夜一样，麦蕾姑娘复给我施了一次手术。

我想这完全是冰袋的影响，不然，何以把冰袋取去，另在脐下包了一条裹着滚热黄药粉的纱布，便把十二小时的病潮皆平伏了呢？哈！也真有趣！半小时前仿佛还睡在冰窟中，半小时后就温暖得如同负着焦阳，十二小时中紧张至极的神经，此时被暖气蒸软得同春波柔浪一般，十七昼夜不曾惠顾的睡眠，此刻也甜甜蜜蜜地到了眼皮上，耳朵里模模糊糊还听见喀伦先生正在问我："你服过了兵役不曾？……"梦神早已把我负在他黑翅上飞往无何有之乡①去了。

恍恍惚惚我竟回复到两岁多断乳吃饭的时候，一位未出嫁的姨母笑语如春的正拿着羹匙在哺我的稀粥，粥味是甜的，我自小就讨厌糖味，除了中秋的洗沙月饼，很少吃别的糖食，不由就举手去拒绝，姨母大笑道："李先生，这是药水，医生吩咐的！"阿那！却是沙郎姑娘！电灯已大明了，她正倾身对着我，我刚一睁眼就看见那一双黑绒花似的满含着笑意的眼睛，洁白的牙齿光明得带一层真珠的宝光，一只手上果然拿了一只羹匙，别一只手端着一只小茶杯；羹匙的尖端正放在我嘴唇上，　缕很甜的流汁细细灌入我的口中。我不及问她，先张口把这一匙吃了；沙郎姑娘喂我第二匙时，便笑说道："李先生，

---

① 无何有之乡：空虚乌有的境界，出自《庄子·逍遥游》："今子有大树，患其无用，何不树之于无何有之乡，广莫之野。"　——原编者注

你今天可大好了。阿那！你昨晚的光景真骇人。我不曾给你说，我那时看见你脸色白得和大理石一样，不错，简直是月光下带着露水的大理石，又惨白，又冷，又湿。你今天可睡够了，玫瑰姑娘说她来给你换四次纱包你都不曾醒过……"

我仍旧很疲倦，眼珠被电灯射得仿佛滴了几点醋在眼眶内一样，忙将眼皮闭上，不由的两行清泪突然就分从两眼角上流到耳朵里。

"……哈！你哭了。不要思想啊！少年。"

"你误会了。这是电光激刺了我疲劳眼珠的原故。"

"我相信，或许是的。好了，我到下班时再喂你三羹匙。"

"请告诉我，这是什么药水？"

"我不知道，是若飞尔夫人交给我的。"

此时病室里虽很热闹，但我仿佛被摩托车载着飞走，渐远渐远，就只听见一点隐微难辨的蝇声了。

一月四日（此日是后来补记的）

喀伦先生道："我曾一月零九天没有吃了。"

因为我饿极了，每天四个橙子，一公升牛奶，一公升可可水，实在安慰不了我的消化机关；今早曾要求加立野先生道："医博士，你能许我多吃一点不？一礼拜来，我很觉得饥饿，到今天似乎更忍不住。"他把我全身察验后，便答应了，吩咐若飞尔夫人，午膳给我一盘肉汤，一枚座子蛋，晚膳给我一盘面包汤。当我兴高采烈坐在床上，拿羹匙的尖端敲着座子蛋，向喀伦先生傲然地说道："你瞧，我二十天才进第一次饮食"时，他便这样回了我一句：

"你当然是很饿的。"接着又说：

"不如你。因为我害的腹膜炎，比你利害的原故……哈！你究竟服过兵役不曾？"

"你不知道我们中国是募兵制，不是征兵制，不必要人人服兵役的。我不曾服过兵役。"

"募兵制？这或者比征兵制好。法国人许多都不满意征兵制，因为二十一岁正是少年们作工或求学的时候，把他弄到最容易腐坏他精神的地方去生活两年多，这实在不是好事。"

"你是反对征兵制的了？"

"根本反对。因为两年多的兵营生活，简直是兽的生活，我现在回想到我曾经服兵役的那些时候，我还在惭愧哩。"

于是罗尔服先生也加入讨论起来，他也是反对征兵制的。由我们三个人的谈话遂牵动了全病室，几十个人的意见同时发表，也有赞成征兵制的，也有反对的，也有调和的，越争论越激烈。百合花姑娘因为她的未婚夫是此次大战殉身的，她不但反对征兵，并反对战争。玫瑰姑娘是最爱法国的，她说："我反对法国人侵犯别人的战争，但我却赞成法国人抵抗别人侵犯我们的战争。你们看，这么体面的巴黎，叫德国人占去也太可惜。我如有儿子，如其还有这样的战争，我一定要亲自送我儿子上战场去的……"

幸而进来了一个新病人，方把这番大议论打断了。

这位新病人是一位少年，从异床上看去似乎没有什么重病的样子。他后面跟随进来一个年老的妇人，一个年轻的妇人，穿着都很讲究，像是他的母亲和老婆，还有一个体面的少女，约有十八九岁，像是他的妹子，三个人的面容都带一种深悲亟痛的神情。病人一直抬到屋角一张空病榻前，若飞尔夫人接着问了几句，便叫让先生和两个杂役从外面取了几扇短屏来，立刻就把一角之地隔出了小小一个特别房间。接着那老医生——即是我猜他是外科总医生的那一位，和临门看病的那位年轻医生，还有一个身材绝高的医生都来了。我们隔着屏风看不见那特别房间内的情形，只听见妇人们隐泣说话的声音，和病人翻肠倒肚的呕吐声。百合花姑娘和玫瑰姑娘都只在屏风外传递东西，内中只是病人家属和医生们以及若飞尔夫人，一会只看见那位少妇和那位少女已把外套脱了，仅穿一件浅色薄绸的上衣，袖口只齐肩下四寸许的地方，胸背上部几乎全露在外面。急急忙忙的一会走出病室，一会又走入特别房间，不知道做些什么。

　　我揣测那形势，或者是一位有地位的有钱人，但何以又走入这普通病室来呢？不然，何以又在普通病室里占据一角特别地方？而医生来至三人之多，并且久久留在里面，并且服伺的还是看护长呢？尤难推测的便是那少妇、少女的态度既如此高华，服饰既如此时髦，绝不是中等以下人家的人物，既对于病者这样亲切，这样关心，又亲自动手服伺，何以不把医生请到家里去诊视，而屈尊到病院的普通病室来呢？不但我不明白，便是喀伦先生，罗尔服先生，玫瑰姑娘，百合花姑娘也不明白。彼此都很诧异的互问道："这是什么人？"

　　三个医生也换着走进走出，加立野先生来时，也进去周旋了一会，并且到傍晚又从外面请了一位老医生来诊视那病人，据玫瑰姑娘说这位老医生是很值价的，每次遇有极重大的病症请他来一天便须一千法郎。但那病人依然是那样的时时呕吐，到半夜仍被两个杂役抬着走了，我是时一心在瞌睡上，便也不再管他的下落。

一月十日（此日是后来补记的）

　　人能够毫不经痛苦便看见自己的肠子，这可不算是奇观吗？

今晨从五点一刻开电灯起，我就希望怎么一步就可跨到十一点钟，岂不甚好。因为医生前天便说到十一点钟送我往爱克斯光线照像处去影照我的肠子，以便定夺给不给我施手术——因为我曾要求他三次给我把那段发炎的盲肠割去，免得以后再发。他却很迟疑的，以我尚有别的病，恐怕施手术不便，所以才须待爱克斯光线影照后再定——其次就是禁食了两天，并且服了一次泻药，把前四天吃的一点东西早排泄得干干净净，到今晨已饿得不堪，虽然曾请何君给我买了许多食品：沙丁鱼、奶饼、火腿之类的东西，但恐怕吃了又有碍于照像，只好用力地忍住，待照像后好大嚼。

玫瑰姑娘不知道我那难堪的脸色是由于饿与着急，却疑我不晓得爱克斯照像是怎么一回事，或害怕蹈险，特意来安慰我道："你只管放心，爱克斯光线照像是丝毫没有危险的；又不经手术，只是一缕光线透过你的腹部，你自己丝毫不觉得有这回事的。"

我倒好笑道："你完全猜错了，我只是饿。"

"饿吗？更不要紧，我把饮食给你留着，你回来就吃，不好吗？"

好容易到了十一点钟，两个杂役刚抬着空舁床进门，我便比着手式叫他们过来。若飞尔夫人正在分散饮食，便丢下汤勺过来照料我，几个人把我安置在舁床上，用两床呢被通身盖好，只把脑袋露在外面。临行时，不但那般熟人，便是许多从未交言的生人也都摇着手向我笑道："平安旅行！平安旅行！"

哈！恰也算得一种"旅行"，也不让克沙威野得买斯特的"绕屋旅行"专美了。

今天天气虽不很好，却没有风。在病榻上仰卧了二十五天，除早晨仅仅呼吸半小时许的鲜空气外，终日终夜都包围在纸烟气和碳酸气中间，所以刚一出了广厅，看见那青灰天色，和院子中四五株黑干无叶的大树，冷洁的空气从鼻端一直透到肺腑的深处，精神上简直说不出的欢欣。

那异床恰是绕着病室侧面在一条很长的窄衖中走去，不久又上了两重楼梯，走到一间方约二丈的小房间内，杂役把异床放下，将我病榻上悬挂的那张"病历"，和加立野先生写的一张纸一并交给一个看护妇，那看护妇道："第十三号。人还多哩，你们十二点一刻再来罢。"

第十三号，大约就是最末一号了。这房里连我的一共三张异床，那两张上都是女人：一个有五十岁左右，一个三十左右；都瘦得骇人，尤其是那个年老的，乱蓬蓬一头灰色头发，残缺不整的牙齿说话时齐根露在唇外，眼眶深得可以放下一枚小鸡蛋，两颐愈陷，下颌愈突，不亏一张皱皮包着，简直就是一个骷髅。此外条凳上还坐了一个中年妇人，四个中年男子，都穿着病院里划一的蓝呢外套，脸上都带着病院里应有的愁惨苦痛的颜色。几个人中只有那个活骷髅的言语多，一点钟内几乎就是她一个人在唱独角戏。

壁间两道门，靠里面一道，是医生看护妇出入的，在我身旁一道，是病人出入的。每次门一打开时，就听见里面轰轰隆隆仿佛是电气发动机的声音，而里面乌黑不见一点光线，简直不明白内中是什么玄妙。

唤到第十二号便是异床上那个中年妇人。她刚被两个杂役用手臂架进去时，钟楼上已敲了十二点，一阵脚步声便启门出来了八九个医生——或许是实习生——两个看护妇，把我随意瞅一眼都向外走了。我骇极了，寻思："这不完了事吗？单单把我剩下，岂不又要我多饿一天么？"我此刻只把加立野先生恨极了，他为什么不使我早一刻钟来，并且引伸恨到病院的规则，为什么到十二点钟就不工作，假使我来定规则，医生只宜换班休息，不应该使病人来将就医生的。

　　恰好，不上十分钟，那两个杂役又启门出来道："第十三号。"

　　我初初被抬进去，坐在一张椅子上，仿佛就进了黑暗地狱，只屋子中央低低有一盏光线极惨淡的绿色电灯；凝神有二十秒钟始渐渐辨了出来：绿色电灯前正坐了两位有胡子的医生，对着医生正赤裸裸站了一个妇人形状的人我不曾辨得清楚，那妇人已把汗衣穿上，屋内四盏大电灯齐明，原来就是第十二号，一个看护妇把外套给她披上，两个杂役仍把她抬着走了。

　　就这一瞬时间，我已把全屋的形式看得了一个大概：靠壁一个绝大的铁柜，轰轰隆隆的声音便从这中间发出，柜外和柜侧还有许多复杂不易分辨的机械；地上纵横都是树胶线缠裹的金属丝；那三只屋角上都放有许多奇怪的器械；我最看得明白的就是中央那副机器，对着医生仿佛立了一道屏风，有五尺高，二尺多宽，屏后一具仿佛海船上那种探照灯样子的器械一副，不过不很大，灯面对着屏风的中一段，相距有五寸远的所在。此刻两个医生已指挥着看护妇把我汗衣脱了——通身就只一件汗衣——把我扶去站在医生对面，背抵着屏风。我因为二十五天没有起立过，两只腿虽不像棉花，却也像在醋酸中浸过的骨质，站着只是要倾跌。看护妇捉住我一只手臂，将我用力支着，我还转过那只手去把屏风把住，始站稳了。至此，我方知道屏风是幛了呢的，里面是铁板是木板，我却无从知道了。

　　医生待我不动了，把身旁电钮一按，又只留了我面前那盏惨绿电灯；随后医生又把另外一个电钮一按，便听见屏风后那副机器咪咪咪的响了起来。医生把悬在我头上的一块仿佛上了色的玻璃板拖下，紧紧贴在我小肚子上，哈！玻璃板上竟被我看见显出我那曲曲折折的盘肠影子来了！

　　原来那具小探照灯光是透过了幛呢的屏风，又透过了我的肌肉。

但何以独看见我的肠子？因为昨夜若飞尔夫人既灌了我一大碗粉浆似的，又有一点石灰气味的白药，现在想起来，定然是那白药凝在肠壁上不使透光的结果了。

两个医生一面审视，一面谈论，约有一分钟的时间，便有一个医生将一张透明的鱼油纸铺在玻璃板上用铅笔照着我肠子的形势勾勒下来，很快的勾勒完了，把电灯打开，把那机器停止，看护妇仍扶我到椅上，把汗衣穿起，抬我"旅行"的两个杂役已来，依然将我安置在异床上，于是我这番"旅行"便平平安安的结束了。

一月十一日（此日是后来补记的）

我因为昨天站立了几分钟，似乎觉得痛与胀竟稍好一点，何况因为爱克斯光线照像的原故，纱布取消更没有累赘；很愿意下床试着走几步。正蓄了这个意思，让先生便来向我说，要抱我去过秤——病院里每礼拜一换一次被单，换一次汗衣，自我入院以来，换汗衣是玫瑰姑娘帮我换的，换被单便是让先生把我轻轻地抱往一张空床上，待换齐楚了，又轻轻把我抱回来，所以我有动作，总是让先生做我的脚——我忙拒绝他道："请你扶着我走去好了。"

我左右两位邻居和让先生都惊笑道："你能够吗？"

我已坐了起来道："试一试罢。"

我仍只穿一件汗衣，赤脚下了床，仿佛才学步的小孩子一般，手上不挽着人，立刻就要跌倒；就是挽着人，两条腿还不住的打战，才走了几步，把玫瑰姑娘、百合花姑娘、若飞尔夫人都笑得拍手弯腰。

那具秤在办事室门前，上面放了一把椅子。让先生扶我坐在椅上，把铁柱上号码一看，报道："三十公斤正！"哈！无怪我通身只剩了几根挺硬的骨头，原来损失了二十五公斤。

若飞尔夫人叹道："好孩子，你的损失太大了！好生当心啊！将来就是十倍二十五公斤的滋养品，也难把你骤然复原的。"

我扶住让先生走回床前时，便回头要求若飞尔夫人许我在椅子上坐一刻。她答应了。玫瑰姑娘便从床下布兜中把我的外裤、袜子、鞋子取出来给我穿齐整了，我很高兴地竟坐了一刻钟之久。

及至再睡上床的时候精神也很好。腰间固然还是痛还是胀，但已毫不妨碍我的精神。于是才打叠起千万愁丝给我母亲、给吾妻各写了一封长信。

信上最难措词的便是解释这四十天不寄信的原故。因为我自从到法国以来，寄的家信差不多是五天发一封，至迟不过八天；家里的人已经是有了时常接信的习惯，忽然中间断了四十天没有信，纵然是极疏忽的人，也一定要因惯习的事突然中辍，犹之有酒癖的人突然缺了杯中物，一样要发生一种不安的，何况我对于我母亲和吾妻的关系，还远过于酒人的酒呢！我当怎样向她们解释？借口说事忙吗？但吾母和吾妻绝信我能够因为别的事情而把最愿着笔的家信抛荒的；故意说四十天内本是按期发信的，信上还假装问她们收到否，这也是一种方法，但中法间的邮务任凭怎样靠不住，也绝难使人相信一连失落八封信之多的；而且我以前的信大半是在一张大纸上用钢笔写蝇头一样大的字，也差不多成了一种习惯，今天不但不是用钢笔的，进而写的字有胡豆大，歪歪斜斜也和平常的字迹迥异；以我平日对家里来信的观察说来：只要吾妻的字迹稍为潦乱——吾母年老眼昏不能写字，即是吾母的信也是吾妻代笔——就要狐疑不是写字的人害了病，就是生活失了常度，或是心理有了不安，何况吾妻对于我的注意，似乎比我对于她的还亲切十倍，而吾母又是饱经忧患，最善设思的人，岂有不因字迹不同的原因，引起她们的疑惧来的吗？所以我沉思许久，还是觉得世界上唯有说真话，倒是最能使人相信，最能安慰人的方法。不过我的真话中间终不免稍带几分假话，这是许可的，因为经过空间距离三万多里，时间距离七十多天的一封动人心魄的信，从各方面着想来，关系都很大，不能不把十分的病情减轻至三分，二分的痊可增加上七分；再一寻思当家中拆读我这封信时，或许我已健跳得和野牛一样，我又何必把当前暂时的状况去惊人呢？所以在我这封信内完全用的一进三退的笔调：例如开始才说："我不幸小病了一场。"接着就说："现在已差不多好了三分之二，以后只是调养的光阴了。"既然这铁拳已挥了出去，我就不能不预许家中每天发明信片一张，三天发长信一封。哈！写家信倒是一个养病的方法啊！

一月十四日（此日是后来补记的）

今晨又要去作一次绕屋"旅行"。

我甚愿一试法国外科医生施术的手段。在这病室内我曾看见过十个新来的病人，有几个是害脚疾，两个也是肚腹内的病，还有一个泥水匠从十米的高处跌下来把脑骨跌损，抬进来时已是昏迷不省人事，都是到治疗室去经了两三度的手术，初次经过刀锋，当麻醉药性一解后，诚不免痛得狂呼乱叫，但是不到七天就安泰了，十天就能下床了，我很羡慕他们回复健康的迅速。所以初次照过爱克斯光线的像后，便希望医生定计给我割治，然而加立野先生总说："还不能定，还不能定。"

当昨天医生又命我禁食时，我非常高兴，这由于在病室中的经验，凡是往治疗室去的病人，事前一定要禁食一天，并且还要吃泻药。

可是到今晨才知道又要去"旅行"，不禁使我大失所望；不过也好，又令我得以享受十几分钟的大气的清福。

这一次又是我殿后，不幸啊！直到十二点半方进了暗室。今天暗室内的布置又改变了。那立着照像的屏风却变成了一张高台，探照灯似的机器藏在台下，我一进去仍被那看护妇将我剥得干干净净的，把我仰卧在台面上。因为我昨天不曾吃白药，看护妇遂拿了一罐白药从谷道①中给我注入腹内，然后医生从台下放出那爱克斯光线，把尺许长，八寸多宽一块照像受光片紧压在我腹上，约四秒钟便毕事，这一次我不曾看见我自己的肠肚。

一月十六日

到今天算把得病以来一个月的日记补记到一个大概，虽不详尽，但还是自信把这一个月所感受的印象切实写出了。

仿佛记得自我父亲病故后，十五年来尚不曾堕过伤心的眼泪——往往在酒后觉得百感交集，只要有可哭的机会，也曾大哭过许多次，不过只是酒精的作用，算不得真正伤心——今晨为加立野先生一句话，止不住竟大动了一次感情。因为加立野先生察视我的病况后，便老实对我说："你的病除非到热带地方去不能痊愈的。"麦蕾姑娘补足一句道："在巴黎断乎不能好……"

果然一得病就死，倒是一件爽快事。虽然那时相信或者不是死症，可是每到痛极的时候，觉得死了倒是一个大解脱，所以来看病的朋友们虽然脸上都带一种为我忧危的样子——尤其是西门夫人，往往

---

① 谷道：即肛门。　——原编者注

一面剥橙子给我一面便向我说："孩子！不要怕，你的病情固然重大，但你精神还好；只须你保着这番精神，不会有意外事的。"——可是我自己倒毫不动情，有时还笑着向他们说："你们未免太为我怕死了，或者你们是吝惜一个花圈的原故……"

但是今天却再也不能这样达观了。当医生走后，我便寻思："假若他的话真有道理，那吗我便只有在巴黎等死的一条路，因为我没有钱往热带上去养病！唉！生死也真算不了一回什么事，只是金钱的势力！"我气忿极了，本没有吃酒，而十五年不堕的眼泪，竟没有力量把它收回去。

早膳后，若飞尔夫人又来向我说："医生说你的病最好到内科病室去调养，因为既不施手术，外科病室便与你不甚相宜。你只管放心去，那病室的看护长散蓝姑娘也非常精细，非常和蔼的，并且那病室就在这一间隔壁，我只要得闲，仍时时过来看你的……哈！好孩子，你为什么不高兴？"

她既不知道我不高兴的原故，我又何必向她说呢？她却以为我是系恋这间病室的原因，倒老实费了她一番安慰的言语。玫瑰姑娘也尽力的宽慰我道："我告诉你，内科病室比这里好多了，第一是清静，房间同这里一样大小，但只有二十几个人；第二饮食比这里好，其余还有多少好处，你去了就知道的。"

到两点钟时，玫瑰姑娘便来给我把零碎东西收拾了两大包。让先生轻轻把我捧在他两臂上，这就是我由外科病室迁往内科病室去的情形。临行时喀伦先生、罗尔服先生、百合花姑娘，还有好几个认识的人都含笑挥着手道："再会，再会！祝你痊愈！"

看护妇因职业的原故，虽然性情是最温和的，可是因为和病人周旋久了，痛楚呻吟把她们的情感愈磨练愈冷静，一句话说完，就是病人之在她们眼中，只像商人们的一些货物，爱怜护惜的目的，只是为他的职业，对于货物本身并没有多大的关系。所以玫瑰姑娘能够把东西给我安置妥当后，让我把她的手抱吻了一下，并许我得闲就来看我，这总算是最难得的机缘。

内科病室果然室大人少，果然与哈额尔病室相距只两重门，老散蓝姑娘果然和若飞尔夫人一样的和蔼可亲。可是在我心里总觉得不自在，总觉得有一股很阴沉很幽郁的气象笼罩在我的面前。

……

一月十七日

把我昨天所感受的不快，仔细分析起来，有两个原因：第一，外科病室的病人大半是中年人，害脚疾和疮疖的又多，大抵病人的身体俱未受多大的损失，而精神也好——像我那样奇瘦如鬼的只有三四个，有两个也移入内科病室来了——法国人是最善寻乐，最爱说话的民族，只要精神身体能够济他的愿望，他绝不做假，绝不把外表的生活和内心的生活放在反对方向上去的。所以外科病室的气象活泼得同恳亲会场一样。有时晚膳之后，大家据床豪谈，豪谈不足，继之以歌，一唱十人和，纵然心里有什么不欢的事情，也被这种洋洋的乐气扫除得干干净净了。内科病室正同它相反，病人大半是很沉重的病，外科已经不能为力的，才移到这里——像我移来调养的只算是例外——差不多那生趣已被病魔夺去了十分之七八；并且龙钟的老年人占多数，终日都僵卧在灰呢被下，闭着眼睛不言不动。

第二，外科病室里只有两个外国人，除我外，还有一个中年的黑人。他的法国话说得差不多和法国人一样好——这黑人是在我后一礼拜进来的——带的法国气习也最重，我估量他一定是在法国安居下去，再不回他马洛克故乡去了。因为送他进病院来的是他一个最年轻最妖艳的法国老婆——巴黎妇女最喜欢黑人，大约是生理上的关系，往往一个妖娆的美妇，雪白的手臂上总挟一个面貌严整，身裁雄伟的黑人，于稠人广众中谈着醉心的情话，当事者视为故常，旁观者也毫不觉怪，倒只有我们乍从远东来的，见了橐驼①谓马肿背的少年们，反觉得太奇特——而平日来探望他的也是一般带绅士派的法国人；平常他的言语最多，又时而唱几曲他马洛克的情歌，所以虽是一个外国人却比法国人的兴致还高。内科病室就不同，外国人几乎占一半的数目。有四个仅能谈一点最普通的法国话的希腊人，一个俄国人，两个黑人，法国话都说得不好，还有一个连马丹②两个字音也说不清楚的德国老头子，所以谈话的时间愈少，而空气也愈沉寂如死了。

……

我不知道内科病室的实习生何以这么多？大概有三十多人，八点钟时都陆续来齐了。

我今天便做了一具试验品。有十几个实习生把我围绕着，这个才扶我坐起，把耳朵贴在我背上，叫我连数十几个"三十三"，那个又扶我睡下，把耳朵贴在我胸前，叫我连数十几个"四十四"，麻烦了我半点多钟，一直到主任医生进了门，在第一号病榻前诊视时，方一哄而散，拉到第一号病榻跟前去了。

主任医生诊视到我的名下，我以为那般扬扬自得的实习生们既那

---

① 橐驼：即骆驼。　　——原编者注
② 马丹：法语"夫人"的称谓。　　——原编者注

样细心的把我麻烦了，一定也和麦蕾姑娘一样，可以不必再须我自道
了。却不然，没有一个开口的，哈！他们的举动才是一种不负责任的
消遣啊！

主任医生我始终没有问过他的姓名。比加立野先生矮一点，却很
伟壮。当他诊视我后，我便问他有没有危险，他笑道："谁说你有危
险？不过你太衰弱，却要当心保养便了。"

因为我太衰弱，所以我吃的饮食也比别人的精美；或者又因为我
前月的损失太大，现在滋养的需要也特别利害，只是病院照例的一些
牛肉、鱼肉、羊肉等，还满足不了我的食欲，何君每次来看我时，还
要给我输运许多自己做的中国菜——是我把作法写给何君叫他照办
的——和奶饼、沙丁鱼之类。

一月二十日

或者因为我很吃得的原因，今天下床步履居然可以支持了。

我右邻那位生黄须的少年便向我说道："你可高兴了吗？你居然
走得了。"

哈！那少年可怜啊！他便那样毫不转侧的仰着在病榻上睡了两年
零八个月！头发枯得和秋草一般，眼睛里随时都带一种无生趣的神
情，肚腹肿得发了亮。据他自说已一年零三个月，除了喝汤喝水外，
一点干硬的饮食没有进过口。每天看护妇用药水给他清洗一次大肠，
每天医生要仔细察验他二次。他又自说除了一个女朋友外，世界上已
没有一个亲切的人，而他的女朋友——是一个银行里打字的姑娘——
又因为很忙，一个月中只能来看他一次。哈！何等的孤零！何等的可
悲！以他一个人的身世，就代表了此次欧洲大战中一部份的哀史，为

什么？因为他就是一个战争的牺牲者。

　　我曾几次问了他的身世，他总摇着头不高兴说，今天却自己愿意告诉我。他道："哦！你倒是一个热情的外国少年！多谢！你竟服伺起我来了——因为他的小便瓶已盛满了，正拿在手上等候看护妇，我遂给他拿去倾在屋角一只盛污水的桶中，这种举动，是我向别的那般可以行动自如的病人处学来的——好罢，我可以把我不愿向外人述说的历史告诉你了……"

　　欧战前他是法国邮船上一个执事员，曾到过三次西贡。到末一次，他正想在西贡寻一件事情立脚；他很喜欢西贡的风物，向我说至今他还梦想着不曾忘记哩，偏偏战事发生。到第二年他就被征到一百三十六联队，在松末河上和德国人以炮火相见。三个月后他的大哥二哥都已战死，他肩头带了伤，退到三角坂战地医院，半年医好了，又调至凡尔丹。他三哥也在凡尔丹，到第一防线被德国人冲破时，有人说他三哥和德国人短兵相接，杀了两个敌人，但也死在敌人的刺刀下。他哩，直到第二防线将破时，才第二次带伤；这一次比头一次利害，是一颗流弹打在小肚中没有出来。当时在战地医院割治后，便中了毒，伤倒好了，而腹部却愈胀愈大。转了八个病院，末后才转到这里，又已十一个月。他原来除三个哥哥外，还有一位母亲，也因伤心太甚病死了。他们都没有结婚的，他们都是法国北部的人，到现在亲戚故旧俱不知流散在法南什么地方去了。只有一个女朋友，假若他不受伤，不病到如此，很有希望向她求婚的，末了他更凄然的长喟了一声道："还有什么希望？我只求能够再这样过两年，就对得住我女朋友了。"

　　"这是什么意思？我不懂。"

　　"你自然不懂。我告诉你，因为我很爱我的女朋友，她今年二十七岁了，虽不因为我，但她很穷，没有嫁资，所以还没有人向她求婚。我哩，又很希望她能够嫁人，当一个有幸福的母亲。我愿意助成她。不过我也没有钱，被征前我只积了一千多法郎在银行里。自我受伤后，国家每月给我八十法郎的恤金，我一个不花，通通存在银行内，连原来存款已一共有三千多法郎了。假若再有两年光阴便可积至五千法郎，一齐赠与我女朋友也算得小小一笔嫁资，她就可以有幸福了。你可懂了吗?"

我见他说话时，两只棕色眼睛闪闪作光，仿佛已看见女朋友做了一个家庭的贤妻良母一般，我懂得他要忍辛茹苦把他的爱情深深的埋在他女朋友心坎上，所以宁可这样学蝉子似的"饮而不食"，又学僵蚕似的不转侧的再睡两年。哈! 爱情!

我握住他的手道："你不要失望，或许你的病竟好了呢?"

"没有的事。"他只奇怪的笑了笑。

"你的女朋友当然是爱你的?"

"以前或许爱我。现在不见得了。……我也原谅她，我已没有叫她爱我的资格了。……"

我一面为他而生无穷的感慨，一面却私自称幸我还没有到他那种失望的地位上。

这少年名叫龙沙尔。

一月二十二日

我对床那个孩子的情形很不佳。前天他还能勉强下床服伺人，可是走一步咳一声，比七十几岁的龙钟老人还衰弱。昨天已不能下床，并且不咳了。昨晚一个中年妇人来看他，孩子僵卧在床上，直如一具大理石的雕刻一样，那妇人抱着他颈项哭得全身都掣动了；两个看护妇一面劝她，一面称她做夫人，或许是孩子的母亲。但是孩子今天这样沉重，呼吸紧凑到和赛马场的马一样，医生叫看护妇给他在口中含了一个助呼吸的树胶养气瓶。何以那妇人竟一天不来呢？或许不是他的母亲，或许是他的母亲而因生活牵掣不能自由，总之，是一个疑问。

到五点钟，孩子便呼号起来，大约二十分钟这样长号一声："妈妈!"简直不像是人的声音，就同杀牛场中，被刀子刺入颈去，鲜血长流时的凄惨的牛鸣一样；又像空山夜静，旅人宿在茅屋下，所闻的野兽嘶声似的；那颤动的音波比什么还激刺人。

我向龙沙尔先生道："这种临命的惨呼，你怕也受不得罢?"

"这倒是我在战壕中和野战医院内熟闻的声音。不过这孩子的呼声更酸楚一点罢了。"

一直到灭电灯后，那呼"妈妈!"的声音，越悲哀越慢长，我从三峡来回三次虽未听过猿啼，意想唐人诗中所谓的"断肠啼"大概也不会比这孩子的呼声再惨的了。我没有方法，只好拿呢被蒙着头，到他将要长鸣时，我便用被单紧紧将两耳堵住。但是那声音的力量却能透过我的手背和几重纤维质。不过后来一声一声相距的时间渐长，而音波也渐低弱，到我听见他断续不清的向坐守在他床边的看护妇说话时，已十点半了。

随后这看护妇披了一条肩巾便出去了。我以为是去招呼他的妈妈，不然便是招呼住夜的医生。都猜错了，原来跟着看护妇进来的却是一个穿黑色的长袍，胡须满颊的教士。孩子是天主教徒，要做临终忏悔。孩子有什么过，也值得忏悔吗？我只听见那个穿道袍的滑稽家在孩子耳边低低的不知说了一些什么，孩子断断续续的应着声道：

"是的……是的……"一会又说："我十五岁……叫密舍尔……"约有四十分钟，滑稽家走了，看护妇拿电灯照着路，我看见他那被葡萄酒和"比服歹克"滋润得红而且肥的面孔上，还没有自以为不动情绪的战士龙沙尔的脸上悲戚，我颇能原谅他，他本是以听临终忏悔为职业的人，要是每次动感情，也绝不会痴肥如此了。

　　孩子的声音大概也被教士带走了，一直到他断气后，更无一点声息。我看见看护妇将他的汗衣脱去，用被单裹着，上面又盖了一床被单，那十五岁还未十分发育的可怜的密舍尔，便如一段枯木似的，隐隐突起在白布之下。我又看见不一会进来两个杂役抬了一具马口铁棺材，将这段枯木装在里面，用盖子盖了，悄悄的抬了出去。我又看见那看护妇和教士一样毫不动情绪的把那张床上所有的枕头被单呢被，以及密舍尔穿着过的汗衣外套，服用过的水瓶、杯子、夜器、漱盂、刀叉、羹匙，打成几包，提出门去，大约是送往消毒所去了。及至看见她转身把床褥也揭去了，那张床上连密舍尔的微尘也不剩了，我方朦胧睡去……

一月二十三日

　　家中凡是死了一个人，这人的声音笑貌，留在生人的记忆中不知有多久。假设死的就是十五岁未成年的小孩子，他所留与人的纪念，大约也须经过十年二十年始渐渐地有模糊不清的一天。独有病院中，死一个人真还敌不住吹灭一支火焰熊熊的蜡烛，因为蜡烛骤吹灭后还有许久的油烟气，而病人死后便更无人再提说他一句了。或许密舍尔给我的激刺要特别大些，所以我今晨一醒，便想起昨夜那种惨景，不由便注目在那张空床上。不错，密舍尔果是特别给了我一些激刺，不然在外科病室也曾看见死了两个人，就在这内科病室，当我移来的第三夜也曾看过一次死人，何以那三个死人都不很十分感动我呢？或者那三个都是老年人，死亡本是他们应该接触的，并且三个人临终时也很安静，并不像密舍尔那么动人的原故。

因为密舍尔的死亡，我又很为他邻床那位希腊少年担心。那少年不过十八九岁，害的是贫血病，不但比我加两倍的瘦弱，而且一点精神没有。还有那个德国老头子，差不多有六十岁上下，看不出他是做什么职业的，也终日不言不动，睡在床上。凡是他需要东西，或有什么动作，只用手示意，看护妇都特别当心他。主任医生不能说德国话，有一个助手的德国话倒说得流利异常，每天早晨那助手必来和他畅谈一番。除此之外，他那说话机关只有等他老婆来时才有用的机会。他老婆也是一个德国老妇人，每天下午只听见两点钟的钟声一响，余音未尽她就推门进来了，简直不差毫厘。来时手上总是提一具食盒，那德国人便据床大嚼，这妇人能够说一点法国话，当她丈夫大嚼时，她多半寻着看护妇细细问她丈夫在这二十四小时中的情形，往往一句话必要一字一字的说上四五遍，她方点头表示懂了。大约每天那看护妇必这样极不惮烦的和她作半点钟的会话。看护妇向我说，自那德国人从外科病室移来七个月中，无一天不是如此的，这一来又引起了我无穷的心思了。

一月二十七日

今天使我最诧异的，便是那每日不差毫厘进门的德国妇人竟落后了。当钟声镗嗒时，病室门一启，我以为定是她了，依旧看我的《晨报》——每晨八点钟时，有一个卖报的老太婆专门到各病室里卖报，我从在外科病室起，每天照例买她一份《晨报》，往往当我酣睡未醒时，她就把报放在我床侧小铁几上——可是那脚步声大不相同，并不是那德国妇人穿着平底鞋在地砖上窸窸窣窣一步一拖的声音，却是一种极清脆，极有致，而每步只走四五寸的细碎高跟鞋的声音，并且是反方向，一直对着我这一方走来的。我不能不抬起头来了。

哈！一个时髦的巴黎女子，封顶缎帽戴至眉毛上，披着一件锦葵色呢外套，一条水獭披肩。是谁？啊！龙沙尔先生早伸出两手热烈的笑道："日安，依丽沙白！啊啊！你又来了……"

原来就是他拿苦痛卖钱来助嫁的女朋友。不错，果然是个令人魂消的巴黎女子。她把外套脱去，两条凝脂琢玉、直露至肩头下的粉臂，早环在龙沙尔先生瘦来只剩一把的颈项上……

我替龙沙尔先生难过极了。假若我处在他那地位上，我绝没有他那种还希望再缓两年才死的勇气的，我不能再留着来看他们那样没奈何的爱情剧了。我非逃不可。

我穿上外裤，披上外套，戴上遮阳帽，约着一个行动自如，曾经到过美国，与我同日由外科病室移到内科病室，最愿意同我闲谈的法国人，一同下楼——因为不靠他帮助，我便不能下楼——到他昨天引我去散过步的院子中来。不过我脑经终被龙沙尔先生和依丽沙白姑娘扰乱了，哈罗尔先生——就是我这位同伴——与我谈了多少话，我俱没有听见；只呆呆的坐在石凳上，烘着微带春气的太阳，看着碧天上一片舒卷不定的白云。究竟我想些什么？我自己也清不出头绪，不过可以说，有一大半的心思都萦回在锦江玉垒之间罢了。

我迷惘了好些时，哈罗尔先生忽把我肩头一拍道："走！我们买糖果去。"

我虽不喜欢糖果，但也自然而然同着他一道穿过几重小门，来到另一个大院落中。这院落布置很好，有许多长青不谢的松树，中央一个喷水池，沿池四片花坛，地上铺着不凋的青草。但是院子中散步的尽是妇女。有穿平常衣服的，有穿病院制服的，笑声四彻，几乎令人不相信是病院。旁边一间小屋子，便是卖糖果，卖邮票，卖笔墨信纸以及各种必需杂货的东西。窗子外拥了十几个年轻妇女，都是来买糖果的。中间有尚披着头发不过十六七岁的小姑娘。我低低的问哈罗尔先生："这里可是妇人部的院落？"

"不但是妇人部的，并且是产科的。"

"哈！这小姑娘也是产妇吗？"

"怎么不是。因为年轻，所以才不知道避孕的方法。"

"啊！未免太年轻了。"

"倒是的。不过巴黎的女子，你或者不知道，十六七岁堕落的多得很。但她们有了一次经验，大概总要到三十以后正式嫁了人再第二次怀孕了。"

哈罗尔先生因为要写信，我便独自到那小院子中去等他。差不多到四五点钟了，他还不曾来，我再到产科院子中找他，已不知他往哪里去了。这却给了我一桩困难事，我独自一人却怎么上得楼去呢？

我正在楼梯口徘徊，忽然一个穿着讲究，步法娉婷的女人老远的便笑着向我走来道："啊！李先生，你居然出来散步了，你大好了吗？"

她的帽子戴得很低，当额又簇了一团头发，青狐披肩又将两颊壅住，我简直认不出她是谁。及至她走到我身边，把一只戴黑皮手套的手伸给我，偏着头注视着我道："你就不认识我了么？"

哈！我认得她了，因为她那绒花似的一对澄清黝黑的大眼睛，依然如故，我认得她了。

"恕我，沙郎姑娘！因为你穿着不同，我简直把你当作一位拿眼角看人的贵小姐去了。"

"你看我这身衣服还不坏吗？"

"简直是阿德涌，娥北纳头等女伶，我敢向你发誓说。"

她高兴极了——巴黎女子的虚荣心直可称为世界第一，不仅是她们的风致，她们的艳冶，她们的装束——把编贝①似的牙齿一齐露出，握住我一双手道："你真是一个可爱的调皮的少年！你几时出院？"

"你瞧我能够几时出院？"

趁此机会我便请她扶我上楼去。她当然允诺了，把我半边身子都挟在她手臂中，还一路取笑我道："让先生说你不过重十公斤，我测量来似乎只有五公斤罢了……"

我们在病室门外分手时，她又道："喀伦先生，罗尔服先生们都很念你的，你今夜可以过那边来谈谈么？"

我推门进去。依丽沙白已早走了，我们床间空气中似还留有一点余香。龙沙尔先生把眼睛定向着空中，两片嘴唇弯了成一条弧线，静静的仰卧着，一言不发。不过脸上的神气太难看：失望，安慰，愁苦，快乐，似乎各种元素都有一点。

我身体自能行动以来，从没有像今天这样疲乏过；脑经也没有像今天这样不宁过，我亟须好好的休息，今夜能否践沙郎姑娘的约，能否往外科病室谈天去，此刻还不能定哩……

① 编贝：形容牙齿洁白整齐犹如编列的贝壳，见《汉书·东方朔传》："目若悬珠，齿若编贝。" ——原编者注

一月三十日

今午我的床前不期而会，又来了许多朋友，可是我今天很不高兴和众人应酬，甚望他们不必等到四点钟便一齐走了，岂不爽快。这因为何君给我运输食品来时，顺手带了一封家信来，很厚，大约又费了吾妻一夜书写的工夫。偏偏西门夫人、纪诺夫人和小路意丝有那么多问不完的关心话："现在肚腹内痛得怎样了？夜间睡眠还够么？饮食还好吗？……"

一直到四点钟响了，看护妇高唤道："先生、夫人们，请便啊！"然后她们才同我抱吻告别走了。偏偏又有一位多事的夫人，是我左手隔两张病榻的一位病人的老婆，是一位壮美的少妇，她每次来看候她丈夫，由我床前过时，必要殷勤的同我握握手，闲谈几句，今天她仍按照原例，我只好忍住十二分的不耐，待她刚一转身，我遂急忙拆开了家信：哈！不但信笺较平常多一倍，而且还带了一张吾母同吾妻合照的像片来。

……

电灯快要灭了，我不能不把照片慎重的依旧装入信封去，可是我的心跳得太利害，总得想法子将它平伏下去才好……

二月十三日

大约我的病只能医到这步，不能更进了，因为医生三天以来走我床前经过时，只随便问我一声："今天可好些了吗？"已不再诊察我了。我右腹的痛处确也好多了，现在只剩指头大一块硬结，按着始痛，而膀胱的膨胀也大减特减，小便的排泄差不多和好人一样。加以内科病室的景象太惨淡怖人，我实不愿再在这活坟墓里度我的日月，我决意要走。

今天是礼拜日。但是给我运输食物来的，不是何君，却是老李君和周君。原来何君因为中法间一个联合的教育团体请他帮忙去了，何君不来这倒是我出病院的一个好机会，因为何君的为人太过于谨慎，往往同他商量一件事，末了还是得不到他一点实在的主意，并且他愈是为我挂虑，还愈要阻止我，倒不如同老李君和周君商量还确实可靠，而且也爽快些。

老李君和周君照例自然要劝阻我一番，他们的意思总以为出外去调养，决不能如在病院里这样周到，但他们终拗不过我，终被我的说法把他们的意思战胜了。于是老李君便代表何君去同散蓝姑娘交涉，领我出院。

这种出入的自由权本是属于我的，所以散蓝姑娘只说："第一饮食要当心，能够像病院里这样有节制便最好了，其次，寒暖也要紧。总之，能够在三个月内不用心，就是顶好的调养方法。"

我便向老李君道："你明天早晨来接我出院好了。"

"明早，后天早晨，我都不得闲。十六晨我一定来。"

"你们两位一齐来，因为我的零碎东西太多：单是一部沈归愚的《唐诗选》，和一部王充的《论衡》就要费一个人的力量，并且你们还须把皮鞋、外套、大帽子给我带来。"

"一定的。你姑且耐烦两天罢。"

他们走后，我好生懊悔，为什么我不叫周君明天只将衣帽鞋子给我送来，东西虽多，我尽可以出病院门就唤一辆摩托车坐回去；或者周君也不闲，就转托纪诺先生，岂不是一样的？

龙沙尔先生几天来都不大说话，此刻始问我道："你要出院了吗?"

"是的。我祝你也能够早早出院。"

"多谢! 你走了，我又少一个说话的伴侣了……"

他说了这句话，眼睛里盛满了的愁思。我感动极了。哈! 可怜的人，你只能怪那残忍的战神，他把你什么幸福都剥夺尽了，这一点瞬息而过的友情，哪能安慰你那不可治的剧痛啊!

二月十六日

我是去年十二月十六日得病，十七日入病院，到今天刚刚两个月，六十二天的病院生活。毕竟病还是不曾十分好，只算是在濒死之乡中获得了许多法国平民的真精神，倒也足以自慰了。

昨晚到外科病室和诸相识者道别时，若飞尔夫人、让先生还不曾走，和他们足足谈了一刻钟。若飞尔夫人更教了我许多保养的方法。喀伦先生说他的病恐怕还要施一回手术，今年能不能出院还不能定。罗尔服先生却决计到四月出院。我原睡的床榻上又来了一位少年。此外相识的病人出院的很多。我都一一和他们告别，并且每人都给他一二句相当的祝词。当我出门时，差不多有十六七个宏大的声音一齐唤道："健康，李先生!"

我走到过道上，便碰见玫瑰姑娘已换了时髦衣服正要下楼，猛握住我的手道："哈! 两个礼拜不看见你了! 你几时出院?"

"我正是来给你告别的，明天就要出院了。"

"你可高兴吗? 大概这里也使你生厌了。"

我此刻才想起没有看见百合花姑娘和沙郎姑娘，便转托她代我向她两人致意。

她应允了又道："你出去还是留在巴黎吗?"

"不,我愿意到格罗卜去。"

"格罗卜? 那里很冷,你晓得终年不化雪的白山就在那里么? 我劝你最好到里斯去,那里天气又好,风景又好;并且我有一个妹子也在里斯天然疗肺病院当看护妇,你若去时,我可以介绍她来好好看护你。"

玫瑰姑娘这番话大概是故意和我开顽笑的,假若我有力量能够到里斯雇用看护妇,我还到平民医院的普通病室中来吗? 不过巴黎女子的心思从没有这样屈折,他们对于外国人总是莫名其妙,而且她说话时神情又非常诚恳。我便谢了她的介绍,并问了她的住址道:"假若我真个往里斯去时,一定写信给你,请你帮忙的,不过还要和我朋友们商量……"

今晨把面包汤吃后,便把东西收拾齐整。九点钟主任医生走来,散蓝姑娘向他说了我要出院,他便把我床头那张"病历"取下签了一个字,然后伸手向我笑道:"我也要劝你出院去调养了。病院的光线,空气都与你不合宜。"

我趁此便问他道:"加立野先生叫我到热带上去,据他说,不然,我的病就不能全好,可是真的吗?"

他道:"不必到热带。总之,你能够离开巴黎向南边去,或者就到乡间去,比较自然有益。你现在很需要日光,假若你每天早晨能够在日光下过一小时,只须一个月你的病就全好了。"

我致谢了他。此刻我心里非常安静,因为两个医生,一个助手,一个看护长,四个人的话就是四样,我算来还是听我自己指挥的好。

用早膳了,老李君和周君还不来,我从各方面设想,他们决不会失信的，可是怎么还不来呢？假如我有皮鞋、外套，我很可以独自雇车回去的，哈！这都是平日没有料到的意外事。看护妇把我进大门时被剥去的外衣、领子、领带等俱给我取来了。硬领还是我的硬领，但在颈项上，要不是被前后领针锁在衬衣上面，简直可以旋转自如了。

今天我望老李君和周君的情形差不多竟和去年十二月十七日晨望医生的情形一模一样，那种不可忍耐的心情引起了许多平常未有的恶念。龙沙尔先生一连唤我几次，要和我长谈一会，我几乎想奔出室去。不过我自制力还强，竟忍耐着同他谈到午后两点钟。

老李君和周君居然来了。原来他们早间来迟了一步，刚错过了入院时候，他们也不可忍耐的在大门外直等到此刻。

于是我穿了皮鞋，披了外套，和全病室的病人握了手，龙沙尔先生拿着他恋别的眼睛直把我送出室门。老李君和周君分拿着我的行李，我哩，只这一件外套一双鞋子已够把我劳累了。一个看护妇拿着我的"病历"把我扶下了楼梯，沿着墙脚很走了一会，才到门前，将"病历"交给门房，一位先生问清了我的姓名，"查验无误，"方说道："请走罢！"我又与那看护妇握别了，正正堂堂出了大门。

哈！这大门，我在门内住了六十二天，今天才看见了它的面目，也才看见了它的招牌："仁爱病院。"请了！病院，仁爱病院！永别了！你给与我的仁爱确不少，但我终身不愿再和你相会！

与巴黎的街市别了两个月，觉得它的情形简直与前大异了：第一，便是摩托车太多．而且太快，太骇人——橡皮车轮在地上软软地摩擦出一种嚇嚇的微声，还罢了，只有那警人的喇叭猛然在耳边叫起，比野狮的吼声还利害——其次，是两边五光十色的商店，在我久已习见灰白二色的眼睛里，觉得比看万花筒还离奇，再次，便是往来的行人，男的何以比雄狮还壮伟？女的何以比春燕还轻盈？总而言之，今天到我眼中来的事物，都不是事物本身的常态。

老李君一定要我坐车，我一定不坐车，我仿佛正是监禁十年甫出狱的囚犯一样，纵令我两腿软至一步不能移，便倒在街石上颠滚而前，也觉得自由终是可爱的。不过每到一个街口，总是他两位将我夹扶在中间，一步三寸的从摩托车丛中缓缓走过——也是巴黎的摩托车，方有车子让人的时候，假若是在上海，怕不早碾成肉泥了。

差不多足走了半点钟，假若再多一百步，我也决不能走了。离弗郎沙第一旅馆还有二十步远，纪诺先生早在第四层楼上扬着手叫道："日安……李先生……哈！……你竟自走回来了么……"那女仆白姑娘也应声从第五层的窗栏上，俯着颈笑道："阿那！你瞧李先生……"刚进旅馆门，纪诺夫人早同小路意丝从办事房里奔了出来，纪诺夫人把我两个肩头扳着不住的振摇道："啊！啊！你呀！你呀！"半天说不出下文来。小路意丝也只握住我的手憨笑。纪诺先生和白姑娘的脚步声早在楼梯中和悬岩转石一样，狂奔下来了。这种凯旋的仪式，恐怕自拿破仑征服意大利以后，再没有像我眼前这样热烈的了。

及至纪诺先生将我扶至我的房中，我直同一堆散土似的，颓然倒在大臂椅上，眼看着纪诺先生出去了，老李君也出去给我购买食物去了，周君把携回来的东西一一整列好了，至少也有一刻钟，我疲乏得一句话也不能说。

待老李君将东西买回，周君在酒精灯上给我预备晚餐的菜时，我方恢复了气力，细细和他们筹商我将来的行止。决定了，至多在巴黎留一个月，我便往格罗卜去，钱哩，他们二位暂替我筹画六百法郎，向后的主意，向后再打好了。

到五点多钟，他们走后，何君方才回来，同何君一道进门的是大李君和那一位无往而不黑的陈君。哈！这位陈君，倒是我这一场病中有始有终的人物，不过我因为病的关系，从前如彼其肥硕，现在如此其瘦弱，而陈君的黑，两个月来却并不因巴黎严寒的气候，使他稍为改变。我错了，我初次尚疑是印度洋的咸风将他烘染至此，今天始明白这就是陈君之所以为陈君的特征。

咳！六十二天的病院生活，能够这样结束，总算是我的幸运。不过还有二十五六天的日子，那封动人心魄的信才能展示在吾母和吾妻的眼前，我在陈君口里吹出的烟影中，似乎看见它正夹着火焰的势力在印度洋里翻滚而前哩……

一九二三年三月于法国蒙北烈城①

原载《少年中国》1923 年 6 至 8 月四卷四至六期

---

① 蒙北烈城：今译蒙彼利埃。　——编者注

文学批评

1957 年，李劼人于菱窠观鱼。

法兰西自然主义以后的小说及其作家

    研究法兰西近代小说——自一八八五年以后——的趋势和真象，颇是一件不容易的事。何以呢？因为法兰西近三十余年来的文坛情形，迥与从前不同，在小说中间，尤为殊异。从前法兰西的文坛上，每一个时期总有一个色彩鲜明的系统，临驭一切，无论它下面的支派再复杂，我们只需提纲挈领地从系统上去着手，断不致使我们生出什么意外的错误。比如我们研究十九世纪前半期的小说，只需着眼在罗曼主义上；研究十九世纪后半期的小说，只需着眼在自然主义上；又如罗曼主义与自然主义递遭时，偏又有位弗洛贝尔① （Gustave Flaubert）来做过渡的津梁，我们读了他的《萨朗波》（*Salammbô*）便懂得这是罗曼主义结穴的作品；读了他的《波娃利夫人》（*Madame Bovary*）便懂得这是自然主义创始的作品，大抵都显而易见，极有线索可寻。但是研究到近代的小说，便不能像这样容易了。一时批评家口中称谓的什么新古典主义，什么新理想主义，总不过是一二人暂时主观的评判，我们只能承认是他们因为述说便利起

---

① 弗洛贝尔，一译福楼拜，1821 年生于一医师家庭，1880 年卒。法国近世文学大师。作品除《波娃利夫人》《萨朗波》外，还有《狂人回忆录》《十一月》《情感教育》《圣安东尼的诱惑》以及未完成的长篇小说《布法尔和白居谢》，等等。   ——原编者注

见，实则就拿他们所批评的作品，仔细的以客观的眼光看来，顶多只能说是略略带有这种色彩，哪里就能算是一种遥继前徽的新主义！并且现代作家中尽管有怀抱另成系统，特创派别的野心，不管他们能否有这种建树的力量，然而敢断言他们对于这加新字徽号的什么主义的名称，却不甘受的。批评家的话既不可信，那吗，我们要懂得法兰西近代小说的真象，最好的办法，便只有从各名家的作品上去探讨了。固然二十世纪的小说作家，都是各树一帜，不相属从的，可是千头万绪中，终可寻得出几个共同点来。我们再从这共同点上去加以研究，或者得到的结果，还不致有很大的错误。

我们读过法兰西文学史的，便晓得自然主义之所以兴，是由于反抗罗曼主义；罗曼主义之所以兴，是由于反抗古典主义；一六六〇年的古典派，又是反抗一六三〇年的罗曼主义而生的。依历史的陈事说来，这代谢的痕迹何等分明，仿佛大洋中间的前涛后浪，本不应该有平息的时候。但何以一到十九世纪的末期，就形势大变，直至于今，历三十余年竟寻不出一个相代而生的新系统来？像这种反历史的现象，是好是坏？我们很难从正面来解答这种疑问，要知端的，还是从自然主义崩颓时说起罢。

法兰西自然主义文学，从一八三〇年左右勃兴以来，极盛时期足足经历了三十多年，直到一八八五年前后，始呈现出盛极而衰的样子。自然主义成熟得很猛，所以它的衰落也较它一般前辈来得快；就在一八八五年之顷，一时法兰西文学界中猛进出一种又普遍又惊人的呼声，即所谓"自然主义之崩颓"（La banqueroute du naturalisme）是也。何以会有这种巨变？概括说来有两种原因：

（一）内部的叛离　自然主义，不过是一个时代的文学趋势的抽象总名词，其下尚分有三大派别：第一是写实派（réaliste），属于这

派下的为左拉（Emile Zola）、莫泊桑（Guy de Maupassant）等；第
二是理想派（idéaliste），属于这派下的为费叶（Octave Feuillet）、舍
尔毗烈（Victor Cherbuliez）、浮茫丹（Fromentin）等；第三是印象
派（impressionniste），属于这派下的为龚古尔兄弟（Edmond et Jules
de Goncourt）、都德（Alphonse Daudet）等。——弗洛贝尔可算是自
然主义的开山祖师，不能把他属于何派之下——三派之中，以写实派
为最有力量，最富于特殊色彩。许多人往往称自然主义为写实主义，
两个名词现在简直不能分论了，既然写实派的力量如此其大，而左拉
又是此派的大师，用力极猛，影响极大，差不多十九世纪后半期的法
国小说界中，完全都属于左拉学派的势力之下，所以一般人们说到自
然主义便联想到左拉学派。反抗自然主义的实际上也是反抗左拉学
派。左拉学派的长处，就是能利用实验科学的方法，不顾阅者的心
理，不怕社会的非难，敢于把那黑暗的底面，赤裸裸的揭示出来。在
开始的时候，原是对于罗曼主义一种凌空蹈虚的反响，所以当时人的
批评都说："古典主义的文学，只是为沙龙（salon）作的，罗曼主义
文学，只是为文会作的，只是为新闻界、艺术界上等人物作的，只是
为自己消遣作的；直至写实主义出现，始一扫前弊。……写实主义的
艺术，也与弗洛贝尔的'为艺术而艺术'（L'art pour l'art）不同。写
实派之需用艺术，不过把它当作一个介绍人的作用，借以把宇宙间的
事实排列出来而已。……写实派首先表现的，即是完全避免了罗曼主
义的传染，也就是里西儿（Leconte de Lisle）所谓的'胡思乱想的病
症'（paroxisme de divagation）的传染……"（见巴黎大学文科教授雨
勒威尔 L. Petit de Julleville 所著的 *Histoire de la langue et de la
littérature française*）但是末流所及就未免太枯燥太冷酷，太不引人
的同情。所以左拉学派一衰之时，不但社会心理对之生了一种厌倦的

感情，就是他旗下一般门弟子，也都恍然大悟，知道专是从实质描写的毛病，实在有改良的地方。于是一般明澈的青年作家，都不嫌肩负那叛教的名声，一齐大呼"摆脱师承"（Lâche le maître），其间有不待他人的抨击，便掉头反抗，如保罗·马尔格里特（Paul Margueritte）的；也有已露乖离之兆，而犹徘徊徊瞻顾，直待外来影响太大，才毅然决裂，如越士莽（Joris Karl Huysmans）的。大师既已云亡，弟子又复叛去，自然主义的旗帜，当然只有掩下之一法。

　　（二）外国的影响　自然主义正在风雨飘摇的时节，忽然又有一股最新的潮流，从外国汹涌而来。屈指可数在法国文学中最生影响的，最初为英国的爱里阿（George Eliot），然而爱里阿的力量，尚逊于俄国的妥斯托也夫斯基（Dostoïevski）、托尔斯泰（Tolstoï）以及斯堪的纳维亚半岛的易卜生（Ibsen）、般生（Bjørnstjerne Bjørnson）[①]等人。就在这几个人之中，尤其以托尔斯泰的新宗教及慈悲主义，与易卜生的象征主义为最有魄力。其故：第一，因为介绍的人便是叛离自然主义的名家，比如倭郭（Melchior de Vogüé）的《俄罗斯小说》（*Le Roman russe*）、杜布衣（Ernest Dupuy）的《十九世纪俄罗斯文学宗师》（*Les Grands Maîtres de la littérature russe du XlX^e siècle*）便是介绍托尔斯泰的名著；又如勒麦特（Jules Lemaître）的《戏剧之印象》（*Impressions de théâtre*）、拉鲁麦（Gustave Larroumet）的《文学与艺术的新研究》（*Nouvelles études de littérature et d'art*）、埃哈尔（Auguste Ehrhard）的《易卜生与当代戏剧》　（*Ibsen et le*

---

① 般生，系旧译名，全译名为：比昂斯藤·马丁纽斯·比昂逊（1832—1910），挪威作家，与易卜生齐名。他写诗、小说和剧本。1883 年开始写《挑战的手套》《破产》《报纸主笔》等剧。《破产》揭露金融家罪恶，是他的代表作。1903 年获诺贝尔文学奖。——原编者注

théâtre contemporain）便是介绍易卜生的名著。第二，因为慈悲主义、象征主义之来，又止足以安慰甫离自然主义羁绊，惶然若失的人心，所以他两人的影响自比别人的广大。但是如德国的尼采（Nietzsche），他的哲学以及他以比喻体为文的艺术，也很在法国文学界中占了一个地位；此外如德国的小说家舒德曼（Sudermann）、戏剧家阿卜曼（Hauptmann）、意大利的阿郎若（D'Annunzio）、西班牙的巴酿（Pardo Bazán）等，都是自然主义刚衰之时，为法国文学家欢迎承受的新空气。最后力量更大、影响更巨的，英国方面为吉波林（Rudyard Kipling）、俄国方面为高尔基（Gorki），其间为法人所最倾倒的还有一位波兰的显克微兹（Sienkiewicz）。批评家、巴黎大学文科教授朗松（Gustave Lanson）曾说："此公将其极为丰富的理解，变成为一种前所未有的力量，输入法国以及全世界。"（见朗松所著的 *Histoire de la littérature française*）。这般外国文人，虽也是写实派中人物，可是，他们都能把个人的心灵寄予在所著的书中，对于世界上万事万物靡不表露其浓郁的爱情，怜悯的心理；即是对于客观事物的描写，也多半是心理的、诗情的、慈悲的。他们从社会的机轮上，从心理的现象上，看出人类中很难有十分纯洁的人，都一样的微贱，一样的卑鄙，对于芸芸众生，咸具有一种热烈的同情。并且在他们作品上都能给予读者一种根本的解答，一种正面的需要。绝不像左拉学派把社会写得完全是一个可恶的，一个无可救药的，一个善恶分明的社会。所以外国影响一入了法国，遂使得一般烦闷的文人都知道生命是当爱的，实质的痛苦是当尊重的，心灵的安慰是当需要的，慈悲人道的责任是当担负的。他们不必要击鼓其鞶来抨击左拉学派，而左拉学派的冷酷、粗疏，就因此反证而自然一落不可复振。

自从文学界中搅起了这种不宁，自然主义崩颓不说了，而一般文人的精神上也因而发生了一种病态，自然而然都具有一种秘密不可比伦的饥渴。这现象的名字，就叫做"道德之恐慌"（crise de morale）。法朗士（Anatole France）在他的杰作《文学之生活》（*Vie littéraire*）中，曾有一番记叙的话说："我们吃了科学树上的果子，但留在我们口中的，只是灰的味道……我们忧心殷殷所发现的人道，比我们意想中的类别还多，并且站在一般外国兄弟们的跟前，只觉我们的灵魂，并不比一般动物的灵魂特别。于是我们便寻思：人道是什么东西，也是依着不同的气候，而变更它的面目、灵魂以及信仰吗？……我们固曾相信生命和智慧的状态是无尽的，比我们当初所怀疑的尤多尤多，而且于行星间，于世界上，尚有不少可以构思的事物。因此我们便可知道我们的智慧，不过是件穷困的小东西，……我们沉沦在这种时间空间的大洋中，回顾自身，一无所有，这是何等可惧的事！……尤其使我们难堪的，就是我们前辈所引为安慰的东西，已不能使我们再相信它，再希望它了……。"我们看了法朗士这一番言语，简直可以想见当时的旧信仰既破裂，新趋向又未确定，一般文人因不知道应该追随于一个何等法度之后，惶然四顾，忧心忡忡的状况。批评家尔丹惹（Retinger）还给了这时代一个确切不可移易的名字，叫做"感情与理想的歧路"（Au carrefour des et des sensations），追论这"道德恐慌"的根源，只是一个"愁"字。　（见尔丹惹所著的 *Histoire de la littérature française, du romantisme à nos jours*）批评家喀纳（René Canat）尤其说得明白，他说："这现象的原因，是由于感情发挥太过，不知不觉在内心里把道德的生活搅乱了的结果。"（见喀纳所著的 *La littérature française du XIXe siècle*）。于是一般青年文人遂不能不带着一种极大的不安来到处瞎摸。彼时大家所取的途径，大约可分三种：

（一）完全走出科学的境界，专从一般反背的规则上，去寻求一种不可理解的现象——催眠的现象，以付其妄想。

（二）仍然利用科学的精神，而专在神秘学、占象术、妖怪学上，去求发展。

（三）探讨神秘说的心理，而描写宗教上一种荒诞渺茫的迹象。

所以保罗·补尔惹（Paul Bourget）在他的《门徒》　（*Le disciple*，一八八九年出版）小说的序上也曾说："老文学家都严肃地谈到这神秘的海洋，拍击于吾人海滨，吾人举目望去，既无一船又无片帆以渡吾人。"可想上列三种途径，原不过是众人急欲渡过这神秘的海洋，不及等待那铁甲坚舟，不得已乃觅得一些苇舟布帆去冒那风涛的大险。我们对于这种现象，只可把它认做暂时发生的精神病态，绝不能说它是正当的趋势。不过因此而对宗教的兴味，乃大为引起。毕竟因为文学这东西，原不免带有一点虚灵的倾向，本是一种精神的表现物，所以如果过于从实质上和唯物论上去追究其结果，转而容易使人走近荒谬不经的地位。从前许多唯物论的信徒，以及反对宗教的狂热者，现在都一列的掉转头来，到处传播宗教信仰上的道德价值。于是新耶稣教和唯心论的势力，又重新弥漫起来。

自然主义既崩颓了，左拉学派既被反对者抨击得体无完肤，宗教兴会又重生了，于是许多走极端的文人，趁着"道德恐慌"的潮流，便连科学也不信任了。他们丑诋科学不足为吾人精神上的安慰，不足增加吾人生活的幸福，不足以使社会进化，前人之信仰科学，完全错误，时全今日，科学的前途但有破产。他们认为略能起吾人信仰，端吾人步趋，使吾人不致陷入物质烦闷和苦恼的，只有宗教。这番话便是蒲吕伦底野（Ferdinand Brunetière）的《科学与宗教》（*La Science et la Religion*）上的说法，也可作为那时一般宣告科学破产说的代表。但是像这样就宣告科学破产却未免过分了一点。朗松曾有一段最公平的言语，我且引在此间，大家看看究竟是科学的错吗？是反对者的错呢？朗松说："当道德恐慌之际，都群起指责科学不曾履行它的契约。其实科学并不曾把学者弄差错，只是不曾把群众对于它所期望的过度幻象实现出来罢了。群众之期望科学，以为凡世界上绝对的真实，以及完美无缺的福利，科学皆能解决而满足欲望，因为群众的梦魂中、愿欲中，都存在着这等不合理的思想，所以一不得当，便四处宣告科学破产。……"

在这"感情与理想的歧路"上，那诗歌中的象征主义（symbolisme），或又称为堕落主义（décadentisme）的，忽承继着高踏派 Parnasse 的艺术，云蒸霞起。几几乎成为一个系统临驾文学界，代替了自然主义而兴的势力，而理想的耽美主义①（Le dilettantisme idéaliste）也分割一席。但到底因为时代不同，二十世纪初期的学术，并不像前世纪的情形，社会普遍化、共同化的潮流，已成为一种不可抗拒的力量；无论何种学术，都不再容许专囿于一孔之见。一般文人只需具有相当的才力，便可得到相当的地位，各个人都可独立名世，不必再去依傍别人的门户。并且左拉学派虽倒，而自然主义的精神："真实的观察"（l'observation de la vérité）却不曾消灭。自然主义的反对者和叛徒，如保罗·补尔惹、保罗·马尔格利特等，大抵多保存得有这种精神，彼等之不免走近宗教，不过是向道德方面，进而求善，以救自然主义的偏弊而已。彼等并不欲转而投身罗曼的文学。因此种种情形，所以狂热的象征主义，理想的耽美主义，不过在小说领域中仅仅侵入了一角，不久便声消影灭，从此以后，法兰西近代小说

---

① 今译唯美主义。　　——原编者注

的趋向，遂确定了一种情形。但是若要彻底了解这种情形，还得把自然主义的来源，以及构成这种主义的环境，略说一说。原来文学这东西，它本身构造的力量很有限，其所以能够有成就，大抵是从它四周的反应烘染出来的。文学上某种主义之产生，绝不是仅由一二人的私意，说我要创造一种什么主义，便可凭空创造出来；必定在这主义酝酿之前，他四围的空气已是不同，社会的思潮已是倾注在某一方面，文学不过利用这个时机，把种种业经断定的事实搜集起来，恰与这时的思潮相合，生活相合，自然而然那带特殊性的主义便树立起来了。比如自然主义的产生，我们能说只是弗洛贝尔一个人创造出来的吗？左拉学派，我们能说完全是左拉一人凭空建树出来的吗？假如没有孔德（Comte）① 的实验哲学（positivisme），自然主义便没有植根的地方；假如没有戴伦（Taine）② 的定命主义（déterminisme）以及白尔纳尔（Claude Bernard）③ 的实验医学（Introduction à l'étude de la médecine expérimentale）、实验科学（La Science expérimentale），左拉学派便没有培成的肥料。况且，当罗曼主义将衰颓之时，社会思潮业已受大工业和资本制度的影响而变更，迥和十九世纪初期不同。凡那向壁虚构以及与当前生活过远的作品，大家已是厌倦，所以自然主

① 孔德（Auguste Comte, 1798—1857），法国实证主义哲学家。认为哲学应以"实证的"、"确实的"、"事实"——而不应以抽象、推理——为依据。实际凭主观感觉为依据。 ——原编者注
② 戴伦，今译泰纳（Hippolyte Taine, 1826—1898），法国文艺理论家。孔德实证哲学继承者之一。认为世界观和创作不是由经济、社会因素决定，而是由种族、环境、时代所决定（特别是前二者）。对自然主义文学理论和创作影响颇大。 ——原编者注
③ 白尔纳尔，今译贝尔纳（Claude Bernard, 1813—1876），法国生理学家。发现肝脏产糖功能和血管运动神经。区别有机体外环境和内环境（主要是血液），指出外环境变化，内环境保持恒定的生命特征。 ——原编者注

义遂应时而兴，很迅速地遂代替了罗曼主义。左拉在他的《实验小说》（*Le roman expérimental*）中曾经说过："实验小说就是今世纪科学运动的结果；并支持和完成生物学的东西。这种小说即为吾人科学时代的文学，犹之古典主义和罗曼主义的文学即当时注释学和神学的产物。"这一番话，虽是说得太略，但是也可藉以窥见文学上一种主义之来，绝不是无源之水，其相关的方面，实在很多很多。而且我们又可知道左拉学派之所以成功，自是全赖实验科学的方法，所以写一个钱商，亦必躬入市场，置身市侩之中持筹握算，然后下笔。而左拉学派之所以失败，其大弊也正在此。因为他只重实际的经验，忽视心灵的力量，描写人生，固能凭其巨胆，凭其观察所得，毫无顾忌，将重重黑幕，尽力的揭破。然而他只是着力在黑暗的正面，只管火辣辣的描写出来，对于被粉饰的社会诚不免要发生许多的影响；但毕竟何处是光明的所在？怎样才是走向光明的道路？论到这层，左拉学派就不管了，犹之医生诊病，所说的病象诚是，却不列方案。其次便是纯客观的描写，只是把实质的对象一丝不走的写下来，仿佛编演了一段不加说明的活动电影，而心灵的对象却不涉及。这都是左拉学派所以难于持久，而必至崩颓的原因。我们把这一点看清楚，转而就能彻底了解近代小说的情形了。

　　自经过了"道德恐慌"及"感情与理想之歧路"的时期，法兰西小说界的情形遂大定，它的趋势也端正了。最使我们感觉出的，第一就是从一八八五年以来小说界中已没有那拘束天才的系统，大家都能"摆脱师承"，各人依其天性，随其秉赋，对着各人的理想做去。犹之太阳光线，虽出发点有时很相同，然而放射到的方面却各殊易。其次就是尔伦（Renan）及柏尔格森（Bergson）[1] 的哲学影响，对于主知论、唯物论生了怀疑，一般作家都向新的理想方面去发展。再次就是心理学的分析，以及从善的方面去解释道德问题，而最大的进步，最足以胜自然主义的，便是作者的同情心。自然主义的目的固然像巴尔扎克（Balzac）所说，是"人的教育者"L'instituteur des hommes（见巴尔扎克所著《人间喜剧》的序言），即极力想把人间的事情及肯定的影响，——呈诸吾人，以做为恶的龟鉴，使读其书的人迁而为善罢了。然而究竟以它描写过于逼真，使人无躲闪余地，故其结果，不是使人忿走极端，以为假面既揭，更无所用其顾忌；便是使人颇生悲戚，视现实如"五浊世界"，而消灭其同情心。此等大弊莫泊桑亦曾慨然言之：

　　在这个小说家与诗人们将她们激动，而使其梦魂颠倒的时候，她们便要寻觅，并且相信她们的心在她读品当中早感到的，全在生活里面寻到了那相当的一切。今日你们总是要把那些诱惑的诗情的面目铲除净尽，而只表白些打穿后壁的真实面目。朋友，书本上越有爱情，生活中也才越有爱情的。你们是意识的创造家，她们是相信你们的创造的。现在你们只是一般煽动者，专门拿那精确的实际来做煽动之资，所以她们也就跟着你们相信一切皆是不平凡的了。[2]

---

① 柏尔格森，今译柏格森（Henri Bergson，1859—1941），法国唯心主义哲学家。他将生命现象神秘化，认为"生命冲动"就是"绵延"，而"绵延"是自由地创造意志；物质是"绵延"停滞或削弱结果。并称"封闭社会"，特点是"暴力统治"；开放社会，特点是"个性自由"。　——原编者注
② 这段引文根据作者所译莫泊桑的小说《人心》（1944 年作家书屋版），并作了重订。　——原编者注

近代的小说作家便深受了这番教训，所以他们便不再蹈他们前辈那种蔑视读者心理的覆辙。

我们再归总说几句，便是法兰西近代的小说是进步的小说，描写的艺术，十九都带有心理分析的艺术，虽是摆脱了自然主义的羁绊，但"真实的观察"的精神，却并未消磨。现在流行的一句话："理想主义的写实"（Le réalisme de l'idéaliste）便可做得一个总考语了。

如今我再把三十余年来的著名作家，介绍出十数个，阅者便更可藉以窥见法兰西近代小说的真象。为了介绍上的便利，我把各人的特点及地位，略为分类；其次，国内已经有人介绍过的，如法朗士、保罗·补尔惹、勒麦特、罗曼·罗兰（Romain Rolland）等，便不雷同再述；最后，作者现有的作品一概断自一九二〇年所出版，而女作家如柯乃特（Colette）、亚丹夫人（Madame Juliette Adam）、纪卜（Gup）等，拟将来另篇介绍，此处亦不涉及。

一　自然主义的破坏者及结束者

与莫泊桑同时，而最初又为自然主义嫡派健将的越士莽（Joris Karl Huysmans），生于一八四八年，死于一九〇七年，他在最初几部小说，如《娃达儿姐妹》（Les Sœurs Vatard，一八八七）、《顺流》（À vau-l'eau，一八八二）中，都曾自己表示是一个自然主义的承继者。虽是在《家政》（En ménage，一八八四）一书上，已渐议论自然主义之非，颇露欲与分离之兆，但在此书之后不久尚作了一部纯粹写实派的短篇小说，可见越士莽之心，本来还不胜留恋之情。毕竟自然主义的缰索已朽，不足以驭此骏足，所以一八九一年《那边》（Là-bas）一书出版，越士莽不但正式解除了自然主义的羁绊，并还掉过头来，反抗自然主义的存在。他之所以要脱离自然主义的原因，我们从《那边》《途中》（*En route*，一八九四）《教堂》（*La Cathédrale*，一八九八）各书中可以探讨出来，第一个原因，就是他不满意那种束缚心志的枯燥定型；第二个原因，由于他那穷苦的生活，对于他好像“一种龌龊的笑话”，以那生活的冲动，及其物质上的污点，都可以使他讨厌自然主义的人生观。因为他不安于现实的境地，所以他的思想便以为“我既然是个主情的动物，就应该向那空灵的世界去讨生活”。他既脱离了自然主义，于是便要寻觅一种新鲜的感情以自安慰，他说：“我总可以寻得一些新鲜的香味，扩充一点，还可寻得许多未经试验过的快乐。”但他这种新境地，却向何处去寻觅呢？他既不相信科学的进步，而北欧新宗教的风又煽动了他的脑经，现代的世界，没有置足的地方，因而就着眼到历史中间。果然历史中间，他竟寻得了一块新境地，是什么？就是中古的加特立教①及东罗马帝政下的诗歌，他说：“我果然在这两处寻见了我至爱的东西了。”

他诃责自然主义，可谓严厉极了，《那边》的开始便说：“我对于自然主义，也不责备它那码头上用的词语，也不责备它那卑田院②同厕所中用的字汇，因为这举动未免不正当，未免不合理……我所责备自然主义的，即是在文学中它何故要变成偶像，在艺术的德谟克拉西③中它何故要独获光荣！……何等坏头脑的学说呵！何等狭小的系统呵！……而且它不仅是一个鉴赏家，一个愚人，还是一个恶臭的东西。因为它太把这种残酷的近代生活夸张了，太把那风俗上的新美国

---

① 加特立教（catholicisme），基督教旧派，即天主教的译音。　——原编者注
② 卑田院：收养救济贫民之处。《唐书·武宗纪》载有卑田养病房。　——原编者注
③ 德谟克拉西，意即民主，系 democracy 的音译。　——原编者注

主义说好了，乃至把那兽性的强力也颂扬起来，把那无人情的保险箱也恭维起来。"但是对于自然主义的好处，他却不曾埋没。毕竟他是过来人，能够深知其间的甘苦，就与那般爱而不知其恶，恶而不知其善的人便迥异了，所以他结论说："……却也应该保留着那种引证上的真实，那种细微处的正确，以及写实派的那种劲健蓬勃的言词，并且也应该做一个灵魂上的掘井人。只是不应该以感觉的病态来迁就那个系统罢了。至于小说，若果有力量，就应该把分开的两部份，如灵魂的生活和身体的生活，拿来熔做一片，并且使它在发展中经过反抗和争执，乃至调和。以此就应提出一句话，即是除了追随左拉所掘的那条深径外，尚需在空间照样画出一条路来……以便造成一个空灵的自然主义，这更可以自矜，更完全，更有力了。"

　　要明白越士莽在近代小说上的地位，我们只须把莫泊桑拿来和他比一比，就看得出他的身份来。莫泊桑的位置，仿佛是在自然主义心理学的那一端，而越士莽所占的却在神秘说的一点上。两人的地位不同，所以两个人谁轻谁重，也就很难衡定。有人问越士莽既不满意于自然主义，但何不也学莫泊桑之走入心理学那一端上，也不失为自然主义的嫡传，为何要叛教呢？这问题很容易解答，第一，因为越士莽便是越士莽；第二，因为他极爱的是主情的艺术。他在《途中》里面，说到加特立教，便曾告诉我们："据加特立教的试验，觉得'真实'就熔在艺术中的，一到了艺术中间，谁能超得出这个范围？因为艺术的原质就成了图画与雕刻，艺术的神秘就包含在诗歌与散文中间，而在音乐中便为声调，在建筑中便为峨特式①。"

越士莽平生著作，除上文业已说过外，尚有《倒行逆施》（À rebours，一八八四）、《海湾中》（En rade，一八八七）、Sainte Lydwine de Schiedam（一九○一）、《施与》（L'Oblat，一九○三）、《鹿儿德的群众》（Les Foules de Lourdes，一九○六）各种。但是可以称为他真实的杰作的，只有《那边》《途中》《教堂》《施与》四部，这四部我们尽可以给他一个类名，叫"一个近代艺术家中的叛教者"。

总之，我们应该注意到越士莽的小说并不是心理学的小说，有时虽也碰着一些灵魂分析的地方，但在他书中，并不算重要。他的书实可说是有历史倾向的小说，不过其间却含得有他个人伟大的本性，我们但用沉思的眼光，静静的将它读起来，就觉得我们所读的，只是越士莽的思想，而非越士莽的叙事。

美而暴（Octave Mirbeau）生于一八四八年，死于一九一七年，是自然主义最后的叛徒。他之脱离自然主义，完全与越士莽相反，越士莽苦于自然主义定型的拘束，而讨厌现在的生活，美而暴则苦于自然主义的定型太不足以拘束，而从肉感的方面，走入神秘说中。并且越士莽是一个学问极渊博的人，美而暴却是一个直觉的作家。他具有一种最敏锐的明慧，以及一种最灿烂的方法。可惜就是不甚透彻，所以只管是过度的观察一切事物的外表，却很少成功。他又不甚知道心理学的价值，但知述说肉体的痛苦，所以有人说他始终不曾摆脱左拉的圈套。他与越士莽相同的地方，只有一点，就是因为病理的原故，

① 峨特式：一译哥特式，12 至 16 世纪，欧洲创新建筑——包括雕刻、绘画、工艺——艺术。与罗马式建筑调子厚重、阴晦和采用平圆拱门的教堂样式迥然不同，而是线条明快，格调轻盈，多用尖拱卷、小尖塔以及修长的立柱、簇柱。代表作如巴黎圣母院、德国科隆大教堂。　——原编者注

觉得肉体牵引着他们，在世界上一直呈现着一种奇怪的现象。而两人最不同之处，在于越士莽是一个从事于神秘的解释者，美而暴只知高高兴兴的去把事实记下来。

但是美而暴究竟是一个什么样的作家？为何敢于刺毁全世界，却又无一人敢于诘责他？如像弗洛贝尔（Flaubert）、莫泊桑，众人都曾骂他们是作淫书的，为何在他的《侍女日记》（*Journal d'une femme de chambre*，一九〇〇）中，却无一人怒吼过他？解释这种种问题，最好是把批评家尔丹惹的话引来便一目了然了。尔丹惹说："美而暴的书，颇似一种人道主义的圣书，因为他高尚的诚信，便给了他一种无与伦比的艺术杰著的价值。再说明白点，美而暴颇有社会学家瓦乃士（Vallès）的思想，而其本质尤似克鲁泡特金（Kropotkine）他们的作品，完全都让一种热烈诚实的思想笼罩了。"

毕竟美而暴不能算是一个完美的艺术家，他提笔时，本不是为创作一件艺术的著作，不过是由于具有一点艺术意味的一种奇怪思想所冲动罢了。这是一种什么意思？那便是对于世界上不公道的怒恨。如《雨勒教士》（*L'Abbé Jules*，一八八八）、*Sébastien Roch*（一八九〇）、《野犬》（*Dingo*，一九一二）等，都算得是他对于社会的不公道，对于个人的不公道所迸发的一种怒恨。总而论之，在美而暴的小说中，仿佛什么都可以恨，军备自然可恨，教堂自然可恨，就是居于领导阶级的一般人也可恨。在他所有的小说中的人物，只《加而卫尔山》（*Le Calvaire*）一部中，一个画师尚是一个善良而富于同情心的人，虽在书之末尾，仍不免陷于罪恶，然而已算是稀世的好人了。

美而暴的著作，尚有《刑戮之园》（*Le Jardin des supplices*）、《一个神经病人的二十一日记》（*Les Vingt-et-un jours d'un neurasthénique*，一九〇一）、La 628—E8（一九〇七）等几种，此外

尚有戏剧多种，但非此篇所应述，故不类列。

美而暴只有一部小说不是写他对于不公道的怒恨，即所谓《刑戮之园》是也。这书是专为刻薄中国而作，在法国社会上，曾有过很大的影响。我国在前数十年，固不免有如书中所言的那种不人道的酷刑，但绝不如美而暴所猜想的中国人便都是那种乐好酷刑的怪物。这书写得太神秘了一点，既不与他别的名著相类，不作岂不更好？

贺士理弟兄（Joseph-Henri Rosny）是一个两兄弟共同取的假名。长兄原名叫做约瑟夫·亨利·波爱克斯（Joseph Henri Boex），生于一八五六年；少弟原名叫做雨士丹·波爱克斯（Justin Boex），生于一八五九年。因他弟兄合作的小说不少，而且社会上知道他们假名的，也比知道他们真名姓的多，我此处因为书写的便利，也就称之为贺士理弟兄罢。贺士理弟兄在一九〇九年以前的小说，多是合做的，虽是最后各人的趋向不同，而合作时的思想意志都是一样。他们俩的出发点和表达方面，多与美而暴差不多，也是一对不公道的攻击者。说到此处，我们对于十九世纪末期的一部份法兰西小说家，又不能不泛论几句，但也是题中应有之文，不算是节外生枝的说法。大约彼时的一般文人，因为太不安于现代的社会，觉得对于现代社会的病症，务须寻求一种医治的方法。而且在他们眼中，把人类似乎都看得带有一种强烈的本能，喜欢的只是死与屠杀，自从穴居以来，这种兽性便不曾变更过，虽在我们的时代，这种本能有时尚不少复生的机会，经他们仔细的探讨，才渐渐发见了两味医治这病的原料，即是"慈悲"与"科学"。从此以后，在许多小说家的笔下，都有对这种问题的研究：如何才算得最好的仁爱方法？科学要怎样才能帮助人类走出穷困的领域？贺士理弟兄遂在他们合作的两部小说上面：*Daniel Valgraive*（一八九一）、《至仁》（*L'Impérieuse Bonté*，一八九四）尽量表达他们的意见。这两部小说，不但是他们俩的意见书，同时也是他们俩的最好的作品。各部中间都包含有一个世界。第一部的内容，仿佛具有一种广泛的思想，和一种哲学通论；第二部更描绘出一大群可怜的人类，其中的每个人，都各具有他的个性，他的生活，他的不幸。

但是我们却注意到一件可怪的事，便是对于贺士理弟兄作品上的人物，我们只管看得清楚，或者还能认识他们，然而我们总把他们捉摸不住，总不了解他们。为什么？因为这般人物都没有亲切生活的原故。所以我们纵然看得出他们小说中的重要处，但我们总难知道他们是如何在反抗别的一种感情。我们只望得见他们性情的真面，却望不见他们生命的真面。这由于他们的作法太不与一般小说家相同。

贺士理弟兄固然也是反对自然主义，反对左拉学派的。然而我们看起他们的作品来，总觉仍旧是左拉的门徒，而且是受衣钵的嫡传弟子，不过他们不自承认罢了。证据就在，无论他们写的是一种历史前的小说，幻想上的小说，描绘风物的小说，心灵分析的小说，而那根本地方以及主旨上面，终留下了不少的痕迹。自然而然，他们对于科学的过甚其词处，也不免与左拉相似。只是在左拉的缺点方面，他们则比较少，这便是他们的目的，他们不仅是攻击黑暗，同时还提出了许多道德和社会的问题。

他们的思想极活泼极强健，他们的文笔更是他们艺术概念的好产品。各部书中载满了专门的科学的不可移易的单字，差不多与龚古尔弟兄（Goncourt）相似。他们合作的小说，除上列两种外，尚有 *Nell Horn*（一八八六）、《两面》（*Le Bilatéral*，一八八七）、《白蚁》（*Le Termite*，一八九〇）、*Vamireh*（一八九二）、《不驯的》（*L'indomptée*，一八九五）、《诅咒》（*Le Serment*，一八九六）、《破约》(*Une rupture*，一八九七)、《心曲》(*Les Retours du cœur*，一八九八)、《野兽》(*Le Fauve*，一八八九)、《木材》(*La Charpente*，一九〇〇)、《王后》(*Une reine*，一九〇一)、《医生之罪恶》(*Le Crime du docteur*，一九〇三)、《逃亡者》(*La Fugitive*，一九〇四)、《重荷之下》(*Sous le fardeau*，一九〇六)、*Contre le sort*（一九〇七)、《向着马兵》①(*Vers la toison d'or*，一九〇八)、《被盗的遗嘱》(*Le Testament volé*，一九〇九) 等等。

从一九〇九年起，他们便分开了。因为各人的趋向渐异，长兄走近了哲学社会学一方面，并且成为了一个诗人。少弟便只做了一个描写风俗的画师。长兄的单独作品，有 *Marthe Baraquin*、《红浪》(*La Vague rouge*，一九〇九)、《火战》(*La Guerre du feu*，一九一一)、《地球之死》(*La Mort de la terre*)、《暴风》(*Les Rafales*，一九一二)、《街中》(*Dans les rues*，一九一三)、《秘力》(*La Force mystérieuse*)、《保险箱》(*Le Coffre-fort*，一九一四)，此外还有至一九二〇年陆续出版的短篇小说，如《幸福的呼声》(*L'Appel du bonheur*)、《后来的爱情》(*Et l'amour ensuite*)、《日乌勒士的谜语》(*L'Énigme de Givreuse*)、《大山猫》(*Le Félin géant*)、《意外的情人》(*L'Amoureuse Aventure*)、《吉斯勒纳伯爵夫人》(*La Comtesse Ghislaine*) 等。

少弟的单独作品较少，只有《德里乌事件》(*L'Affaire Dérive*，一九〇九)、《蛛网》(*La Toile d'araignée*，一九一一)、《涂白的墓碑》(*Sépulcres blanchis*，一九一三)、《米米》(*Mimi，les profiteurs et le poilu*）几种。

上述四个人虽都是反抗自然主义的人物，但力量都不很大，若果要找出哪个给予自然主义一个致命伤，使法兰西的文风，为之丕变的人，到底要归功于倭郭（Melchior de Vogüé）其人。因为凡是研究过法兰西近代文学的，大抵皆知道自然主义之崩颓，固然是由于"道德之恐慌"，然而追根溯流，毕竟是受了俄国文学影响的原故。传播俄国文学的是谁？屈指数来，第一个而最有力量的，便是倭郭。

倭郭生于一八五〇年，死于一九一〇年，起初处在自然主义的光影下，当然也是自然主义的一个信徒，其所以传播俄国文学，这与其处境很有关系。因为倭郭虽是一个文人，但政治生活的时间却不短。他最初便曾充任过好几次驻近东各国的法兰西公使馆的秘书，因此他得着许多的思想，许多的印象，对于冷酷的机械的自然主义，早就生了间隙。及至一八七六年转到圣彼得堡，便在此居住了数年，这数年的光阴，不但成就了倭郭一个人，便是后来法兰西文坛上的风波，也都是在这几年中酝酿出来的。

因为倭郭一到圣彼得堡，最先感受的，便是托尔斯泰的影响。至此倭郭才肯定了自然主义的毛病，觉得非有一种新风气输入，不足以改正法兰西的文弊。他平生第一部杰作，也就是唤醒法兰西文人的警钟的《俄罗斯小说》（*roman russe*），数年之后，便在巴黎出版了。并又介绍了许多托尔斯泰的著作。有人论他对法国文坛最大的功绩，即是能把东方的写实派文学，以一种稀有的透彻的方法，分析的方法，解说出来；而且把俄罗斯文学中的慈悲主义之风煽到西欧，使困于自然主义下的人心，得以安慰。所以差不多自《俄罗斯小说》出版以后，倭郭遂成了一般少年文人精神上的首领，道德上的救济者。

倭郭虽受了新宗教的诱惑，却也因为俄罗斯文人的影响，知道社会问题，是不可蔑视的。所以他在法国文坛上所鼓吹的便是加特立教与德谟克拉西的调和论。他自以为对法兰西也有爱情，对于宗教也有爱情，无论他关于历史的著作，关于文学的批评，乃至于他的小说，都利用着动人的艺术来传播他的思想。要而言之，倭郭不仅反对自然主义而已，就是对于实在论、耽美论都不满意，特为众人指示出一条心灵的道路，即慈悲与艺术是也。

他平生所作的小说虽仅仅三部：（*Jean d'Agrève* ，一八九七）、《死人之言》（*Les Morts qui parlent*，一八九九）、《海之领袖》（*Le Maîtrede la mer*，一九〇三），但艺术文笔比当时一般文人都高。沙罗孟（Michel Salomon）对他的评论评得最好，他说："倭郭的文笔，是含有矿物光辉的散文，至少，在他所雕琢的词句中似乎都滚有一种金尘。"单看这两句话，便知道倭郭小说的价值了。

二　以艺术为宗的

我觉得在法兰西近代的小说家中，有两个人最难类别了，第一个就是法朗士，这位老先生前期是自然主义下的人物，中期是象征主义下的徘徊者，到末期便无能名之。要之，他的方向太多，而且又是文坛上的寒暑表，欲勉强类别，只能说他是以艺术为归的文人。第二个就是爱勒米·布尔惹（Élémir Bourges）——这位布尔惹，与前面小序中说的布尔惹是两人；前面那位名字叫保罗（Paul），但此处为书写的方便起见，自后称爱勒米·布尔惹，也简称为布尔惹，请阅者略为留意——他生于一八五二年，现尚健在。他的方向虽不似法朗士那么多，但也很难说他是哪一派，哪一团体内的角色；他平生只在艺术上专心致志的下功夫，所以我就特为辟出一类以论之。

布尔惹对于罗曼主义以来的法国文人，最服膺的只是弗洛贝尔一人，他说弗洛贝尔是艺术中最严谨而最可法的大师，所以他一生的努力，也和弗洛贝尔一样，选一字琢一句，都必费许多的心思去思索。因此一书之出，必须用去许久的时间，并都是辛苦而作成，一点也不苟且。他平生所作虽不多，然而都是极可赞赏的东西，不过严谨太过，不免就失之狭小，因而他才说："晚近的作家，总宜虚心，我只希望出版的东西，能每日减少一点就好了。"

他最大的两部名作：《鸟飞与叶落》（*Les oiseaux s'envolentet les feuilles tombent*）、《上帝的黄昏》（*Le Crépuscule des dieux*），其间都表现出许多情感上的光辉，道德上的伟大，也和弗洛贝尔的 *Bouvard et Pécuchet* 或《圣安东尼的意旨》（*La Tentation de Saint Antoine*）一样。他的愿欲，只想把全世界都收入他的书里，写出一种半神半魔的人物来。

《鸟飞与叶落》是描写一个俄国公爵，因为怒恨他的妇人，便把他们所生的一个孩子，从小儿就寄养在外国一个穷人家里。这孩子名叫弗洛理，长大后居然不知道他的父母以及他的根源，虽是没有财产，但心中的奢望却大。弗洛理因为参与一八七〇年的普法战争，被德人掳去，后来设法逃出，仍旧转到法国。当他打从 Rugen 岛而过时，忽在教堂中看见一个少女，便不由的堕入了几难如愿的情网中间。到巴黎后，他堕落在下流社会，经历了种种困苦，末后仍被关入监狱里面。于时他的母亲正来寻觅他，幸而寻着了，然后他才明白了他的家世。前一日还是个可怜至极的穷汉，转瞬之间就变成了富而且贵的公子，弗洛理当然可以求遂所欲，因就把路上所爱的那个女郎娶了来。只可惜这种傥荡来的幸福，他享受的时间实在太短，因为这弗洛理无意识的忽然又同他的小姨发生了关系，便和他的爱妻反目起来。不久他的母亲也死了，他那当主教的兄弟也待以白眼，于是弗洛理便忧伤烦闷，至于不可名状。

弗洛理不得已遂投入旅行中、科学中、艺术中来排除苦恼。不久，他便发觉了世间万事只是一种虚荣，世间万事只是空无所有，乃至世间的道德也都不足为训。当他发觉末了这个真理时，弗洛理便作了一篇极悲壮的演说。同时并给他始爱后弃的妇人写了一封诀别书，把他的财产，一齐给了这个妇人。他诀别书的大意说："别作声！我知道你是撒谎的人！……我明白了人在 Isgaour 所干过的事，并且明白了你何故要这宗财产，……不管怎样我都把来给你，因为在世界上我之瞧不起它，也和瞧不起你一样。……我掷在你手中的财产，在无数人的手上都是一桩困苦的事，并且都是大难之源。……这简直是个妖妇，落薄的寡妇呵！他除了为了衣裳及金钱外，何曾要嫁给他的丈夫！……留意你的金钱！谨藏你的金钱！使得那光阴，可以呈现给你，就是较你以前还卑贱、还奸刁、还无耻、还污秽的光阴，……无论什么孩子的笑，都难感动你的！金钱这东西，只是养成一般光棍、一般以重利盘剥的人。……我末了的志愿，只望你生一个儿子，就同你一样。"于是当他回想起他的生活时，他眼前展现着这种梦幻，除了为他个人外，其他都并未实现。他认为艺术那只是一种无力的表现而感到惊异，又觉得科学之终极，应归入怀疑主义里面去，因之他便摆脱了他的生命……。

布尔惹的杰作，除了上列两部外，还有《船》（La Nef）一部，也是名著。这书是一种哲学的苦剧，叙述人类的不幸，它差不多把白

阿那克萨哥拉①（Anaxagoras）直至康德，自佛教直至尼采各派的哲
学，都包括尽了。然而据许多人的评论，这书究竟不算一个学者的著
作，只是一个艺术家的著作，所有的道理，只算是从一位诗人的脑中
产生出来的。

但是，布尔惹的文笔，确是美丽，若论写生的艺术，差不多自十
九世纪初期沙多布里阳（Chateaubriand）以后，便难寻如此光辉，如
此生动的文笔。我姑将《鸟飞与叶落》中写景物的一段，摘译于此，
以见一斑：

> 蔚蓝的天色变成白色了。青灰的光早已不见，太阳被云雾遮
> 着，直如一块青铅！空阔的天际，飘荡着一种浮气！弗洛理猛的
> 便觉得那火炉中好似发出暴烈的响声，来回响了两三次，好像那
> 石头都怒吼起来，向着坟堆跳了去，更有一种短促的呼声。天也
> 黑了，于是一种可怕的飓风便从天空投下，那云也变成了一种回
> 旋不定的尘土……在这平原四围，仿佛天都熔化在如尘的暴风雨
> 中去了。……

布尔惹的作品，除上列三种外，只有《斧下》（*Sous la hache*，
一八八五）、《孩子重来》（*L'enfant qui revient*，一九〇五）两种，
比之同时代的一般小说家的作品，算是不多的，这也算是他模仿弗洛
贝尔成功的一节。

---

① 阿纳克萨哥拉：约在纪元前500—400年前，古希腊的唯物主义哲学家。他认
　为太阳并非"阿波罗"神，而是一个庞大炽热的石块，因此说他亵渎神明而
　被迫离开了雅典。　　——原编者注

三　从心理学方面纠正自然主义之失的

自然主义以后的小说家，以及结束自然主义写实派的莫泊桑，他们的作品大都带有几分心理学色彩。如保罗·布尔惹的作品，尤其可以当作心理学讲义读。不过列在我这一类之下的，仿佛对于心理学更视为补救自然主义之失的圣药，而且锲而不舍，毕生倚之，稍稍近于专门，确与别的略带心理学色彩的作品不同。并且这般人把心理学大半看成是描写道德的器具，这又是与保罗·布尔惹不同之处。在这类之中可述的人颇不少，但我只能最扼要的介绍四位，即马尔格里特弟兄（Paul et Victor Margueritte）、波尔多（Henry Bordeaux）、卜勒浮斯特（Marcel Prévost）是也。

马尔格里特弟兄，长兄名叫保罗（Paul），生于一八六〇年，死于一九一八年。少弟名叫威克多（Victor），生于一八六七年，今尚存。他们俩自"道德之恐慌"起后，攻击自然主义，较一切的文人都激烈（以保罗·马尔格里特为最），不过他们都是从自然主义中出来的，毕竟多少总带一些自然主义的气味。保罗的小说，比威克多的多，如他的名著 *Pascal Géfosse*、《试验之日》（*Jours d'épreuve*）、《事物之力》（*La force des choses*）、《飓风》（*La tourmente*）等等，内容都包含得有极丰富的感情，虽然他的笔下往往带有一点黯淡色彩，然而却始终很有力量。威克多除小说外，并特为傀儡剧①作了许多有趣的脚本，又作了一些有趣味的诗。他们俩除各自作了许多小说外，还自一八九六年后，尚合写了好几部杰作。

---

①　从前，我国称木偶剧为傀儡剧。　　——原编者注

　　单看他们俩所合写的《一个时代》（*Une époque*）这部丛书，只看表面的人必定要说他们是盲目的爱国者，但是若果能仔细的读完，便明白他们的爱国说，虽是很骄矜，却也很不宁静。他们之对法国，只是希望她更伟大更改良，这因为他们对于国家的爱大不同于凡众的原故。因为他们能爱国有道，所以他们乃能于国家的前途，发现了许多细小的为众人不留意的过处。他们以为小过不改，就是酿成亡国大患的根源。

　　"不再堕入同样错误最好方法，即在知道自家的错误，以及何以有这样错误，何以会失败，失败之后又如何。利于病的良药，一定苦口，若能随时反省，便是好处。"看了这几句言语，便明白了他们俩何故要联合起来，在一个时代的题目下，做出那几部大书，如一八七〇年为摩泽尔（Moselle）省会麦茨（Metz）——普法战后，法国割让与德国的地方之一——所做的《灾害》（*Le Désastre*）、为国防而做的《剑之片段》（*Les Tronçons du glaive*）、专为一八七〇年至一八七一年——正是普法战争时及普法和约之际——而做的《勇士》（*Les braves gens*）、为一八七一年的巴黎而做的《公社》（*La Commune*）等，都是一面目睹围城失地之耻，一面眷怀国家前途而做的大书。此外，他们合作的杰作，尚有《两种生活》（*Les Deux vies*），以及保罗所写许多单独的作品，都是鼓吹离婚，干与社会上不公道的舆论宣战，更有《三角镜》（*Le prisme*）一部，专门描写一种恶教育，写一个瞎子母亲教导他孩子们的方法，却写得极有趣。因为他们俩都是从自然主义中出来的，笔墨本来很深刻，而他们摆脱定型上的束缚，更向精神上去分析，心理上去用工，所以他们的作品，直可以称得这一类中的稀珍。他们合作的小说，还有 *Poum*、《尼斯之春节》（*Le Carnaval de Nice*，两书皆是一八九七年出版）、《新妇人》（*Femmes nouvelles*)、《雪所》(*Le Poste des neiges*，一八九九)、《一个小女郎的故事》(*Zette*，*histoire d'une petite fille*，一九〇三)、《虚荣》(*Vanité*，一九〇七)、《潜流》(*L'eau souterraine*，一九〇八) 各种。

至于分作的，保罗的作品如下：《整整四个》(*Tous quatre*，一八八五)、《飞扬》(*L'Essor*，一八九六)、《儿时忆旧录：沙上之步》(*Souvenirs d'enfance*：*les pas sur le Sable*，一九〇六)、《儿时忆旧录：光阴伸长了》(*Souvenirs d'enfance*：*les jours s'allongent*，一九〇八)、《黑公主》(*La Princesse noire*，一九〇九)、《火炎》(*La flamme*)、《影戏灯》(*La Lanterne magique*，一九一〇)、《人类的弱点》(*La Faiblesse humaine*，一九一一)、*Les Fabrecé* (一九一二)、《屋焚》(*La Maison brûle*)、《活泉》(*Les sources vives*，一九一三)、《吾人，乃母亲……》(*Nous*，*les mères*，一九一四)、《潜藏》(*L'Embusqué*)、《另外的光明》(*L'autre Lumière*，一九一六)、《享受》(*Jouir*，一九一八)。他死后尚出了遗著两种：《在静松之下》(*Sous les pins tranquilles*，一九一九)、《过去的人们》(*Ceux qui passent*，一九二〇)。

威克多单独写的小说较少：《少女》(*Jeunes Filles*，一九〇八)、《报复之刑》(*Le Talion*)、《金子》(*L'or*)、《小影王》(*Le Petit Roi d'ombre*，一九〇九)、《心界》(*Les Frontières du coeur*，一九一二)、《零落之玫瑰》(*La Rose des ruines*，一九一三)、《故土》(*La Terre natale*，一九一八)、《深渊之际》(*Au bord du gouffre*)、《一九一四年八九月之交》(*Août-septembre* 1914，一九一九)。

波尔多 (Henry Bordeaux) 生于一八七〇年，今尚存。他也是心理小说、哲学小说、分析小说中间的巨子。他差不多也和马尔格里特弟兄一样，极喜欢猜度人类的谜语，以及遇事都要究问一个"何故"、

"怎样"的人。但他一面在做分析，一面又顾到当今人类的精神，这便比那走入僻路去的高明了。他也一样在研究近代社会的坏处，同时寻觅药方，所以他并不懂得耽美主义，只相信他说的都是实际的事情。这位幸福的文人，尤其与众不同的地方，就是不怀疑，我们于他的名著《生活之惧》（*La Peur de vivre*，一九〇九）、《眼睛张开了》（*Les Yeux qui s'ouvrent*，一九〇八）几部中间，便可看得出来。

波尔多对于文学的秉赋，比他一般先辈都单纯而完备。这因为他恰恰生在自然主义解放之后，不曾走入盘肠小道，所以能够分别他的趋向，而获得灵魂分析的大利。他的遣词琢句，虽较为简单，但是字句间极有力量，有时觉得比别的复杂的句子还美。他的著作，除上列之书外，尚有《故乡》（*Le Pays natal*，一九〇〇）、《爱情消逝》（*L'Amour en fuite*，一九〇三）、《黑湖》（*Le Lac noir*，一九〇四）、《小姑娘惹伦米舍兰》（*La Petite Mademoiselle Jeanne Michelin*，一九〇五）、*Les Roquevillard*（一九〇六）、《绒衣》（*La Robe de laine*，一九一〇）、《履迹上的雪》（*La Neige sur les pas*）、《一个见习人的手录》（*Le Carnet d'un stagiaire*，一九一一）、《屋》（*La Maison*，一九一二）、《儿童十字军的短篇小说》（*La Nouvelle Croisade des enfants*，一九一四）、《一个正直妇人》（*Une honnête femme*，一九一九）、《两姊妹》（*Les Deux Soeurs*，一九二〇），等等。

这一类别下的人物，到了卜勒浮斯特时，更是由普通而入专门的了。前述的三人，固然是描写心理的文人，但所描写的，尚是社会的，人类的，到卜勒浮斯特便择取了一条专描写妇人心理的窄径。

卜勒浮斯特（Marcel Prévost）生于一八六二年，今尚存。在近今小说家中，虽非大师，却也是最著名的了。他的第一部名著为《半童贞女》（*Les Demi－vierges*），差不多在法国妇女界是最普及的一部书。他从事文学创作的前期，也很和自然主义相接近，及至对左拉的反潮一起，于是他就改弦易辙，专从心理的研究下手，而又欲出奇见长，所以更从描写妇女心理著名。然而他于自然主义也不轻视，所以他的著作，也一样注重在揭露社会的丑恶，但写来却带有许多同情，同时又指使他向道德去的途径。有人评论他的作品，是一种慈悲主义与浪漫文笔的调和物，倒也不错。他的小说如下：《毒蝎》(*Le Scorpion*，一八八七)、*Chonchette*（一八八八)、《茹佛小姐》(*Mademoiselle Jaufre*，一八八九)、《一个情人的忏悔》（*La Confession d'un amant*，一八九一)、《一个妇人的秋日》(*L'Automne d'une femme*，一八九三)、《我们的伴侣》(*Notre compagne*，一八九五)、《密园》(*Le Jardin secret*，一八九七)、*Les Vierges fortes*、*Frédérique*、*Lea*（一九○○)、《幸运之家》(*L'Heureux Ménage*，一九○一)、《爱尔曼日之公主》(*La Princesse d'Erminge*，一九○四)、《盲调律师》(*L'Accordeur aveugle*，一九○五)、《摩罗克先生和夫人》(*Monsieur et madame Moloch*，一九○六)、*La Fausse Bourgeoise*（一九○八)、*Pierre et Thérèse*（一九○九)、*Missette*（一九一四)、《花园之神》(*Les Anges gardiens*)、《白罗娃副官》(*L'Adjudant Benoît*，一九一六)、《妇与夫》（*Femmes et maris*)、《我亲爱的托米》(*Mon cher Tommy*)、《祖将结束》(*La nuit finira*，一九二○)。

四　诗情的小说

研究过法国文学史的，便知道自罗曼主义以来，大抵诗歌的泉源多导自散文。即以罗曼派的诗歌而论，他的本根可以完全说是从卢梭及沙多布里阳的散文而来。可是在十九世纪末叶，象征派的东西，便全和这情形相反。大概象征派的小说，一大半都带有诗的意味，我们竟可大胆说它是来自诗中，虽然不能说是小说正宗，然而在文学地位上也小小占了一角，所以我们也不能不略略知道。

撒曼（Albert Samain）生于一八五八年，死于一九〇〇年，是象征派中著名的诗人。他在诗坛上的地位如何，影响如何，不是我这里应谈的。他除作诗之外，也做了好几部短篇小说，如：*Xanthis*，*Divine Bontemps*，*Hyalis*，*Rocère et Angisèle* 等等。不过这些小说并不专意在描写一件人间的事实，多是叙说一种迷离的梦幻，完全是抒写诗人的感情，以及作者所希望的幸福而已。所以他的小说的内容，简直与神话无异。例如撒曼在 *Xanthis* 中叙述的一件事，说是有一个田野之神偶然恋爱一个瓷器的跳舞女子，这瓷美人是摆在一个鉴赏家的窗台上的。白日这瓷美人只是一件不动的古玩，但一到夜间，她就活动了，真与生人无异。这瓷美人虽受了田野之神的眷恋，但她并不专一，却又另爱了一个中国的老怪物，于是田野之神由于嫉妒，便大怒起来，此后就叙述这三个东西的纠葛。我们只从这一点，也就可以窥见象征主义小说的作法，然而他们离奇的幻想，犹不只此。我再举一例：

居勒（François de Curel）生于一八五四年，今尚存，是象征派有名的戏剧作家。他写了几部小说，其间最著名的一部叫做《月中仙子》（*Le Solitaire de la lune*），内容说的是上帝因不满于他创造的人类，遂特别造了一个秉有新精神的孩子，命名曰克罗阿达。上帝还嫌人世龌龊，不足容此新人，遂将其安置于月中的寂寞乡里，使不与人世相似。克罗阿达不知在其四周都是天神，偶因怒詈天神之故，上帝便将其遣往地球，堕入一野蛮人群中。野蛮人群因见其自天而降，便奉之如偶像。数年之中颇享尽人间幸福。其后众野蛮人见克罗阿达并无其他灵迹，遂目之为妖怪，将其投入火山穴口。但克罗阿达并不因此致死，因上帝又命其返居月中，自此克罗阿达遂抑郁不乐，盖其心犹恋恋于曾为偶像之光荣时刻也。

以上述二例看来，似乎诗情的小说，只是神话一类便概括尽了，然而也有例外。我再举一个本是象征派作家，而忽然作了许多长篇小说；本是一个伟大的诗人，而忽然变做一个小说家的，这是谁？就是现负盛名的尔尼叶（Henri de Régnier）。

尔尼叶生于一八六四年，虽是由象征派诗人而成为小说家的，但并不像撒曼、居勒等人，只是游戏笔墨，离人间事实太远。他最初作的三部短篇小说，《自己的短篇小说集》（Contes à soi-même，一八九三）、《花纹石杖》（La Canne de jaspe，一八九七）、《时光之色彩》（Couleur du temps，一九〇九），都有点像散文诗。及至一九〇〇年所作《两主妇》（La Double Maîtresse）出版，便一洗罗曼痕迹，取得了空前成功。从此所作的《奇怪情人》（Les Amants singuliers，一九〇一）、《善乐》（Le Bon Plaisir，一九〇二）《夜半婚礼》（Le Mariage de minuit）、《一个聪明少年的假期》（Les Vacances d'un jeune homme sage，一九〇三）、　《白勒阿先生的际遇》　（Les Rencontres de monsieur de Bréot，一九〇四）、《活生生的往事》（Le Passé vivant，一九〇五）、《爱情之恐惧》（La Peur de l'amour，一九〇七）、　《火把》　（La Flambée，一九〇九）、　《自在蛇》（L'Amphisbène，一九一二）、《漆盘》（Le Plateau de laque，一九一三）、《罗马女人米尔摩耳特》（Romaine Mirmault，一九一四）、《提托巴西的英雄迷梦》（L'illusion heroïque de Tito Bassi，一九一六）、《渔妇》（La Pécheresse，一九二〇）等等，都算是成功的著作，而且不是离开人世，描写荒唐的著作。

在他小说中所叙列的生活情形，有时是过去的，有时是现在的，所以有人说他的小说是哲理小说，又说是历史小说。总之，他的小说实难分类，笼统一点，还是说是带诗情的小说为妥。他小说中顶著名的为《火把》一部，我且将他的内容撮要谈一谈，就见得我上说之不诬了。一个聪明的少年，名字叫做莫哇儿，这人很带有诗情，他妄想一种单纯的爱，并且爱得很温柔很有力，可是，凡他所遇的女人都不足以当此。一夜，正因他母亲的生日，他往一家古玩店去选买一件古玩，用来赠送他的母亲。忽然就在此地碰见了一个少妇，恰恰就是他所梦想的那种人。后来偶然又再度会着了，才知道这妇人已经是嫁了人的，她丈夫的年纪比她大得多，并且是他父亲昔日的一个朋友。此后他虽不常碰见她，但是梦想美人的心，终不曾消灭过。过后数月，莫哇儿便出去游历了一次，可是这少妇的情影，总排遣不开；最不幸的他又胆小，从不敢向着他所爱的人道出他的爱情来。最末一次，两人同往鲁渥博物馆游览，他才得着说话的机会了。原文叙到此处，实在太好，我且将它译出来吧：

在博物馆的出口处，那看门人仍旧坐在他那椅子上在假寐。他们下了石阶，来到河畔。又走了几步，恰有一辆空车正在那里迟徊。

——莫哇儿先生，你愿替我叫住这车子么？我应该回去了……。

他便叫了一声道。——啊！再缓一会！

他的声音已颤动起来了。这少妇咬着嘴唇，含笑念道：——再缓一会……再缓一会……但天色已晚了，并且……

　　她尚未说完，已经走到车的跟前，她看见莫哇儿脸色不好，激动不安，便挽着他的手臂。——你有什么想法？你病了吗？你不可停在这里……

　　他好像发了昏了。立刻，她遂轻轻打开了车门，靠着她的扶持，跨了上去，把地址告诉了车夫。车子便走动了。

　　……莫哇儿在车子里把脸藏在手中便哭了起来。咽哽得全身都颤动了。朗色尔夫人仍然沉默无语，靠着坐褥，两眼瞪着前面。……她长长从喉底叹了一口气，遂把手搭在年轻人的肩头上。

　　他全身颤动，同时觉得她那温馨的呼吸直拂在他头上，且闻着她那唇边的香气，只听见朗色尔夫人用着一种温柔的声音逼近着向他道。

　　——你不曾看见我也是一样爱你呵，昂得勒！……

　　自此这两个年轻人便长久的互爱起来，并且爱得还很深切。但后来朗色尔夫人因要预防社会的诽语，不得已便同她情人断绝了。好些年，莫哇儿的生活都很惨淡，但末了也便忘记了。于是年少的火光也灭了。

　　隶属于这一类下的小说家，其实不少，但诗情的小说，大半是作者自己拿来消遣的，美固然美，可是我们只好当作古玩赏鉴。中间只有一人特树异帜，倒不可不特别介绍出来。

　　亚丹（Paul Adam）生于一八六二年，死于一九二〇年，是诗情小说中最不同的一人，并且于近世历史小说复兴上也大有影响。如他一八九九年出版的《力》（La Force）便是描写第一帝政时革命之事，同曼董（Maindron）的《圣桑德》（Saint－Cendre）描写十六世纪者相同。不过有人说他所有的作品都是内容太丰富，大抵一本最小的书里，总有二十卷书的材料。这话虽然说得太讽刺一点，确乎我们看起他的作品来，总觉有一大群人在中间动作。他描写的艺术也极近情理，但总因材料太多，往往不易区别出主客来。而且有许多很好的议论，总不曾发挥完便滑过了。这由于亚丹的学问太渊博，并不是他艺术不顶好，有人批评他简直同巴尔扎克（Balzac）以及作百科全书的底得罗①一样。

然而亚丹也有不可及处，就是他的作品，虽然材料拥挤一点，但活描出若干幅穷困的不公道的风俗画，每部书里都涵有一种强烈的理想主义。想用来作改良社会的利器。这也是他出自诗情而异于诗情的地方。

亚丹的小说共有二十四部如下：《柔肌》（*Chair molle*，一八八五）、《存在》（*Être*，一八八八）、《装饰品》（*En décor*）、《太阳的实质》（*L'essence de soleil*，一八九〇）、《红衣时代》（*L'Époque des robes rouges*）、《晚辈的邪念》（*Le Vice filial*，一八九一）、《有益的心》（*Les Cœurs utiles*，一八九二）、《群众之秘》（*Le Mystère des foules*，一八九五）、《新心》（*Cœurs noveaux*）、《恶力》（*La Force du mal*，一八九六）、《雨得之战》（*La Bataille d'Uhde*，一八九七）、《平凡的胜利》（*Le Triomphe des médiocres*，一八九八）、*Basile et Sophia*（一八九九）、《阿士特尔里赤的孩子》（*L'Enfant d'Austerlitz*，一九〇二）、《一八二七年至一八二八年的俄罗斯》（*La*

---

① 底得罗，一译狄德罗（Denis Diderot 1713—1784）。法国启蒙思想家、哲学家、文学家、《百科全书》主编。主要著作有《对自然的解释》《演员是非谈》《拉摩的侄子》等。　　——原编者注

Ruse 1827－1828，一九〇三）、《七月的太阳》（*Au soleil de Juillet*
1829－1830，一九〇四）、《黑蛇》（*Le Serpent noir*）、《战》
（*Combats*，一九〇五）、《群狮》（*Les Lions*，一九〇六）、《托拉斯》
（*Le Trust*，一九一〇）、《无名之域》（*La Ville inconnue*，一九一
一）、*Stéphanie*（一九一三）、《达拉之狮》（*Le lion d'Arras*，一九二
〇）。

五　利己感情派与利他感情派

大概感情派的泉源，同象征派诗人的泉源是同出于一地的。这个
地方的名称，就叫作寂寞。无论诗人，无论艺术家愈处于寂寞，愈是
分析，其结果便多半流入感情一派。向自身研究，向自身分析的，名
为利己感情派，反之专在别人身上研究分析的，为利他感情派。在这
两个派别里的小说家，很不少。很不少。但我这里只能在两派中各找
一位说说。这两位虽不足谓为两派的代表，然而在两派中的地位，确
乎要较高一点。我先说利己派的。

巴海士（Maurice Barrès）是利己感情派著名的小说家，生于一
八六二年，今尚存。若果我们研究巴海士，就要看看他在文艺事业中
受谁的影响。我觉得如恭士党（Benjamin Constant），如圣·伯符
（Sainte-Beuve），如史汤达尔（Stendhal），如布尔惹（Bourget）等的
影响，差不多他都受有一点儿。他的艺术是又微妙又清澈的。他自己
所特创的语法，恰好表现了他的思想来。不过我们读起巴海士的书
来，总觉得他哲学家的意味较艺术家的意味重些。因为他自幼读的哲
学书实较文学书多而认真的原故。据他自言，如孔德（Auguste
Comte）、康德（Kant）、非舍特（Fichte）、圣·西门（Saint-Simon）、

戴伦（Taine）、尔朗（Renan）等，都是他所醉心的。

巴海士最大的心愿，就是在求了解。起初，他只在别人身上去求问题的解答，毫无所得，一如卢梭所谓："一个单独的医生，只为一个单独的人。"于是他便转而向自己身上来研究，来求解答。其结果，差不多他所怀想的，都于自己身上得到了，因而他便觉得分析得越清楚，感觉也才越利害；感觉越是苦恼，而所供给的也才越有幸福，这幸福对于吾人也才越有趣味。

他于一八八八年出版的《在野蛮的眼下》 （Sous l'œil des Barbares）和一八八九年出版的《一个自由人》（Un homme libre），可算是他研究生活上的第一个站头。他从自己的感受中，遂觅见了两个真实：

第一，在称誉当中，吾人绝不是有幸福的。

第二，称誉的欢乐的增加，只有分析。

结论，越有分析的可能，才越有感觉的可能。

他既提出了这种新哲学的概念，于是就在未经十分注意的身上专心去寻觅感觉，他说："无论我，或是走入宫闱的社会，或是走入文学的社会，或是走入政治的社会，不拘何处，但总必是带着许多强烈的感情去的。"

他因为要印证他的感想，所以便旅行了许多地方，于此他又发见了两桩事：第一，行为的自身尚不能满足人意，因为它不能使人有幸福；第二，分析所自觉到的，便是快乐的方法。质言之，分析即是认识幸福的方法。何以见得？因为见威尼斯（Venise）而不觉其美，就因为目睹此城时自身是很悲戚的。见哥尔都（Cordoue）及色维尔

(Séville) 却很感动，就因为过此两地时心里正自高兴的原故。由此，他更觉得他看透了他的小己，并觉得这个小己完全是同别的一般小己，如像他家族相类的一样，都有联带的关系。他的精神也就是那些出生在他前代人的精神的一个产物。他说："这可以说一般陈死人都正因吾人在思想，在言语，因为所有连续下来的，只是一件东西的原故。自然，这东西在四围生活的行为之下，自可呈现出一种绝大的复杂，可是他终有一点不变更。犹之一种建筑上的秩序，既为人所整理过，则此秩序便永远如是。"

在一八九一年出版的《白勒里斯之花园》（Le Jardin de Bérénice）一书上，他借着那位骄矜的女人，便把他的目的及他的幸福都表示出来了。是什么？就是主张进取说和国家主义。他以后所有出版的小说，如《除根》（Les Déracinés，一八九七）、《征兵之呼声》（L'Appel au soldat，一九〇〇）、《彼等的肖像》（Leurs figures，一九〇二），都是具有国家主义色彩的作品。如《法兰西的友谊》（Les Amitiés francaises，一九〇三）、《东方之炮台》（Les Bastions de l'Est，一九〇五）、Colette Baudoche（一九〇九）都是主张进取的作品。除此之外，他的小说还有《血·肉欲·死》（Du sang, de la volupté et de la mort，一八九四）、《一个精神鉴赏家》（Un amateur d'âmes，一八九九）、《威尼斯之死》（Amori et dolori sacrum：La mort de Venise，一九〇三）、《斯巴达之旅行》（Le Voyage de Sparte）、《托勒德之隐密》（Le Secret de Tolède，一九一二）、《动人的小山》（La Colline inspirée，一九一三）。

以巴海士的爽快、明识、劲健，几几乎颇有一个大师的身份。以巴海士所重兴的利己感情及个人分析的小说，在他那时代中，诚不免有许多的影响，诚不免引起了多数的模仿者。比如纳叶夫人

(Madame de Noailles)，这是一位细腻而带诗情的女小说家，就深受了巴海士的影响，曾在她《新希望》（*La Nouvelle Espérance*）中的一个女情人的信上写道："我所爱的不是你，我爱的只是为我爱你的那种爱。在生命中我并不为你打算，我所钟爱的，除我对于你的爱情外，我亦无所期待。"便可以看出。不过巴海士终未能起号召众人之作用，终未能形成一个学派的原因，便由于众人之系恋巴海士，并不因他的思想，只是由于他的一种新的哲学而已。

与巴海士恰恰相反的正是菲利浦（Charles-Louis Philippe），巴海士的学理完全从"我"上进行研究，而菲利浦则必须忘记这个"我"。菲利浦的思想，以为想象一个人，研究一个人，总得把"我"撇开，完全要从他人身上心上去作想，然后表现出来，也才不致错误。

菲利浦生于一八七四年，死于一九〇九年。其人的学问极渊博，但在著作中总不愿表示一种哲理，也不特树一种新学说。他的意志只打算简简单单成为一类。他于心理学的研究，很有功夫。莫泊桑常常叹息与他同时的许多小说家不研究心理学，然而对此青年之菲利浦却无异言。

菲利浦的作品和研究既是着眼于他个人以外，所以在他眼中看来的人，莫不是很有趣的。就是他对于心理的研究，也往往带着一种快乐的情趣。如《鹧鸪老人》（*Le Père Perdrix*）书中，描写一个穷老人患病之后，又失掉了工作，便自己幻想将来的生活。这固然是心理问题，但其间也带着若干的趣味。

他学问的根源，得之于自然主义的很少，得之于外国影响的为多。大抵俄国的妥斯托也夫斯基及托尔斯泰等的作品，都是他的源流。不过俄国的文人，其志本在创造新俄罗斯，而法国人利用来，却只专心在艺术问题上。这倒不仅菲利浦为然。所以凡在俄人著作中，他们的感情多半是伦理性的，而法国人看来则为慈悲的，如菲利浦所说："不幸之后又来一个不幸，则只有垂头丧气而已。"因为他把贫富的界限看得很清楚，所以他的慈悲的感情愈重。他说："我们是不幸的，我们是狗一般的，我们于世界上除穷苦外别无所有，像这样的世界简直不是好世界。"他又在 *Bubu de Montparnasse* 中说道："他很惊异这生活比我们所想的还更糟。""因为生活是一个战场，而战争的胜利，只归那般少数享特权的人，愁苦及不幸便分配于我们大众。"

总之菲利浦是一个利他的慈悲家，他眼目中并没有看见自己，他慈悲的感情，水一般由他笔端上滴出。他的小说尚有《四段可怜爱情的故事》（*Quatre histoires de pauvre amour* 一八九七）、《良善的马得乃伦与可怜的玛丽》（*La Bonne Madeleine et la pauvre Marie*，一八九八）、《母亲与孩子》（*La Mère et l'enfant*，一九一一）、*Marie Donadieu*（一九〇四）、*Croquignol*（一九〇六）、《在小城中》（*Dans la petite ville*，一九一〇）、Charles Blanchard（一九一三）。

六 风土画的

许多不满左拉学派的人，除各项重大理由外，还说在这学派下作家的眼光，总难看出巴黎以外。所以反抗左拉学派的潮流起后，专一描写地方风俗的，也成了一种新趋势。这一类的人物颇不少，而较为专门的，恐怕要数巴散一人了。

巴散（René Bazin）生于一八五三年，今尚存。他的小说完全描写法国各地方的风俗人情、山川景致，地方色彩染得非常的浓重。我们读了他的作品，仿佛就到了里门（Nîmes）、瓮纳（Onnaing）、阿尔萨斯（Alsace）、南特（Nantes）、里昂（Lyon）、白罗吉尔克

(Perros Guirec）等处一样。可以说他的著作真是一面最好的镜子，由不同样的反光中，射出了全法国的地方光景来。所以有人说，巴散是一个地方社会的小说家，却也是一个画师。

巴散的小说虽不曾提出什么系统来，但是他的艺术却极精良，正确、简单、明瞭而又富于诗情。他的小说如下：《我的叔母纪龙》(*Ma tante Giron*，一八八六)、《一点墨迹》(*Une tache d'encre*，一八八,)《蓝鸳鸯》(*La Sarcelle bleue*，一八九二)、《地球死了》(*La Terre qui meurt*，一八九九)、《皇帝的向导》(*Le Guide de l'Empereur*, *Les Oberlé*，一九〇一)、*Donatienne*（一九〇五)、《隐者》(*L'Isolée*，一九〇五)、《麦子收了》(*Le blé qui lève*，一九〇七)、《一个老姑娘的回忆》(*Mémoires d'une vieille fille*，一九〇八)、《打字姑娘纪门的婚姻》(*Le marriage de Mademoiselle Gimel*，*dactylographe*，一九〇九)、《篱》(*La barrière*，一九一〇)、*Davidée Birot*（一九一二)、*Les nouveaux Oberlé*（一九一九)等等。

末了，我再介绍一个社会小说家，作为我这篇简短介绍的煞尾罢。

尔尾叶（Paul Hervieu）生于一八五七年，死于一九一五年，是专写社会情形的一位小说家。可惜就是他不能始终致力于小说界上，这简直是法兰西近代小说界中一件最不幸的事情。尔尾叶平生只作过五部篇长小说：《大乌竞狗》(*Diogène le chien*，一八八二)、《无名的》(*L'inconnu*，一八八七)、《狎语》(*Flirt*，一八九〇)、《自画之像》(*Peints par eux-mêmes*，一八九二)、《骨架》(*L'armature*，一八九五)。短篇小说六部：《巴黎妇女的糊涂事》(*La bêtise parisienne*，一八八四)、*L'Alpe Homicide*（一八八五)、《绿眼与蓝眼》(*Les Yeux verts et les yeux bleus*，一八八六)、《两个笑话》

(*Deux plaisanteries*，一八九八)、《小公爵》(*Le Petit Duc. Figures falotes et figures sombres*，一八九六)。

最初他是一个奇怪而忧苦的文人，他的文笔是很清澈的，他对于贵族阶级的观察极为透彻。在《自画之像》一书中，很使我们看见许多强健愁惨的文笔。可惜正在他刚要取得近代小说的第一位时，便骤然告别而转向戏剧一方去了。《骨架》一书，就是他临去的秋波。而他最后这部杰作，更告诉我们金钱就是支持社会的柱头。

原载《少年中国》1922年5月第三卷十期

编者附记：此文根据上海图书馆藏《少年中国》电子文本与《李劫人选集》第五卷所收该文对校，注释为《李劫人选集》编者注。